仁木 稔

ミーチャ・ベリャーエフの子狐たち

J

HAYAKAWA SF SERIES J-COLLECTION

ハヤカワSFシリーズ Jコレクション

早川書房

ミーチャ・ベリャーエフの子狐たち

The Show Must Go On
by
Minoru Niki
2014

Cover Direction & Design Tomoyuki Arima
Cover Illustration Takumi Yoza

contents

ミーチャ・ベリャーエフの子狐たち

偉大な祖国は危機に瀕している。

凄惨な現場に残されたデリバリーの中華料理から、捜査官は事件にチャイニーズ・マフィアが絡んでいると睨んだ。チャイナタウンに乗り込んだ捜査官は、不潔な厨房での死闘の末に、恐るべき陰謀の一端に触れる。

CMになると、ケイシーは立ち上がってキッチンへ行き、皿にシリアルを山盛りにした。二十一インチの画面上では、金髪女優が同じ製品をスプーンで掬(すく)って口に運んでいた。有機栽培とうもろこし（遺伝子組換でない）を原料に、添加物は一切なし。プレーン、チョコレート、ブラウンシュガーの三種類が発売されており、金髪女優が食べているのはプレーンだが、ケイシーはチョコ味が気に入っている。

冷蔵庫から低脂肪牛乳と、六種類のサプリメントを取り出す。全部まとめてトレーに載せ、T

Vの前に戻った。シリアルのCMはすでに終わり、別の金髪女優が有機栽培コーヒーの宣伝をしていた。早送りボタンを押す。

捜査官が中国政府の陰謀を暴き、女子大生に掛けられた嫌疑を晴らして偉大な祖国を救うのを見守りながら、ケイシーはシリアルを食べ終わり、六種類のサプリメントを次々と嚙み砕いていった。一〇〇パーセント天然成分からなる、これらのサプリメントを摂取すれば、記憶力や集中力が高まり、脂肪が燃焼し、便通がよくなり、歯や骨は丈夫になって若さが保たれるが、妙な臭いを放つ蛍光オレンジの小便が出る。

録画の再生が終わる。チャンネルを適当に変えると、さっきコーヒーの宣伝をしていた女優が、少し若い姿で映っていた。恋愛ドラマの再放送だ。ケイシーはTVを消し、バスルームに移動した。歯を磨いて髭を剃る間、血色の悪い頰や弛んだ顎、後退してきたような気のする額が目に入らない振りをする。ダウンジャケットを着込むと、四階建て最上階の部屋を出た。裏通りに面したワンルーム・アパートメントはエレヴェーターがなく、薄暗い共用部分には塵芥が散乱している。

イースターが近づくとともに陽射しは暖かくなりつつあるが、風は相変わらず無数の氷の針のようだった。ケイシーはジャケットの中で身を縮めた。視線を上げると、凍てつく空に超高層ビル群が聳えている。雄大で荘厳で美しく、圧倒的。一際異彩を放つのが、双子の塔だった。

それは同時に、悲壮な光景でもあった。崩れようとする空を支える巨人の一団——この国の姿そのもののようだ。崩れようとする世界をその肩に支える、偉大で孤独な国。そして視線を下げれば、この国のもう一つの現実が嫌でも目に入った。煤（すす）けた街と、疲れた顔の人々。ちょこまか動き回る妖精たちも。

一ブロック先に、足場を組んでシートで覆ったビルがあり、妖精たちが群がっていた。彼らの姿形は、その名から想像されるものからはほど遠い。一見、ローティーンの子供のようだ。明るい色の作業着に包まれた身体はずんぐりとして、五フィートに何インチか足りなかった。全員がそっくり同じで、男女の区別もつかない。肌は小麦色で、くるくる巻いた髪は褐色、虹彩もたぶん同じ色だ。丸い顔につぶらな瞳と獅子鼻、大きな口といったパーツの組み合わせは、どの人種のものとも判別しかねた。そのようにデザインしてあるのだ。

ビルの前にはトラックが停められ、妖精たちが資材を運び出していた。身長の半分くらいありそうな袋や缶を軽々と担ぎ上げる。丸ぽちゃの体形にもかかわらず、力は並の人間以上なのだ。丸顔には一様に陽気な笑みが浮かび、瞳はきらきらと輝いていた。働くのが楽しくてたまらないといった様子だ。今にも、ハイホー、ハイホーと歌い出しかねない。ケイシーは嫌悪に顔を歪めた。道路を渡ろうかとも思ったが、そちら側でも二ブロック先に足場を組んだビルと跳梁（ちょうりょう）する小さな人影が見える。

「こんにちは！」

せっせと働く妖精たちは、道行く人々に見境なしに挨拶をした。無視する者はわずかで、子供相手のような優しげな声が微笑とともに返される。

「こんにちは。今度はなんの工事？」

髪を染めた中年女が、甘ったるい声で尋ねた。箒（ほうき）と塵取りを手に、ちょこちょこと出てきた妖精の前に立ち塞がり、身を屈めて視線を合わせている。

「ビルのかいそうをしているのです」と妖精は答えた。声は甲高く、特に訛りはないが舌っ足らずだ。「しみんのみなさまのいこいのばとなるギャラリーが、ごがつにオープンするのです。うえのかいにはカフェやパソコンきょうしつもはいります。それまでごめいわくをおかけするのです」

一生懸命憶えた口上を暗誦する幼児といった風情に、温かな視線が向けられる。大荷物を担いだ妖精たちが通行人と衝突しないよう歩道の交通整理をしていた青年が、御迷惑をお掛けします、とにこやかに言い添えた。ハンサムなヒスパニック系で、カーキ色の作業着は染み一つなく清潔そうだ。

「それは楽しみね、ここはずっと空きビルだったから」身を起こしながら女は言った。「近頃はあなたたちのお蔭で街がすっかりきれいになったわ。これからも頑張ってね」

女が立ち去ると、妖精は歩道を掃き始めた。ケイシーは足を速めた。挨拶を無視して素早く脇を擦り抜ける。悲鳴は小さかったが、塵取りが派手な金属音を立てて引っ繰り返った。妖精は車道に転がり落ち、箒が手から飛んだ。黄色いタクシーがけたたましくクラクションを鳴らし、小さな身体をかろうじて避けて走り去った。箒は轢き潰された。

「おい、あんた！」

背後からの声に、ケイシーは振り返らず歩き続けた。監督役のラテン男が車道に飛び出し、誘導棒を大きく振って、車の流れを迂回させている。竦んでいる妖精を手早く歩道に引っ張り上げた通行人は、なおも声を張り上げた。

「あんただよ、野球帽の。この子の足を引っ掛けただろう、見たぞ！」

ケイシーは平然と帽子を脱いだ。憤慨した叫びが聞こえ、思わずにやりとする。だが非難の声は複数になり、彼を人でなし呼ばわりし始めた。笑みが強張る。大丈夫、怪我はありませんから、と宥める声はラテン男のものだろう。苛立ちにますます足を速めたケイシーの視線が、ほっそりした人影を捉えた。

角のコーヒーショップの前に少女が一人佇み、彼を見詰めていた。幼い顔立ち――十二歳くらいか。ひどく生真面目な表情だ。ツインテールにした長い髪は見事な金色、首にぐるぐる巻き付けた真っ赤なマフラーに華奢な顎を埋めていた。寒さで耳と頬と鼻先が赤らんでいるが、皮膚のそのほかの部分は透き通るように白い。紺のブレザーにチェックのスカートという組み合わせは、どこかの学校の制服だろうか。しかし今は平日の昼間だ。紺のオーバーニーソックスと短いスカートとの間から覗く素肌が寒そうだった。胸に抱き締めている黒と白の塊が、犬か何かの縫いぐるみだと気づき、ケイシーはわずかに眉をひそめた。そんなものを持ち歩くには、いささか齢が行きすぎている。

歩調を緩めないまま、ケイシーは角を折れた。少女は生真面目な表情を崩さず、彼を視線で追った。その瞳は、雪が降った翌日の空のように青かった。先に目を逸らしたのは、通行人にぶつかりそうになったケイシーだった。だいぶ歩いてから振り返ると、少女はまだ彼を見詰めていた。

ケイシーの勤務先は、祝福された自然社系列のドラッグストアだ。置いてあるのはもちろんブレスド・ネイチャー社製品のみ。サプリメントをはじめとする各種薬草製品、有機食品、化粧品、衛生用品のほか、再生紙製のノートやコーヒーフィルターなど各種雑貨、有機栽培コットンの衣料、さらにはベジタリアン向け製品まで、ひととおり揃っている。

夕方、ほっそりした人影がドアを押し開けて入ってきた時、ケイシーはすぐにあの少女だと気づいた。相変わらず、持ち物は縫いぐるみ一個だ——と、それが腕の中で身を捩ったので、ケイシーはぎょっとした。少女は彼の視線には気づかぬ風で、陳列棚の間を歩き出した。ややあって我に返ったケイシーは、レジを離れて少女を追った。食品コーナーで捕捉する。

「お客様、ペットを連れての入店は御遠慮願います。それは介助犬じゃないでしょう？」

少女は青い目を大きく見開き、唇の両端を吊り上げた。薄い唇は桜草色をして艶めいている。小首を傾げると、カールした金髪が揺れた。「ええ、犬じゃないわ。狐よ」無邪気な口調だが、どこかおもしろがるような響きがあった。

「まあ、狐ですって？」

ジューンが大声を上げ、レジカウンターからずかずかと出てきた。客はほかに数人いる。全員、身なりのいい白人で挙動に不審な点はないとはいえ、近頃はどんなことでも起こり得る。ケイシーは口を開きかけたが、それより先に少女が棚からシリアルを一箱取った。

「これを買ったら出るから、いいでしょ」肩越しに悪戯っぽく言う。

「なんだか変わった狐ねえ」

店員としての務めはケイシーに任せ、ジューンは興味津々の態だ。相変わらず、痩せて筋張った四十女には不相応なはしゃぎ方をする。くだらない恋愛ドラマの影響だろう。客たちも集まってきて、小さな人垣ができた。

「ほんとに狐かい？」

片手で支払いを済ませると、少女は両手で狐を抱え直して、質問した若い男に向かって掲げてみせた。「シベリア産よ」

男は、その地名に心当たりがないことを示す曖昧な微笑を浮かべた。確かに変わった動物だ、とケイシーも無言で認めた。見たところ、まるで狐らしくない。ふさふさした毛皮は肩から前足が白く、ほかは黒だ。耳は垂れ、鼻づらも尖っていなかった。何より、尻尾が犬のように巻いている。恐る恐る伸ばされたジューンの手を躊躇いもせずに嗅ぐと、ピンクの舌を出して舐めた。ジューンは悲鳴混じりの笑い声を上げた。

別の客が言った。「遺伝子改造獣じゃないだろうな」

「ひどいこと言わないで」少女は、きっとなって言い返した。

「狐と犬を掛け合わせたか」笑いが沸き起こった。

ケイシーは口を挟んだ。「お客様、当店ではレジ袋を使用しておりませんが」

感謝するように、少女は彼に笑みを向けた。「じゃあ、そのショッピングバッグもちょうだい」

少女とペットが去ると、客たちは再び無関心な他人同士になって店内に散っていった。ケイシーは、今度こそ持ち場を離れるなとジューンに言い渡すと、店内を見回った。変種の狐が粗相をしなかったかと。

帰宅したのは十時過ぎだった。先にシャワーを浴びてから、社員割引で購入したレトルトの有機食品と九種類のサプリメントの夕食を摂る。その後は妖精撲滅派のウェブサイトを巡るのが日課だ。大半のサイトで、禍々（まがまが）しい変異体（ミュータント）に出迎えられる。遺伝子工学の危険性を警告するため、トップページに映画――ホラーやＳＦなど――のスチールを飾るのが昨今の定番だった。国外では著作権がどうのと騒がれているらしいが、外国の法や慣習など、この国ではなんの力も持たない。そもそも、これらの作品のほとんどは祖国を捨てた連中か、そいつらから我が国の優れた技術を買った連中が作っているのだ。なんでこちらが遠慮する必要があろう。

それにしても、とケイシーは思う。確かにこれら怪物の姿は、妖精たちの画像より遥かに奇怪で恐ろしげだ。奇妙なことに、紙や画面上の妖精は実物のような生理的嫌悪を引き起こさない。

彼が妖精の画像を初めて目にしたのは、一昨年の暮れだった。魂のない虚ろな笑いを浮かべるクローンの群れは、実験室で生み出された人工生物だという事実を差し引いても不気味だった。だが所詮、その程度でしかなかった。それから一ヵ月と経たないうちに、奴らは街中に出没し始めた。一目見た途端、全身の血が凍った。おぞましさに身の毛がよだち、悲鳴が喉を突き上げる——だが開いた唇からは、喘ぎ声すら出てこなかった。目を逸らすことすらできない。人の姿をした人でない怪物（クリーチャー）のおぞましさだった。空想上の怪物など、足許にも及ばない。

最も異常な事態は、多くの人が妖精をそのようには感じていないらしいということだった。それどころか今日、ケイシーを非難した通行人たちのように、可愛らしい働き者の小人か何かだと見做（みな）しているのだ。撲滅派ですら、果たして生理的、本能的と言えるほど強い嫌悪を抱いているかどうか。

妖精の存在は紛れもなく、世界を混沌に堕とそうとしていた。ヨーロッパでは、地下闘技場が摘発をものともせずに増殖中だった。妖精同士のデスマッチに、莫大な金が動いている。性的倒錯は、ますますヴァリエーション豊かに展開しつつあった。妖精に反社会的行為を強制することはできない、とは妖精企業の弁だ。そのようにプログラムされているのだそうだ。反社会的行為には、いわゆる性的奉仕も含まれていた。妖精を強姦すれば、たとえ負傷させなくても殺傷と同じく器物損壊罪に問われる——それはこの国でも例外ではなかった。だが異常者は後を絶たなかった。雌型だろうが雄型だろうが、おかまいなしだ。ころころ太った獅子鼻のドワーフ相手にその気になるというのも忌まわしい話だが、妖精版プレイメイトの存在も広く信じられていた。密かに製造された全自動ダッチワイフが、腐敗しきった権力者どもに提供されているという。そもそも妖精が全世界でほとんど同時に出現し瞬（また）く間にはびこったのは、一国の首脳部から大企業のCEO、マフィアやテロリストの親玉まで、あらゆる指導者たちが性的奉仕専用の妖精によって予（あらかじ）め骨抜きにされていたからなのだ。

　遺伝子工学の尖兵が権力者に禁断の技術を提供している、という噂は昔からあった。具体的には回春や美容、あるいは贔屓（ひいき）のスポーツ選手の能力増強（エンハンスメント）などだ。根強い噂ではあったが、人工娼婦のインパクトには到底敵わない。お蔭で今や、撲滅派のウェブサイトには、彼女たちのイメージが氾濫していた。本物の人間の美女そのものにしか見えないという説もあるが、むしろ非人間的な姿だという説が有力であり、また想像力を掻き立てた。さまざまな動物とのキメラ、身体の他の部分に比べて著（いちじる）しくアンバランスに発達した乳房や尻、あるいは複数のヴァギナ……。歯噛みしながら、ケイシーはこれらのサイトを歩き回った。妖精の糾弾に託（かこつ）けた、性的妄想の開陳でしかない。人造生物の脅威を理解できない愚劣な連中だ。

　だが彼らもまた、妖精の被害者だと言えた。深刻な精神汚染を被（こうむ）っているのだ。その上、これらの画像の多くは日本産の低俗なコミックからの引用、もしくはその模倣だった。低級な外国文化による汚染は、ジャンクフードが味覚を駄目にするのに似ている。

　冷戦終結以来、遺伝子工学は留まることなく世界を侵蝕していた。それでも、ヨーロッパやカナダ、オーストラリアなどでは反遺伝子工学派が優勢だった。これらの国々では、我が国ほど徹底的ではなかったものの、遺伝子工学の研究も利用も制限されていた。

妖精は、法の抜け穴を悪用して造られたのだった。この怪物は人間の細胞をベースにしているが、狂気の科学者たちが設計(デザイン)した人工ゲノムとやらのせいで、規制対象にはならないのだという。遺伝子操作技術の産物そのものを禁止する国でも、その理由を健康や環境への悪影響としているため、その危険のない妖精は対象にならなかった——病気持ちではないし、生殖能力がないため勝手に増殖したり他種生物と交雑する危険もない。遺伝子工学規制派の国々は知識の面でも遅れがちであることを衝いた、卑劣な作戦だった。もちろん、これまでは法律を拡大解釈することで侵略を防いでこられた。だが今回に限ってこの有様だ。人工娼婦の噂が俄然信憑性を帯びる。

しかしそれは、一握りの指導者層に限った話だ。一般市民には、なんらかの手段で心理操作が行われているのだとケイシーは確信していた。とはいえ圧倒的多数を占める妖精容認派にも、二つの立場があった。推進派と保護派だ。前者は、妖精の導入を手放しで歓迎する。汚く、きつく、危険な仕事を人間の代わりにさせる労働機械として、というのが建前だが、妖精を撲滅するためではなく趣味で虐待する連中も、このカテゴリーに含められるだろう。彼らは撲滅派ほど妖精を嫌悪してはいないが、保護派のように愛してもいない。

妖精を愛する人々は、その保護を訴える。悪条件の労働を人間に代わって行わせるのには賛成でも、そのためには負担を少しでも軽くすべきだと言うのだ。妖精にも何がしかの権利が必要だと主張し、虐待に対する厳罰化を求めている。

彼らのサイトを訪問するのも、ケイシーの日課だった。的外れで馬鹿げた悲憤や感傷、政治的主張を、せせら笑いながら斜め読みする。妖精の保護は心身両面にわたらなければならない、すなわち彼らにもセラピーを、という提案に遭遇した時には大声で笑った。妖精が人間並みの心など持たないことは、その製造者たちが保証しているとおりだ。喜びや悲しみ、恐怖を示すように見えても、単なる反射作用でしかない。

具体的な事例に関しては、もう少し丁寧に目を通す。劣悪な環境での労働。虐待。それらの情報は概して撲滅派が提示するものに比べて衝撃性では劣ったが、一部はより衝撃的だった。また撲滅派サイトの画像は大半が歴然と造り物だが、保護派の画像はどれも非常に本物らしく見えた。事故や虐待で損なわれた肉体——潰され、砕かれ、引き裂かれ、切り刻まれ、炎や毒物で焼け爛れる。今日のヒットはフェンスに引っ掛かった数個の肉塊だった。地雷除去の失敗、とキャプションにある。地雷が強力すぎるとミンチになってしまうが、今回は部位が識別できるほどよいサイズだ。

遺伝子工学そのものへの拒絶反応も、明らかに妖精の受容とともに薄れつつあった。保護派の大半は、これまで遺伝子工学に反対してきた人々だった。妖精の保護を訴え始めると同時に、掌を返して条件付きでなら遺伝子を弄ぶことを認めるようになった。ドイツでは今日、遺伝子治療に対する規制が大幅に緩和された。俺は世界が狂っていくのを目の当たりにしている、とケイシーは思う。無論、世界とは白人の国々のことだった。中南米やアジアは元から遺伝子工学に無頓着な連中の集まりであり、中東やアフリカは事実上の異世界だった。こちらの世界への侵略を食い止めるべく我が国の軍隊や民間警備会社が派遣されており、お蔭でケイシーら一般国民はほとんど影響を被らない。

人工子宮に関する情報収集も怠らない。妖精の大量生産を可能にし、それ自体、遺伝子工学の産物である邪悪な機械。これを人間にも適用すべきだと愚かにも考えるのは、外国の一部のフェミニストだけである。そこで陰謀家たちは外堀を埋めようとしていた。臓器培養や欠損した肉体の修復、さらには病気治療の研究が、人工子宮を使って進められている。食肉生産のプロジェクトは、動物愛護団体に好評だった。

それから、仲間が集まる掲示板を訪ねる。情報交換や他愛のない遣り取りに紛れて、次回のパーティーについて参加者だけに解る符丁で告知を行った。最後に、ブログを更新した。推進派の浅慮と保護派の安っぽいヒューマニズムを嘲笑い、妖精が人間や家畜に疫病をうつすと警告する記事にリンクを貼った。妖精がもたらす道徳的荒廃の事例を引きつつ、この人工生物が人間の精神を汚染するウィルスを撒き散らしているという自説を展開した。遺伝子工学への危機感の減少も、それが原因だ。遺伝子治療は病気の遺伝子を持つ人々を否定することだと指摘し、人工子宮の利用拡大に警鐘を鳴らした。

こうしてまた、一日が過ぎていく。

光源はぎらつくライトが一つ。発電機の唸りが冷え切った空気を震わせる。立ち上る幾つもの白い呼気。高い天井は光が届かず、闇に閉ざされている。罅割れた煉瓦の壁、板で塞がれた窓。床はコンクリートだが、黒い汚れがべったりと覆っている。隅には錆びたフォークリフト、廃材の山。

白熱する光を浴びるのは、一体の妖精だった。天井から下がった鎖に両手を吊るされ、つま先がかろうじて床に付いている。衣服はすべて剝ぎ取られ、惨めに素っ裸だ。親指ほどの項垂れたペニスが、雄型であることを示す。無理な体勢と寒さのため、ずんぐりした幼児体型はぶるぶる震え続けていた。半開きになった両眼は虚ろで、恐怖を感じているのかは定かではなかった。眩い照明に細部は飛んで、体毛がなく関節のでっぱりも目立たない肉体の、のっぺりした印象が強められている。夥しい傷とそこから流れる血が、ゴム製の人形にこびり付いた汚れのようだった。ここに連れてこられるまでに、散々痛め付けられたのだ。

だがこんなものは序の口にもならない。お楽しみはこれからだった。

憐れな人工生物の前には、四人の男がたむろしていた。薄汚れた古着に身を包み、錆びたバーベキュー・グリルで暖を取っている。入口を塞ぐように一台のセダンが停められ、その座席には四つのマスクが転がっていた。古典ホラーの怪物を模った、安物のマスクだ。

炭火の熱で、凍り付いていた空気中の分子が徐々に動き出しつつある。回し飲みされるウイスキーは、立ち込める腐臭を遣り過ごすためでもあった。彼らは飲みながら声高に言葉を交わしたり、くすくす笑ったり、しきりと身体を揺すったりしていた。完全に素面(しらふ)で落ち着き払っているのは、ただ一人だった。

がたのきたテーブルに、酒瓶のほか、さまざまな器具が並んでいる。大半はホームセンターで入手できる品だ。ペンチ、鋸、ハンマー、鉈等が数種類ずつ。ロープに鉄パイプにゴムホース、ガスバーナーもある。整然と並べられ、特に何種類もの軍用ナイフは別格扱いで、ほかから離して置かれていた。椅子が二、三脚と何も載っていないテーブルもあり、いずれも乾いた血で黒く汚れていた。

彼は飲み続ける仲間から離れ、道具を並べたテーブルに歩み寄った。やや思案してから、ナイフの一つを手に取った。それほど大型ではないが、背に刻まれた鋸刃が凶悪な印象だ。一人が手にしていたビデオカメラを構え、レンズを妖精に向けた。その視野を遮らないように、彼は横から回って妖精に近付いた。妖精の目が緩慢に瞬きし、不意に焦点を結んだ。ナイフを凝視し、激しく震え出す。彼は歯を剝き出して笑った。仲間たちが固唾(かたず)を飲む。妖精の股間を小便が伝い落ち、湯気を立てた。

その建物は、現代的なコンサートホールめいた外観だった。教会であることを示すのは、門の脇に取り付けられた金属製のプレートだけである。警備は厳重で、信者証の提示が必須だ。手荷物はロビーのロッカーに預ける。武器および電子機器、ライターを身に着けている場合もロッカーに預け、それから検査ゲートをくぐる。

礼拝堂もやはりコンサートホールと同じく、階段状の客席がステージを見下ろす構造だった。ステージの上方にはパイプオルガンまである。もっとも、普通の日曜礼拝でパイプオルガンが使われることはなかった。ケイシーはB席に座った。今回は店のシフトが比較的早く組まれたので、インターネット予約が間に合ったのだ。A席以上は、毎週必ず出席できる者の特権だった。

説教はステージ中央で行われる。講壇は大量の花に囲まれていた。礼拝開始十分前には、二千余の座席はすべて埋まった。コンサートと違って、席を予約した信者が礼拝をすっぽかすことはまずない。立ち見の信者が壁際にずらりと並び、扉が閉じられた。照明が落とされたのを合図に、客席のざわめきが小さくなる。音楽が鳴り響き光が踊り、黒いガウンを翻した牧師が颯爽と登場した。会衆の拍手が、轟音となって耳を聾(ろう)する。

牧師が講壇に着くと、背後のスクリーンにその姿が映し出された。真っ白な歯を見せ、女性信者を魅了すると言われる例の微笑みを浮かべている。拍手が止んだ後も、残響はしばらく空気を震わせていた。牧師は笑顔を消した。代わって、厳粛さの中に悲しみを湛(たた)えた表情が現れる。

「皆さん、今日は世界各地で逮捕され、今なお勾留されている同胞たちのために祈りましょう」

表情と同じく完璧にコントロールされた声が、囁きや咳、靴が床を擦る音などが満ちた空間に響き渡った。「彼らはどんな罪で逮捕されたのでしょう？　現地の政府によれば、我が国の工作員だということです。機密を盗み、混乱と破壊をもたらす悪の手先だと……。では、そのような恐ろしい目的を持った彼らは、どのような人々なのでしょうか」

牧師が言葉を切ると、スクリーンの映像が切り替わった。頭にスカーフを巻いた女だ。ずいぶん陽に焼けているし、やや齢も行っているが、器量はそう悪くない。満面に笑みを浮かべ、同様にスカーフを巻いた中東系の少女の肩を抱いている。頭上には難民キャンプを思わせる日除けと、それを透かす強烈な陽射しがあった。彼女は新聞記者でありイラクで逮捕された、と牧師は説明した。ケイシーはその事件を憶えていた。

「彼女はもう一年以上、空調どころかシャワーもない不健康で不衛生な独房に閉じ込められています。拷問とレイプの危険に晒され続けているのです。彼女の七十代の母親は心痛のあまり脳梗塞で倒れ、闘病生活が続いています。父親は……」

彼女の家族、彼女の婚約者、彼女の半生について、牧師は沈痛な口調で語った。すでに事件について知っている信者たちも、彼女が真実を報道する使命感に溢れた記者であり良き国民であり、いずれは良き妻、良き母になるに違いない――これ以上の悲劇が起きなければ――と改めて認識し、不当な逮捕への義憤を新たにした。

もちろん、真実を追求する代償を払う羽目になったのは彼女だけではない。国外で取材中に逮捕された記者や報道カメラマンが、次々と挙げられる。そして、命を落とした者たちも。怒りや悲しみの声が上がった。ケイシーの隣の女は鼻を啜り始めた。

「しかしある意味では、彼らが逮捕された理由は納得が行くものです。つまり彼らの行動は、腐敗した権力者たちにとって、それほどまでに脅威だったということです。では、この人々はどのような脅威をもたらしたというのでしょうか」

スクリーンに現れたのは、三人の男女だった。男二人と女一人。背景はジャングルだ。先日、中米のどこかで逮捕された宣教師たちだと気づいた信者たちはざわめいた。ケイシーも気が付いていた。正確には男の一方は人類学か何かの教授で、宣教師である妻とともに捕らわれたのだった。

「中南米に限らず第三世界諸国は、我が国が現地の文化や伝統、共同体を破壊するために宣教師を送り込んでいると主張しているのです」

逮捕された三人は如何(いか)に優れた人々であったか。貧困と腐敗という両輪に乗った破綻国家と如何に闘ったか。彼らはその高潔な魂をもって、先人たちと同じ道を歩んだのだ。

「悪の独裁者たちが何を恐れているのかを、中南米のケースは端的に示しています。かつては、この地域の多くの国が民主主義国家であり、我が国と良好な関係を築いていました。我が国の聖職者たちは現地の政府と歩調を合わせ、人々の生活を物心両面から向上させてきました。汚濁に塗(まみ)れたヴァチカンと組む反政府ゲリラは我が国の清貧な聖職者を憎悪し、襲撃しました。教会も襲撃され、多くの人命が失われました。その後ゲリラたちが暴力や策略によって政権を掌握すると、体裁を取り繕うため、問答無用の虐殺の代わりに罪をでっち上げて逮捕や追放を行うようになったのです。世界各地における同様の事態は、民主主義と真の信仰が広まることへの恐れであることが理解できるでしょう」

しかし魔の手は、平凡で善良な一般市民にも及んでいた。海外駐留の公務員や会社員、旅行者、ボランティア——彼らが一体何をしたというのか。容疑は必ずしも、国家に関わることではなかった。産業スパイ、麻薬をはじめとする禁輸品持ち出し、殺人、窃盗や性犯罪。およそ逮捕勾留に足る犯罪なら、なんでもいいと言わんばかりにでっち上げる。すべての根底にあるのは、この偉大な自由の国に対する妬みと憎しみと恐れなのだった。

力強く、かつ切々と牧師は訴えた。憎悪の犠牲となった人々を救うため、わたしたちにできること。署名活動、募金、キャンペーン商品——ブレスド・ネイチャー社も協賛——の購入、外国製品の不買運動。何よりも、希望を抱き続けること。

悪意に包囲された祖国のために、ひとしきり祈りが捧げられる。牧師の朗々とした声に唱和し一斉に呟かれる二千余の祈りが、二千余の蜂の羽音となって響いた。

説教のテーマは、遺伝子工学の脅威へと移った。それは社会に混乱をもたらし、貧富の差を拡大し、暴力を激化させるが、究極の脅威は神が設けた秩序を破壊し、人を人でなくすことである。神は、海の魚と空の鳥と、家畜とすべての地の獣と、すべての地を這うものとを支配させるため、自らの姿に似せて人を造った——『創世記』第一章。

「かつて反遺伝子工学活動家のジェレミー・リフキン氏は、人間と動物のキメラについて特許を申請しました。よろしいですか、彼は敢えてそうしたのです。これに対し、当時の特許商標庁長官は次のように述べました。怪物に特許は与えられない。何をもって怪物とするかは、見れば判る――と。

　我々はこうして一丸となって、遺伝子工学による侵略を防いできました。これは呪われた背教者、ダーウィンとメンデルの登場以来続く聖戦なのです。しかし新世紀を迎えた今、防波堤は決壊しようとしています。街には怪物が溢れています。そう、フェアリーとかピクシー、ニンフと呼ばれるあの怪物たちです。フランケンシュタイン博士たちは、あれらは人間と動物のキメラではないと主張しています。しかし神の摂理を平気で踏み躙る輩の言葉を、どうして信じられましょう？　いずれにせよ、怪物は見れば判ります。あれらは怪物であると同時に、魂を持たない惨めな労働機械、ロボットです。目先の利益に捉われた政治家や実業家たちは、人件費が掛からず製造費も維持費も極めて安価な労働力として、手放しで歓迎しています。我が国でさえ例外ではありません」

　潮騒のようなどよめきが上がった。二千余の唇から洩れた憤りの呻きだ。牧師は言及しはしなかったが、特別仕様の性玩具にまつわる噂を思い浮かべた信者は多かろう。

「陰謀家たちは、貧困層をも味方に付けることに成功しました。仕事を奪われるのではないかという危惧を解消してやるため、儲けた莫大な金のごく一部を使って怠惰な落伍者たちに無料で衣食住を提供し、教育を受けさせています。麻薬更生施設の運営も始めました。見え透いた偽善です。その裏に潜む恐るべき目的を見抜かねばなりません。
今のところ怪物たちは低い知能しか与えられておらず、単純な労働しかできません。彼らに人間並みの能力を与えるという、まさに神を恐れぬ所業が試みられれば、さすがに推進派も保護派も目を覚ますでしょう。ですから陰謀家たちは先に貧困層に恩を売っておくのです。彼らをその自堕落で惨めな生活から抜け出させ、代わりに怪物たちに人間並みの能力を与えることを許可させるのです。どうやって彼らの地位を向上させるのでしょうか？　方法は一つしかありません。我々に取って代わらせるのです」

再び、どよめき。今度は怒りだけでなく恐怖の響きがあった。

「富裕層でも貧困層でもない我々は、怪物から利益を得ることはありません。だからその存在を許さない。そこで貧困層を手懐(てなず)け、我々に取って代わらせるのです。堕落した富裕層は、貧困層と中間層が入れ替わったところで気にも留めないでしょう。そしてついには、人間という種そのものが脅かされるのです……」

喝采の嵐の中、牧師は退場した。続いて講壇が片付けられ、椅子が四つ並べられた。まず司会者が出てきて一番端の椅子に座った。挨拶し、信者たちを呼ぶ。温かな拍手で迎えられたのは三十からみの主婦風、十代の少女、五十代と思われる管理職風の男だった。インタビューは、その順番で行われた。

ケイシーはもぞもぞと身じろぎした。毎回この企画では居心地が悪くなるのだ。実体験であることを疑うわけではないが、進行が淀みなさすぎて、プロによるシナリオと入念なリハーサルを想像せずにいられない。素人のはずの語り手の口調や態度も、あまりに玄人はだしだった。時々、司会者がさりげなく補足することはあるものの、それすらもやらせではないかと思えてしまう。感極まって涙を流したり嗚咽（おえつ）を漏らしたりはするが、語り続けられなくなったり筋を見失ったりはしない。むしろ、効果を計算しているかのようだ。

自らの悲劇をそんなふうに語れてしまうことが、ケイシーを居心地悪くさせるのだった。二十八歳の女はやはり主婦で、夫の浮気に悩んでアルコール依存症になった。今年十七歳だという少女は九歳で母を亡くし、それをきっかけに母方の親族と父との軋轢（あつれき）は破局的になった。五十四歳の男は十年前、癌を告知され、その直後にリストラに遭った……満座が啜り泣く中で居心地の悪さを感じているのは、どうしようもなく居心地が悪かった。

休憩を挟んで第二部は、ゲストの登場だった。毎回招かれるのは歌手で、牧師が自らホスト役を務めるトークの後、パフォーマンスが披露される。最後は聖歌と国歌の大合唱だ。いつもよりおとなしめな装いで現れた人気上昇中の歌姫は、その溌剌とした美貌を牧師に称賛された。信仰とブレスド・ネイチャー社のお蔭よ、と彼女は答えた。具体的な製品名が、すらすらと挙げられる。拍手が起きた。

礼拝の模様は、宗派（セクト）の専用チャンネルで中継されている。先刻の休憩中には、祝福された自然（ブレスド・ネイチャー）社をはじめとする宗派推奨の企業がドラマ仕立てで宣伝されていたはずだ。教会がこれらの企業を祝福するのは、それらが優れた活動をしているからである。利害関係を云々するのは下種の勘繰りというものだ。

歌姫もまた自らの苦難と、それを信仰によって克服したことを語った。彼女も理想的な信者だ、とケイシーは内心独りごちた。ステージに上がるのは理想的な信者だけなのだ。苦難に遭い、それを信仰によって克服した者。苦難は、必ず克服される。主婦はアルコール依存症から立ち直り、夫も心を入れ替えた。少女の祖父母と父は和解した。失職した癌患者も再就職して病を克服、部長にまで昇進した。

苦難そのものも理想的でなければならなかった。劇的だが他の信者を動揺させる種類の苦難ではない、ということだ。麻薬中毒、殺人、自殺、不治の病、心身の重度の障害、暴力、性犯罪、望まない妊娠、刑務所への収監。こういった災難が語り手自身に降り掛かることは決してない——完遂された殺人と自殺は当然にしても。すべて、友人か場合によっては家族や親戚の身に起こることだ。語り手は非常に心を痛め、自らも不幸になるが、信仰が支えになる。そして不幸の当事者やその周囲を導き、立ち直らせるのだ。

ケイシーのような冴えない履歴もまた、理想的ではなかった。

かつて彼は、小さな編集プロダクションに勤めていた。企業の社内報やＰＲ誌などの制作を専門に請け負う会社だ。ブレスド・ネイチャー社からの受注もあり、ケイシーは通販カタログを担当していた。必然的に製品について詳しくなり、自分でも購入するようになった。大恐慌以来と言われる失業率が続く中、自分は運がいいほうなのだと思っていたが、やがて彼の番が来た。三年前のことだ。その頃にはすでに、失業率は大恐慌の底を突き抜けていた。

　職を得るためにはどんな屈辱にも甘んじなければならない。そう骨身に叩き込まれるのに、長くは掛からなかった。親しかった人々――彼がそう信じていた人々は皆、背を向けた。恋人さえも例外ではなかった。原因は彼の失業ではなく思い遣(や)りのなさ、というのが彼女の言い分だった。せめて心の平安を、と宗教番組のチャンネルを選択したところ、高校時代の同級生が出演していた。

　すぐには彼だと気づかなかった。一つには、特に仲が良かったわけでもなかったので卒業以来一度も会っていなかったからだが、それ以上に容姿の変化が甚(はなは)だしかったのだ。憶えているのは、馬鹿でかい図体とにきび面、べたついた髪だった。きれいに櫛の通った豊かな髪や引き締まった滑らかな頬、ＴＶ映りのいい微笑とはまったく結び付かない。首から下はガウンに隠れていたが、標準体型を逸脱していないことは明らかだった。テロップで名前が出ても、記憶が刺激されることはなかった。それでも爽やかな弁舌に耳を傾けるうちに、天啓のように気づきが訪れたのだった。

　驚愕に打たれたまま、番組の最後に紹介されていた宗派(セクト)のサイトにアクセスしてみて、彼の教会がこの街にあると知った。プロフィールによれば、元同級生は医学を修めていた。彼の進学先が医大だったことを、ケイシーは思い出せなかった。神学への関心と同様、医学への関心が特に高かった印象はない。プロフィールは続いた——インターン期間中に現代医学に疑問を抱くようになった未来の牧師は、医師免許は取得したものの、ハーブと信仰による治療に傾倒した。ブレスド・ネイチャー社の研究所に二年間勤務した後、聖職者となった。最近結婚したばかりであり、花嫁は同業者の娘だった。

縋（すが）れる物には藁でも縋るつもりだった。掲載されていたアドレスにEメールを送った。タイトルには本名と母校の名を明記しはしたが、物欲しげに見られるのを恐れて、本文は当たり障りのない挨拶のみに留めた。自分自身については、ブレスド・ネイチャー社の刊行物を編集していた、と過去形で語った。それが信仰とオーガニック・ライフに強い関心を持つきっかけになったのだ、と。

決して期待はしていなかったのだが、一ヵ月後に本人から返信が来た。便りをくれたことを型どおりに喜び、型どおりに昔を懐かしむ空疎な内容だったが、最後の最後にこう書き添えられていた——何か困っていることがあれば力になるよ。

今度こそ形振（なりふ）り構わず、窮状を訴えた。以前の仕事を改めて強調し——この時も刊行物の種類には触れなかった——ブレスド・ネイチャー社製品についてはなんでも知っているとアピールした。さらに一ヵ月して、現在の職場から、面接を受けてみないかと直接連絡があった。選り好みをする余裕はもはやなかった。

ステージ上では、歌姫が回心の瞬間について涙ながらに語っている。先刻の三人に比べてよほど自然に見えるのは、やはりプロならではだろう。牧師は聞き役に徹していた。受け答えは如才ないが、ショービズ擦れした印象はない。ケイシーの席からだと彼らは人形のようにちっぽけだが、背後のスクリーンには歌姫の泣き顔と牧師の慈愛に満ちた微笑みが大写しになっている。端整というほどではないものの、数倍に拡大されても見苦しくはない容貌は、好青年という形容が相応しい。

牧師とケイシーが同い年だとは、誰も思わないだろう。ケイシーだって、こんな生活——長時間勤務と不規則なシフト——を続けている割には健康だ。厳選された有機食品と大量のサプリメントの効果であり、それがなかったら、どんなことになっているかは想像もしたくない。だが腹には脂肪が降り積もっていく一方だし、遅番が続けば顔はむくんで吹き出物だらけになる。各地の講演や宗教チャンネル以外の番組にも引っ張り凧の牧師は、確かに多忙には違いあるまいが、ケイシーよりは規則正しい生活を送れているはずだ。週何時間かはエクササイズに割く余裕もあるに違いない。ケイシーが諦めざるを得ない高価なサプリメントや、レトルトでない有機食品もたっぷり摂れるだろう。看板牧師の健康と見場を保つ必要性は、宗派本部もよく認識しているはずだ。

歌姫が、日曜礼拝になかなか出席できないことを嘆いた。牧師は優しく且つ妥協のない態度で、礼拝が信者と教会の、そして信者同士の絆を強めるのに如何に大切かを説いた。会衆が一斉に頷く。ケイシーは顔をしかめた。彼の勤務先では従業員は全員、教会の信者である。ブレスド・ネイチャー社の系列店では、どこでもそうだろう。日曜営業を続ける限り、毎週誰かが礼拝に出られないことになる。日曜礼拝の中継はあるが、出席してこそ理想的な信者なのだ。

　理想的な信者とは、理想的な国民のことでもあった。黒人ではなく白人、ラテン系でもスラヴ系でもなくアングロ・サクソン系、そして敬虔なキリスト教徒すなわちプロテスタント。創造論教育を受け、進化論が神を冒瀆する似非（えせ）科学だと正しく理解している。平日働いて週末休み、家族や友人との絆を大切にする。そのような人々が、この国では理想であるだけでなく、典型であり多数派だということになっているのだ。

　教会が理想とする信者像と己との間にはギャップがある。不満やストレスを感じるほどではないが、時折釈然としない思いに駆られる。だがそれもこれも、すべては牧師が元同級生であることに起因するのだろう。過去を知らなければ素直に尊敬できるのに。しかし過去があったからこそ、職を紹介してもらえたのは間違いない。施しを受けたという負い目、否、屈辱と、こんな仕事しか与えてくれなかったことへの恨みが綯（な）い交（ま）ぜになり、神とケイシーの間に横たわっている。

　未明の街で、五フィート弱の妖精たちが今日も元気に楽しく働いていた。塵芥（ごみ）を拾い、血やげろ、その他得体の知れない液体や半固形物を洗い流す。十体のグループで数ブロックを担当する。一グループごとに一人の人間が付いていて、周囲に警戒の眼差しを向けていた。教えられたとおりに、妖精たちは監督役の目の届かない場所には行かない。人間に会うと挨拶するが、昼間と違って距離を取った。

　風が歩道からファーストフードの空容器を車道へと転がした。妖精の一体がちょこちょこと駆けていって監督を呼んだ。肌色の濃い、ドレッドヘアの青年だ。車道に出て誘導棒を振り、妖精に塵芥を拾わせる。この時間帯でも、車の往来が途絶えることはない。

　反対車線を走ってきた一台のセダンが、青年の背後で右に折れた。ややあって、その角から二つの影が走り出た。甲高い叫びが上がった。

　振り返った青年が目にしたのは、一体の妖精を連れ去ろうとする怪物たちだった。街灯とネオンサインが異形のマスクを照らし出す。角を曲がって姿を消し、車のドアが閉まる音と走り去る排気音が続いた。我に返った青年は、ベルトのトランシーバーを掴んだ。「やられた！」

　ハマー・フィルム四大スター、夢の競演——ハンドルを握る狼男は、粗野な外見に似合わない堅実な運転で、時速百マイルを保っていた。助手席のドラキュラ伯爵は、その催眠的な眼差しでサイドミラーを凝視しているようだ。後部席ではミイラ男とフランケンシュタインの怪物（クリーチャー）が息を切らしていた。興奮のためだけでなく、妖精が重かったためだ。ぽちゃぽちゃした脂肪の下には、がっしりと筋肉が付いていることを、彼らは経験から知っている。喘ぎ、笑いながらミイラ男と怪物（クリーチャー）は、妖精に麻袋を被せた。妖精は命じられたとおり、無抵抗に身を丸めている。袋の口を縛ると、メリケンサックを嵌（は）めて殴打を浴びせ始めた。重い音とくぐもった悲鳴が車内に充満し、じきに血臭がそれに混じった。

ドラキュラが鋭く警告を発した。「来たぞ」

狼男はアクセルを踏み込んだ。追ってくるのは白いヴァンだった。この位置関係では見えないが、車体には〝妖精清掃サービス〟と書かれている。運転するのは、目の前で妖精を拉致されたドレッドヘアの青年だ。疾走する二台に、間一髪で衝突を免れたドライバーたちが罵声とクラクションを浴びせた。歩行者たちが呆気に取られて見送る。歩道には、清掃を中断して身を寄せ合う妖精たちの姿もあった。暁のカーチェイスは右に左に折れながら、次第に北上していった。信号を無視して交差点を突っ切る。

「諦めないぞ」

怪物(クリーチャー)が縫い目だらけの顔越しに苛立った声を上げた時、前方の交差点を二台のヴァンが左右から塞いだ。作業着のドライバーたちが転がるように飛び降り、歩道に退避する。

「Uターンしろ！」

誰かの叫びに、狼男は反射的に従った。血を滲ませた麻袋が、怪物(クリーチャー)の膝に倒れ込んだ。人造の怪物は悪態をついて人工生命体入り麻袋を押し遣り、ついでに拳を叩き込んだ。反応はなかった。

すぐ背後まで迫っていた追手は、ハンドルを左に切って逃亡者たちの行く手を阻むべきだったろう。だが彼は怒りに燃えていたとはいえアクション映画のヒーローではなく、動転してブレーキを踏んだ。恐怖映画の往年のスターたちは進路を東に変えた。気を取り直した青年が、猛然と追う。

逃げるセダンと、追うヴァン。フランケンシュタインの怪物が窓を開けた。上体を乗り出す。

「おい、何する気――」

銃声が轟いた。

フロントガラスに無数の亀裂が走った。前屈み気味にハンドルを握っていた青年の身体が、シートに叩き付けられる。ヴァンは蛇行し、街灯に激突した。

「なんで撃った?」

怪物たちは逃走を続ける。もはや追跡はなかった。ドラキュラ伯爵は上体を捻じ曲げ、縫い目の怪物(クリーチャー)を怒鳴り付けた。相手は心外そうな気配を全身から発した。隣の包帯だらけの古代の王も同様だ。

「仕方ないだろ、振り切れなかったんだから」

膝の上で四十五口径をこれ見よがしに弄びながら、創造者(フランケンシュタイン)の名で呼ばれる怪物は反論した。

狼男は無言で肩を竦めた。ドラキュラ伯爵は苦々しげに言った。

「車体に何発か当てて脅せばよかっただろう」

「相手は黒人だぜ。そのくらいじゃ脅しにならねえよ」

狼男が尋ねた。「どうするんだ、このまま倉庫へ向かうのか」

「いや」振り返った姿勢のまま、伯爵は答えた。「反対方向へ行ってくれ。川縁(かわべり)で車を始末する」

後部席から不満の声が上がった。「黒人を撃っただけで大袈裟だぜ」

ドラキュラは嘆息した。「東海岸で妖精を襲った連中が、止めに入ったアラブ人を殴って逮捕されたのを忘れたのか。奴らはもう、最底辺の屑じゃない。妖精企業の社員様だ。拳固で撫でてやっただけでも警察が動くんだ」

語尾に、パトカーのサイレンが重なった。全員が身を強張らせたが、距離はかなりあり、むしろ遠ざかっていくようだ。怪物（クリーチャー）が鼻を鳴らした。

「平気さ」強がる口調で言う。「向こうが罰当たりな妖精企業なら、こっちは――」

「黙れ」ドラキュラは遮った。「その名を軽々しく口にするな。たとえ俺たちだけの時でも」

怪物（クリーチャー）とミイラ男は揃って肩を竦めた。クリストファー・リーの第一ペルソナが、第二、第三のペルソナと睨み合う。狼男は幾度か方向転換して進路を西へと向け直していたが、おもむろに沈黙を破った。

「車の始末を急いだほうがいいというのは俺も賛成だが、そいつはどうする。担いで運ぶ気か？」

肩越しに麻袋を指し示した。滲み出た血が、シートを黒く染めている。ドラキュラ伯爵は座り直し、前方に視線を向けた。

「そうだな、残念だが今回は……」

感情のない声で答えながら、マスクを脱いだ。ビルの間の空が、白み始めている。

昼下がり、見るからに刑事臭さを漂わせた二人組がドラッグストアに現れた。洒落たパッケージの商品に目をくれることなく、レジへと直行する。長身痩軀の若いのと太って背の低い中年という絵に描いたような組み合わせだ。どちらも白人だった。ジューンに軽く会釈してから、中年のほうがケイシーに向かって、店長はいるかと尋ねた。不在だと彼は答えた。

「じゃあ、あんた方でもいい。ちょっとした聞き込みだからな」と若いほうが言った。

ケイシーが奥へ案内しようとすると、中年のほうが、すぐ済むからと断った。一人だけいた客は、露骨に顔をしかめて刑事たちを窺っていたが、これを聞くと何も買わずに出ていった。ケイシーはため息をついた。

「何か事件ですか」

「ニュースを見てないのか。今朝早く、妖精清掃サービスの従業員が撃たれた——」

「ああ、あれね！」

ジューンが黄色い声を張り上げた。ケイシーも頷いた。

「それが当店（うち）とどう関係が？」

「事件の直後、犯行に使われた盗難車が、ここから一マイルと離れてない川端で燃やされた。妖精も一緒にだ。照会中だが、盗まれた奴で間違いあるまい。それで聞き込みをしてるんだ。明け方に寝惚け眼で窓の外を見たら怪しい奴がうろうろしてなかったかとか、妖精や貧乏人に敵意を抱いてるような連中に心当たりはないかとか」

「この店によく来る客で、普段からそういう敵意を標榜してる人物はいないかね」

ケイシーは戸惑い、代わる代わる喋る凸凹コンビを見返した。ジューンが答えた。

「うちのお客様は、みんな妖精が嫌いですよ」

「だからと言って器物損壊に走ったりはしませんがね」慎重にケイシーは言い添えた。

「実は妖精狩りのほうは、同一犯と思われる事件がすでに少なくとも三回起きててね」と刑事は言った。「いずれもこの街でだ。夜明けに、道路掃除中の妖精を車を使って連れ去る。犯人たちは怪物のマスクで顔を隠している。パーティー用のだ。妖精は嬲り殺しにして、死体を目立つ場所に放置する。たいがい、妖精清掃サービスが発見することになるんだが」

「今回も狩りの手口は同じだし、妖精のリンチには至らなかったが、車ごと焼き殺す残虐性も一致してる」

「知らないわ。妖精のニュースは見ないようにしてるから」心底嫌そうに顔をしかめ、ジューンが言った。彼女のような人々は〝消極的な撲滅派〟と呼ばれる。もっとも、そんな分類も知るまいが。「妖精がいなければ、そんな事件も起きないのよ」

「まったくだ」とおどけた口調で中年の刑事が言い、若い刑事はジューンに向かってウインクした。「我々もこうして脚を棒にすることはなくなる」

「撃たれたのは黒人でプエルトリカンなんでしょ。ひょっとして、妖精嫌いの仕業に見せ掛けたギャングの抗争なんじゃないかしら」

ジューンの推理に刑事たちは感心してみせ、彼女をいっそう調子付かせた。彼らが去ると、ケイシーは考え込んだ。ブレスド・ネイチャー社製品の使用者に妖精撲滅派が多いのは、周知の事実だ。しかしこれまで、店に警察が押し掛けてきたことなど一度もなかった。

浮かれているジューンを残して便所に行った。一つしかない個室に入り、携帯電話を取り出す。

「よお、伯爵」

微塵も危機感のない陽気な声で、フランケンシュタインの怪物（クリーチャー）は開口一番言った。背後はざわついている。電話のベルも聞こえた。ケイシーは舌打ちをこらえた。

「ふざけるのはやめてくれ。そこはオフィスか？」

「そうだけど、平気だって。びびんなよ」

ひと気のない場所に移動しろと言ったところで、聞き入れそうもない。ケイシーは潜めた声で、刑事の訪問を伝えた。

「ああ、うちにも昼頃来た」聞き終わると、怪物（クリーチャー）はあっさりと述べた。

「なんだって？」

「警官だったけどな。みんなに聞こえるところで所長と話してたぜ。あんたんとこと同じ内容だ。市内のブレスド・ネイチャー社関連の店だの営業所だのを、残らず訪問するつもりらしい。掲示板を見てみろよ」

「勤務中だ」苛々と答えた。やはり、圧力を掛けるのが目的か。「よくそんなに落ち着いていられるな」

「昔馴染みが約束してくれたんだろ、信用してやれよ。その上の方々もな。なあ、それより早く帰ってネットを見ろよ。俺たち、すっかりヒーローだぜ」

「よせと言ってるだろう」声を荒らげかけ、どうにか抑えた。「彼は約束した。だが警察は、それに刃向かって動いてるんだ。不用意な言動は慎め」

「何もできやしねえよ」せせら笑った。「これまでと同じさ」

「だから、これはアラブ人が殴られた事件と同じだと——」

「なあケイシー、やっぱ俺の銃を火葬してくれた借りはいつか——」

うんざりしてケイシーは通話を打ち切った。

凸凹コンビの再訪は、三日後だった。挨拶もなく、レジの前に立つ。三日前と同じスーツで、饐(す)えた臭いを発散していた。ジューンが居合わせたら、著しく評価を下げただろう。

「店長を呼びますか」

「いや、今日はあんたに会いにきたんだよ、ケイシー」

客と同僚が一斉に振り返った。ケイシーは絶句した。若い刑事がカウンター越しに長身を乗り出した。

「我々だけで話そうじゃないか。何、余計な時間は取らせないさ」

体温が急激に上がったり下がったりするのを感じながら、先に立って裏口に向かった。動揺を悟られまいと、口を開く。「無実の勤勉な市民を尋問してる暇があったら、公園を占拠してる無職や日雇いをなんとかしたらどうだ」

「彼らは許可を得てデモをやってる市民団体だ」

「市民団体？」

ケイシーは失笑した。幸いにして店長や経理係に見咎められることなく店の裏に出る。生塵芥の臭いが立ち込める路地で、刑事たちと相対した。一ブロック向こうで叫んでいる市民団体の声が、微かに聞こえてくる。

「この男を知っているか」

若い刑事が取り出したのは、怪物（クリーチャー）の写真だった。もちろんマスクは被っておらず、すっきりとしたビジネス・スーツ姿だ。カメラを意識している様子はなく、背景は街の雑踏だった。ケイシーは怪訝な表情を作って写真を眺めながら、素早く考えを巡らせた。先日以来、彼とは連絡を取っていなかった。

「ああ」怪物（クリーチャー）の本名を言った。「教会の信者仲間だよ」

「仲がいいのかね」

「余計な時間は取らせないんじゃなかったのか」刺々しく返した。明らかに隠し撮りの写真が、不安をいや増していた。

　刑事たちは薄笑いを浮かべた。「いいだろう。あんたもよく知ってる筋からの圧力で、我々は手を引かされた。事件はめでたく迷宮入りだ」

「だがこいつはヒーロー気取りで、あれこれ吹聴して回ってるんでな」

「捜査するまでもなかったわけだ」

「おまけに昨日、偶然にも彼の携帯電話が遺失物としてうちの署に届けられた。あんたは前回我々が訪ねた直後、彼に電話してるな」

「警告でもしたか？」

　ありったけの呪いの言葉を、胸の裡（うち）で吐き出した。怪物（クリーチャー）だけでなく、小賢しい警察に行動の自由を与えた者すべてを呪った。

「あんたの携帯を我々が入手する機会はないだろう。どうせ履歴は消去済みだろうしな。あんたも残りの仲間も、奴よりは分別があるようだ。だけど、いつまでもこんなことが続くと思うなよ」

「うちでも妖精清掃サービスは利用してる。人間を雇う予算がないからな。健気で可愛い連中さ。あいつらのお蔭で、殺伐とした空気もいくらかは和む。実際、この一年で人間相手の暴力事件は目に見えて減ってきてるんだ。妖精のお蔭だと俺は信じるね」

「貴様ら撲滅派は最悪の差別主義者だよ。撃たれた若者が命を取り留めたことを、神に感謝するんだな。貴様らも命を取り留めた」

屈辱に打ち震え、ケイシーは悪臭漂う路地に独り立ち尽くした。デモ隊の叫びは止まない。言葉は聞き取れないが、何を訴えているかはわかっていた。妖精を焼き殺し、プエルトリコ系青年に瀕死の重傷を負わせた犯人が、中流白人だという噂が広まっているのだ。

中流白人にスラムの黒人が撃たれる。数年前であれば、そのような噂だけでも暴動かテロを引き起こしただろう。外国の工作員による破壊活動の一環である。偉大なこの国は、常に陰謀に取り巻かれてきたのだ。その後はテロとの戦いが効を奏した。貧乏人どもはゲットー内で互いにいがみ合わせ、殺し合わせておけば、団結して事を起こすには至らない。

しかし新たに登場した敵は、これまでになく強力で狡猾だった。落伍者たちを煽動するだけではなく、養っているのだ。そして、妖精撲滅派は貧困層の敵でもあるという考えを刷り込んでいる。出勤前に見たニュースサイトには、あらゆる肌色をした底辺の人間たちがプラカードを掲げて叫んでいる写真が掲載されていた。あらゆる肌色をした左派インテリたちの姿もあった。あれから数時間経つが、彼らが暴徒化する気配もない代わりに、警察が追い出しに掛かる気配もない。世の中は狂いつつある――明らかに妖精のせいで。

デモについては心配することはない、と牧師は断言した。むしろ良い徴候だ、と。

「我々の使命は、一体でも多くの妖精を殺すことではなく、妖精を原因とする社会不安を引き起こすことです。そうして、妖精排除の気運を高めるのです」

彼らが向き合って座るのは、教会の地下の一室だった。常に一方的に呼び付けられる側であることが、ケイシーは気に入らなかった。秘密の会見であることは承知していたが、場所がいつもここなのも気に入らなかった。飲み物の一つも出されず、退室する時も牧師と一緒ではないことや、部屋が常に薄暗くて大きさすら把握できないことも気に入らなかった。カーペットは足が埋まるほど毛足が長く、彼の身体をしっかりと受け止める肘掛椅子の感触は快かった。何もない空間にぽつりと置かれたこの椅子は、古めかしいデザインで、ちょっと動かすのにも苦労するほど重かった。

乏しい光のせいで距離感が摑めないが、二、三ヤードは離れて巨大なデスクらしき物体があり、そのさらに向こうに牧師は座っていた。ケイシーの姿がはっきりと照らし出されているのに対し、牧師のほうはぼんやりと浮かび上がるだけのライティングも気に入らなかった。濃い影が落ちる元同級生の顔は、普段より厳めしく、また謎めいて見えた。傍らには地球儀のようなものが置かれている。虚仮(こけ)威しの演出だと軽蔑しつつ、実際にいくらか気圧されている自分もまた気に入らなかった。

「保護派は他の都市でもデモを計画しています。許可した上で、人を使って暴動化させましょう」

まるであんた自身がそうさせるみたいな言い草だな——ケイシーは声に出さずに呟いた。牧師の態度は慇懃（いんぎん）だが、一介の信者に対するそれと変わらなかった。二人が昔馴染みであることは秘密でもなんでもなかったが、ほかの信者の前で親しく言葉を交わす機会を牧師が一度も設けていないのも事実だ。ケイシーを妻に紹介したことすらなかった。夫より七つ若い彼女は、幼い頃から宗派（セクト）の広告でモデルを務めていたほどの美人だ。

「市警がこれ以上勝手に動くことはありません」恩着せがましい口調で牧師は続けた。「ですが彼は、その短慮ゆえに神から見放されました」

　映画と違って知性のない怪物（クリーチャー）のことだ。牧師の言葉を翻訳すると、間抜けな怪物は教会から追放され、当然職も失う。その名はブラックリストに載り、もはや二度とまともな職には就けない。絵に描いたような転落人生だ。

「同情する必要はありません。人は誰でも最低限、己の行動に責任を持たねばならないのです。そして人の上に立つ者は、下の者の行動にも責任を負わねばなりません」

　牧師は微笑を浮かべているようだが、乏しい光では判然としない。こちらの表情は相手にはっきり見えていることを自覚しながら、ケイシーは答えた。「承知しています」

「そろそろ狩りの方法も変えたほうがいいでしょう」

「はい」厳粛な面持ちで頷く。偉そうにしやがって。俺はおまえが便器に顔を突っ込まれて泣き喚いてたのを、絶対忘れないからな。便器で洗礼を受けた牧師だ。

二度目の来店は日曜だったが、この時も彼女は制服姿だった。ツインテールも変わらない。寒さはだいぶ和らいできたので、マフラーはしていなかった。先日買ったショッピングバッグのほか、荷物はなかった。

「ミーチャは外に繋いできたわ」陳列棚の整理をしていたケイシーに歩み寄るなり、そう言った。

「狐のことか」

唐突さにいささか面喰らいながら、彼は尋ねた。少女は頷いた。

「安全よね」

「さあな、この辺は治安がいいが、近頃はわからん」薔薇色の頬が蒼褪(あおざ)めるのを見て、小さく嘆息した。「いいよ、連れてきなさい」

狐を抱いて駆け戻ってきた少女は、やや声を潜めて言った。「デモのことね。ニュースで見たわ」

「ああ。まったく、とんでもない話だ」

牧師が予告したデモ荒らしは、それほどの騒動にはならなかった。しかし目出し帽の連中が通行人や商店を襲い、警察と乱闘する映像が全国に流れ、デモは中止を余儀なくされた。斯(か)くして、街には平穏が戻った。

「デモなんか許可しなければよかったのよ」

ミーチャの鼻づらにキスしながら、少女は言った。ケイシーは首を横に振った。

「当局も妖精企業に取り込まれてる」

少女は息を飲み、真顔になった。上目遣いにケイシーを見詰めた。

「じゃあ、彼はヒーローね」

誰のことだ、とケイシーは尋ねた。少女はつま先立ちに伸び上がった。ケイシーの顔に顔を寄せ、秘密めかして囁く。

「妖精を焼き殺して黒人を撃った彼よ」

ケイシーは後退りし、少女を見下ろした。緩くカールした金色のツインテール、妖精——あの妖精ではなく——のように愛らしい白い顔。青い瞳が彼を見詰め返す。なんとなく目を逸らしながら、名前を尋ねた。

「エイプリルよ、ケイシーさん」

からかい混じりの声。ケイシーは視線を下げた。道化のような青い縦縞のお仕着せの胸元には、名札が取り付けられている。エイプリルと名乗った少女の表情は真剣なままだ。

「見てたのよ、あたし」

囁きに、彼はぎくりとした。何を？　まさか……疑問が形をとるより早く、金髪の少女は続けた。

「あの日、ビル工事の妖精を転ばせたでしょ。街中であんなことするなんて勇気があるわ」

ケイシーは少女を凝視した。そうだ、あれは勇敢な行動だった。貧困層を味方に付けた妖精企業は、いよいよ撲滅派に圧力を掛けつつある。あの時、居合わせた人々は、ケイシーへの非難に同調するか傍観を決め込むしかなかった。しかし内心、彼に喝采を送っていた人もいたに違いないのだ。その一人が今、目の前にいる。

「あなたのような人と、友だちになりたいの」

彼はすぐには答えず、胸ポケットからメモ用紙とボールペンを取り出して走り書きした。「俺のブログだ。友だちになりたいなら、まずここを訪ねてくれ」

廃倉庫は冷え冷えとし、窓を塞ぐ板の隙間から洩れる夕陽の赤さにも暖かみは少しも感じられない。ドラキュラ伯爵は、三人の仲間を前に立っていた。狼男、ミイラ男――追放された怪物（クリーチャー）の代わりには、ユニバーサル映画から半魚人が召喚された。

伯爵は狩りの手順を説明した。陽が落ちた後、スーパーマーケットの裏口で待機し、妖精だけが出てきたところを捕獲する。複数いた場合は、連れ去る一体以外は鉄パイプで殴り倒す。マスクを被るのは捕獲の直前になってからだ。

半魚人のマスクを支給された男は教会の信者であり、かつ宗派（セクト）推奨企業の社員だった。伯爵――ケイシーより四歳若く、見たところごく平凡な白人だ。始終、薄笑いを浮かべているが、緊張のためだろうとケイシーは解釈することにした。堅実な狼男の紹介だから、フランケンシュタインの怪物よりは思慮を期待していいだろう。

だがどのみち彼らは皆、妖精の嬲り殺しが目当てという点で一致している。妖精撲滅の具体的な展望など持ち合わせていない。あるいは、こうして一、二ヵ月に一体のペースで殺し続けることで、世界中の何十万、何百万体という妖精をいつの日か根絶やしにできると本気で信じているのかもしれないが。

ケイシーだけが、明確なヴィジョンを持っている。妖精の虐殺は手段であって目的ではなく、そこには使命遂行の喜びはあっても嗜虐のそれはなかった。神に与えられた使命だ。妖精を手間暇掛けて切り刻み、その残骸を衆目に晒すのは、あの人造生物たちによって道徳が如何に荒廃しているかを知らしめるためである。宣伝役を務めてくれるのは宗派(セクト)だ。宗派の在り方には疑問がないではないが、妖精をはじめとする遺伝子工学の産物、そしてすべての元凶であるダーウィニズムという邪悪な思想と闘い続けてきた神聖な組織には違いない。

卑小な欲望に捉われた仲間たちも、使命を果たすための道具としては役に立つ。ケイシーは一つ頷き、車に乗り込むよう告げた。

四月のある日、複数の著名な妖精保護派ウェブサイトで、一斉に同じ動画が公開された。撲滅派の非道を告発すると銘打たれたその動画は、妖精が残虐極まりない方法で嬲り殺しにされる内容だった。世界中からアクセスが集中した。

これらのサイトは、言語は英語に限られていたものの国籍はさまざまだった。運営者たちは口を揃えて、ハッカーからの攻撃を主張した。件の映像は二、三日でネット上から姿を消したが、その頃にはすでに別の複数の妖精虐殺映像が、別の複数の保護派サイトで公開されていた。ハッカーの仕業だという弁明は概ね受け入れられたが、どのサイトも一時的にせよ閉鎖に追い込まれた。

　その間にも、妖精虐殺映像は増え続けた。これまでにも死んだ妖精や重傷を負った妖精の姿はさまざまな媒体で公開されてきたが、すべて事後のものだった。だが今や、妖精が痛め付けられている過程を皆が見たいのだと、皆が気づいたのである。保護派も例外ではなかった。彼らは義憤を口にしながら、夢中になって有害映像を漁った。二週目に入ると、逮捕者が出始めた。技術が未熟なため、偽の保護派サイトを作ったり、もっとお手軽に掲示板などに保護派を装って投稿した者たちだ。そういう輩は編集も杜撰なので、映っている者たちも芋蔓式に検挙された。

　いずれも撲滅派による保護派への嫌がらせ、および便乗する愉快犯というのが、各国警察の共通した見解だった。フランス人の妖精保護活動家の名でサイトが新設され、地下闘技場の模様がアップされた時も、そのように思われた。ところが翌日、活動家本人が新聞のインタビューに答え、自身の行為であることを宣言した。問題は、隠し撮りの不鮮明な映像だとはいえ、登場する人々の顔が確認できる状態だったことだ。覚醒剤を打たれた妖精たちが泡を吹きながら殺し合うのを大笑いで見物し、金を賭けている連中である。早速、物好きたちが正体探しを始めた。犯罪歴のない善良なフランス国民が次々と特定され、大騒動になった。さらに地下闘技場の主催者が、妖精企業と大口契約を結んでいる某大手企業ではないかとの疑いも浮上し、騒ぎは大きくなる一方だ。

たった半月で、ネットには無数の妖精スナッフ・ムービーが溢れた。しかし過激さ、残虐さで、発端となった動画に及ぶものは一つとしてなかった。世界中が、再登場を待ち望んでいた。

「素晴らしい成果です」と牧師は言った。

いつもの部屋。いつものライティング。だが牧師の口調からは、やや余裕が失われているようにケイシーには感じられた。

「妖精が有害な存在であることが、これ以上なく明白になりました。妖精は人間の精神を蝕み堕落させる、完全排除以外に解決法はない、と心ある人々は悟ったでしょう……しかしこんな簡単な方法を今まで誰も思い付かなかったというのは、いささか奇妙ではありますね」

芸のない嫌味に、ケイシーは内心で冷笑した。「革新とは常にそのようなものです」

とはいえ、この簡単な方法を思い付かなかったという点では、ケイシーも牧師と変わらなかった。実はこれは、新入りである半魚人の仕業なのだ。狼男が毎回、誰にも見せない約束で撮影していた映像を、どうやってか供出させたのである。どちらが主導したにせよ、ケイシーはまったく寝耳に水だった。

あの日、ディスプレイの前で呆然自失したケイシーは、我に返ると直ちに携帯電話を掴んだ。だが泡を食って行動しても恥の上塗りになるだけだと思い直した。店に病欠の連絡を入れると、アパートメントを飛び出し、最寄りのインターネットカフェへと走った。彼のコンピュータでは、まともに動画を再生できないのだ。自分や仲間の顔が映っていないことをまず確認した後、数時間掛けて人々の反応をじっくり吟味した。途中、パニックを起こしたミイラ男が電話してきたので、心配はいらないと宥めてやった。夕方になってようやく、狼男と半魚人にメールを送った。抜け駆けは一切咎めずに、彼らのアイデアを言葉を尽くして絶賛した。半魚人のハッキング技術と狼男の撮影技術も褒め称え、最後に、これまで撮り溜めた映像はどうするつもりだと尋ねた。

「今後、映像は有料配信する計画です」そうした経緯は省略して、ケイシーは牧師に告げた。「もちろん儲けが目的ではなく、経費を回収するだけです。会員制で、支払は銀行振り込みかクレジットカードのみで受け付けます。集まった個人情報は、いずれ何かの役に立つでしょう」

牧師は考え込んだ――あるいはその振りをした。やがて口を開き、重々しく宣告した。「この問題については、我々はあなたの裁量に任せている。責任を伴うことだけは忘れずに、善かれと思うことを為しなさい」

我々じゃないだろ、あんたは伝言係に過ぎない。上つ方の覚えがめでたくなるのは、この俺だ。恭しく、ケイシーは元同級生に向かって頭を垂れた。

細長い島の上に築かれた街、その南端にそそり立つのは双子の塔。偉大な祖国の象徴だ。八年前を皮切りに、繰り返しテロの標的とされてきたにもかかわらず、なおも堅固に屹立し、世界を睥睨(へいげい)している。その威容を見上げるカフェで水曜の午後、エイプリルと名乗る少女はケイシーを待っていた。歩道に面した席にチェックのミニスカートと紺のオーバーニーソックスの脚を組んで座り、ローファーの足許では狐のミーチャが犬用おしゃぶりを噛んでいた。ミーチャは彼に気づくと尾を振った。

「こんにちは、ケイシー。それともVTと呼べばいいのかしら」

「ケイシーにしてくれ」VTはブログを書く時のハンドルだ。「俺はおたく(ナード)じゃないんでな」

「あら、そう」

小生意気なもの言いに、彼は苦笑した。ウェイターを呼び、有機栽培コーヒーを注文する。この店もブレスド・ネイチャー社系列だ。何か奢(おご)ろうかと申し出たが、少女は断った。「きみはどうやらナードだな」

形のいい眉が吊り上がった。「なんでよ」

「偽名なんて使って喜んでる女の子はそうだよ」

「どうして偽名だって思うの」

「きみがそう名乗ったのは四月(エイプリル)の第一週だった。その前に来店した時にいた六月(ジューン)の名札を見た可能性もある。それに、さっき向こうからエイプリルと呼んだのに無反応だった」

「まあ、探偵みたい」少し怒った口調で彼女は言い、そっぽを向いてオレンジジュースの残りを飲み干した。

「探偵らしく詮索させてもらおうか。学校には行ってないのかい」肩を竦めて付け加えた。「答えたくなければ、答えなくてもいいけどね」

少女は唇を尖らせ、横目でケイシーを見た。「学校なんて、くだらないもの。ダッドとマムも行かなくていいって言ってくれたわ」

確かに学校は碌(ろく)でもない場所だ。自らの過去を顧みて、ケイシーは頷いた。「そんな学校なのに、制服は気に入ってるんだな」

声を立てて少女は笑った。「制服じゃないわ。こういうスタイルが好きなだけ。全部B(ブレスド)・N(ネイチャー)ブランドよ」

身を乗り出して頭を下げた。うなじの白さと細さに、ケイシーは目を奪われた。どうにか引き剝がして、指し示された襟裏の商標を確認した。

「質問には答えたんだから、エイプリルってことでいいでしょ」座り直して髪を弄(いじ)る。「本名は嫌いなの」

「わかったよ、エイプリル」微笑んでケイシーは答えた。「やっぱり何か奢らせてくれ」

エイプリルは紅茶とチーズケーキを注文し、足許のミーチャには犬用おやつを与えた。

「ところで、ミーチャは本名なのかい。ロシア人の名前だろう？」

「だってシベリア産だもの」

知らない地名は聞き流すことにした。「本当に遺伝子改造獣じゃないんだろうな」

「あなたまで、そんなこと言わないで。この子たちの品種はロシアがソ連だった時代に発見されたのよ。ソ連は遺伝子工学を禁止してたでしょ」

言いながら、ミーチャを抱き上げた。子狐は甘えた声で鳴いた。その垂れた耳、巻いた尻尾、鮮やかな黒と白の毛皮を、ケイシーは改めて観察した。遺伝子改造獣ではない、と断定する。遺伝子改造獣の実物を見たことはなかったが、妖精と同じで、見れば判る自信はあった。

それにしても、ロシアがソ連だった時代——か。もう十年になるのだ。ケイシーは慨嘆した。ソ連崩壊当時、エイプリルは物心も付いていなかったのではないだろうか。

良くも悪くも偉大な国だった。恐るべき敵であると同時に、良きライヴァルでもあった。なんのかんの言っても結局、核は使わなかったのだし、遺伝子工学という邪悪な敵に対しては、利害とあらゆるイデオロギー上の相違を超えて我が国と共闘してきた。最後には、真の友情が育まれていたと言っていいだろう。

ソ連は、この国の半身だったのだ。あの年の初め、偉大な祖国の栄光は絶頂を極めていた。悪のイスラム国家を叩きのめして無条件降伏させ、独裁者を処刑した。あまりにも輝かしく偉大な勝利に、群小の国々は畏敬ではなく恐怖と憎悪を抱いた。その年の終わりにソ連が倒れた途端、唯一となった超大国にピラニアの群れの如く襲い掛かった。バグダッド占領とサダム・フセイン処刑の違法性を言い立て、建国の初めから自国の利益だけを追求し世界に破壊をもたらしてきたと、過去に遡って証拠を捏造し因縁を付けた。工作員を国内に潜入させ、貧困層を煽って暴動を起こした。鎮圧のために警察や軍隊が出動すれば、人権侵害だと非難を浴びせた。

国連を脱退した昨秋以来、国際的にはこの国は存在していないことになっている。現実を見ない輩の妄言だ。卑劣な規制の数々を潜り抜け、軍事も経済も依然としてこの国は世界一だった。軍隊は民営化し、世界中で活躍している。企業も国外では異なる名前で活動する。例えば先進諸国に巨大な市場を持つガイア・ルネサンス社の製品は、祝福された自然社(ブレスド・ネイチャー)の製品と完全に同一で、同じ工場で作られている。ヨーロッパの無神論者はキリスト教にアレルギーがあるが、異教、特にギリシア神話は大好きだという事情を考慮した改称だ。

こうして我が国は今も世界を守り、人々に職と良質な製品とを供給し続けている——感謝されるどころか妬まれ憎まれ、陰謀によって国民の生活は荒廃する一方だが。

「それはそうと、VTってなんの略?」運ばれてきたケーキに取り掛かりながら、エイプリルは尋ねた。ミーチャは再びテーブルの下で、おしゃぶりを齧(かじ)っている。

「ヴラド・ツェペシュ」それだけ言って、反応を見た。

エイプリルは小首を傾げてから、ああ、と声を上げた。「ドラキュラのモデルね」

「それは汚名だよ。本当はルーマニアの英雄さ。トルコ人から祖国のみならず全ヨーロッパを守ったんだ」

青い瞳が見開かれた。「あなたも、世界を守るために闘っているのね」

真摯な表情に、ケイシーは胸を打たれた。「微力ながらね」

「そんなことないわ」熱意を込めて訴える。「あなたの考えの正しさは、妖精虐殺映像が証明してるわ。人があんな恐ろしいことをするのは、妖精のせいよ」

隣の席のカップルが、驚いた顔で振り返った。ケイシーは渋面になった。

「観たのか」

「知らないで観ちゃったのよ」

ばつが悪そうにエイプリルは首を竦めた。ケイシーは沈黙した。無垢な子供たちが有害極まる画像に晒される状況は、むしろ望むところだった。自らは楽しんでも、子供には見せたくないという大人は多いはずだ。しかし、こうして実際に被害に遭った子供を前にすると、さすがに気が咎めた。

「人がああいうものを観たがるのも、妖精の精神汚染だ」やや弁解がましく述べた。「ハッカー攻撃だという保護派の主張が事実だとしても、妖精の残虐画像を見世物にするのは、奴らが最初に始めたことだ」

「そうね」しかつめらしくエイプリルは頷いた。「可哀想な人たちを正視するのは、つらいことだわ。ミラーニューロンによって、彼らの苦しみを自分のことのように感じてしまうからよ。だから可哀想な人たちをいないことにするのは、健全だと言えるわ。誰だって、つらいのは嫌だもの。だけど可哀想な動物にはそこまで共感しないから、正視してもそこまでつらくはない。だから多くの人が、可哀想な人より可哀想な動物を助けるのに夢中になるのよ。

そして、妖精は人ではないけれど人に似ている。人が虐げられているのをなかったことにする人でも、妖精が虐げられているのは正視できる。そうすることで初めて、人間にそんなことがあってはならないと思うことができるのよ」

幼い長広舌にケイシーは苦笑し、一言で要約してみせた。「奴らは頭がおかしいからな」

「そういう人たちと、あなたは闘っているのね」

金髪碧眼の少女は微笑んだ。その背後には、天を衝く双子の塔が並ぶ。

「あなたはきっと伝説になるわ」


エントランスホールで、牧師はまたあの青年と行き合った。屋敷の護衛に付き添われて、奥から出てきたところだ。ちらりと笑顔を見せて会釈し、無言で歩み去った。

こうして時折、この屋敷で偶然擦れ違う以外に接点のない、名前も知らない相手だ。しかし彼が何者か、牧師は知らないわけではなかった。こちらについて、どの程度把握されているかは不明だが。金髪緑眼と何年も陽に当たったことのないような蒼白い肌、そして驚くほどの美貌の持ち主だが、牧師の注意を惹くのは、すらりとした体軀を包む高級スーツだった。羨望の眼差しを向けまいとするのに毎回苦労していた。

だが少なくとも屋敷の主たちに伺候(しこう)する時、牧師が衣服のことを気に病む必要はなかった。別室に着替えが用意されているからだ。毎回同じ一揃い。カトリックの法衣、シャツにズボンに靴。

腕を広げ、姿見の前で回ってみた。素晴らしい仕立て。シンプルな裁断だが牧師のガウンと違い、ジムで鍛えた成果を明示してくれる。掲げた左腕の肩から手首まで、右手を走らせた。滑らかな感触に、半ば陶然となる。もったいない、と思いかけて己を窘めた。いい加減、しみったれた考えはやめろ。ムースで軽やかに仕上げてある髪にポマードをたっぷり付け、後ろに撫で付ける。高い額が露わになり、爽やかなTV説教師に別人の風貌を与えた。狂信的なカトリック聖職者のできあがりだ。

地下へと案内される。扉を開けると、そこは中世の審問室だ。石造りの部屋に禍々しい拷問器具が並ぶ。長老たちは、すでに顔を揃えていた――ソファにふんぞり返ってジャンクフードを食い散らかしている餓鬼ども。服装も街のちんぴらと変わらない。上は二十代後半から、下は十代半ば。皆、前回よりさらに若くなっていた。

彼らの前、冷たい石の床に座り込んで震えているのは、首輪と鎖だけを身に着けた少年と少女だった。小さなペニスと薄い乳房の有無、そして髪の長さ以外は同じ型から抜いた人形のようにそっくりで、人形のように美しかった。非人間的な、人工的な美しさだ。髪は翡翠色、零れ落ちそうなほど大きな瞳は真紅だった。長老たちは、その髪を弄んだり鎖を引っ張ったり、華奢な肩を軽く足蹴にしたりと、ちょっかいを掛け続けている。

憐れな。そう牧師は思ったが、そこに憐憫の情は伴っていなかった。彼らは人間ではないからだ。どんな姿をしていようと、人工生命体である妖精は、見れば判る。

翠（みどり）の髪に紅い瞳の妖精たちは、恐怖に蒼褪め震えていた。一般仕様の妖精と違って、拷問器具を見ただけでその目的を悟り、己の運命を予測して恐怖できる知性があるのだ。

「やあ、ファーザー」

二十歳前後の青年が、鷹揚に挨拶した。この屋敷の主人だ。ほかの連中は、どろりとした眼差しを向けただけだった。牧師は落ち付き払って一礼した。敬意は必要だが、卑屈さは求められていない。この部屋にいる間は、役柄だけとはいえ彼らを主導する立場なのだ。

翡翠と紅玉（ルビー）の双子はまっさらな新品で、ということはさっき玄関で擦れ違った青年が置いて行ったのだ。しかし彼は単なる配達人ではない。妖精企業との交渉は、すべて彼を通して行われているらしいのだ。そう知った時は、あんな若造が、と驚いたが、見掛けどおりの年齢ではないと今は踏んでいる。何しろ、長老たちを若返らせたのは妖精企業なのだから。

宗派（セクト）が撲滅派を煽るのは、もちろん妖精を撲滅するためではない。賃金も福利厚生も必要なく、住居も食糧も家畜並みで済む労働力の囲い込みが目的だ。すでにアジアや中南米の工場では、入れ替えが着々と進んでいる。今日、金髪緑眼の青年は新たな契約のために訪れたに違いなかった。おそらく、賃金の高い熟練工にも替われる高機能型の受注だ。囲い込みに関しては他宗派と協定が結ばれているが、だからといって長老たちが最大利益を上げる努力を放棄することはない。

解雇された現地の工場労働者はすべて、妖精企業が雇っていた。これが長老たちには気に入らない。払った金がほんの一部でも貧乏人どものために使われるのが、我慢ならないのだ。妖精企業が引き取ってくれなければ、馘首になった連中は今頃暴動を起こしていただろう、と牧師は思う。悪くすれば、その国から撤退する羽目になる。しかし長老たちは数年あるいは数ヵ月先の災厄を防ぐために今日金を払うのは、鐚一文でも嫌なのだ。言い方を変えれば、災厄が起こる確率が九九・九九パーセントだとしたら、〇・〇一パーセントに賭けるのだ。回春や美容の技術、そして性玩具といった贈り物は、彼らの不満を宥めるためのものでもあった。

妖精企業自身も、妖精を労働力とする事業を世界中で展開させている。街の美化から廃物処理、地雷除去まで、宗派が決して手を出さない採算性の低い分野ばかりだが、囲い込みへの障害になると長老たちは警戒した。そこで協定が結ばれ、妖精企業を妨害しない代わりに、さらなる見返りがもたらされた。信者の妖精嫌悪を煽るのは協定違反以外の何ものでもないが、適当に誤魔化しているのだろう。少なくとも、キャンペーンなど大々的な煽り方はしていない。撲滅派の行動は、宗派とはあくまで無関係である。

「きみの元同級生のパフォーマンスを見たぞ」スニーカーを履いた足を、妖精の肩に乗せた長老が言った。「なかなか独創的だ。今度、招待するとしよう」

微笑して牧師は答えた。「ありがとうございます。友人への賛辞は、わたしにとっても喜ばしいものです」

一瞬、ひどく狼狽していた。だが気を取り直すのは早かった。ケイシーの妖精撲滅の意志は本物だ。妥協の余地は一切ない。真実を知れば逆上し、長老たちを面罵するだろう。勝手に破滅してくれるわけだ。そもそも彼らはケイシーに興味などなく、単に牧師を動揺させようとしただけかもしれなかった。ネットに流された彼のパフォーマンスは、あまりに残虐で異常だった。しかも人体構造に無知であることを露呈している。洗練を知る人々の鑑賞に堪えるものでは到底ない。

いずれ牧師は数多（あまた）の貢献が認められ、若返り技術の恩恵に与（あずか）れるだろう。そうなれば芸人の真似はやめ、人前に出る必要がある時は長老たちと同じように影武者を立てることになる。今は老化防止処置を受けているだけだった。妖精企業の前身が、二十年も前から長老たちに提供していた技術だ。若返りは、その延長線上に開発されたものである。細胞の活力を回復させるのであり、遺伝子改造などではない。ケイシーのような頑迷固陋（ころう）な連中には理解できまいが。

しかし長老たちは、決して利己心だけで行動しているのではなかった。妖精のＤＮＡには人間への絶対服従が刻み込まれている。囲い込みには、その技術が人間に悪用されるのを防ぐという崇高な目的があるのだ。

法衣の裾を捌（さば）いて、拷問器械に歩み寄る。滑車とウインチから成る吊り下げ機、座面と背凭（せもた）れにびっしりと針が植えられた審問椅子、水槽、拘束具付きベンチ。壁際に並ぶ、さまざまな形状の器具。鉄の処女まで鎮座し、凶悪な体内を曝（さら）け出していた。屋敷の主人が何年も前に作らせたものだという。妖精を手に入れたことで、自慢のコレクションが実際に使えるようになったのだった。ただし鉄の処女は、牧師が知る限り一度しか使われていない。構造上、叫びや呻きが聞こえるだけで、内部の様子が窺えないからだ。牧師がカトリック聖職者の扮装をさせられるのも、フェティシズムの一環らしかった。石壁には豪華な磔刑像も掲げられている。

奥の扉が開いて、修道士の装いをした男が二人——二体現れた。どちらも長身で逞しく、肌の色や鼻の形は地中海人種風だ。だが眼窩は常人の三倍はあり、そこに嵌め込まれているのは昆虫の複眼だった。

異相の修道士たちの挙措は、いつもながら極めて事務的だ。同類の境遇や己の役割に、如何なる感情も抱いていないかに見える。華奢な両手を縛め、頭上まで引き上げた。腕は捩じられておらず、足も床に付いた状態だが、双子たちは早くも啜り泣き始めた。鞭が唸ると悲鳴が上がった。彼ら特注品は、言葉を封じられている。それでも鋭い叫びには、苦痛や恐怖だけでなく哀訴の響きが聞き取れた。鞭は絹のロープだ——今日のところは。白い皮膚は透き通った薔薇色に変わり、反らした背には真紅の跡が重なった。

交代で打つうちに、長老たちは興奮を募らせた。若返りは明らかに性欲にまで作用している。牧師は素早く、修道士たちに奥の扉を指し示した。滞りのない進行は彼の務めの一つである。複眼の巨漢たちはいったん退室し、すぐに戻ってきた。双子が一際高く悲鳴を放った。長老たちが、けたたましく哄笑した。

追い立てられて入ってきたのは、異様な一団だった。首輪から下がった鎖が、がちゃがちゃと鳴る。一本だけの脚で飛び跳ねる者。両脚が捩じ曲がり、一歩ごとに身体が大きく傾ぐ者。治りきっていない無数の傷を、包帯が申し訳程度に覆っている。雌雄の見分けは困難だった。痩せこけ拗(ねじ)くれ、ペニスや乳房を斬り落とされている者も少なくないからだ。腕だけを使って這いずる一体を最後に、再び扉は閉じられた。

　長老たちは早速、思い思いに欲望を満たし始めた。拳や鞭での殴打に、言葉にならない悲鳴が交じる。双子たちは、もはや凍り付いたように紅い瞳を見開いているだけだった。突き上げられるたびに開いた唇から洩れる、小さな喘ぎのほかは声もない。牧師は改めて、妖精の数を数えた。

「一体足りないようですが」

　屋敷の主が双子の片割れから身を離した機会を捉えて、牧師は尋ねた。どれがいなくなったのかは判っていた。前回とうとう、四肢をすべて失った雄型だ。

「死んだ」無造作な答えだった。「敗血症だそうだ」

　それはつまり、牧師の処置が不適切だったことを意味する。頬を引き攣(つ)らせて呟いた。「……申し訳ございません」

「気にするな、あいつらの世話が悪かったのさ」青年の姿をした老人は、隅に控える修道士たちに向かって顎をしゃくった。何気ない口調で続ける。「だけどそろそろ、屋敷に常駐する医者が欲しいな。誰か信用できる奴を見繕ってもらえるとありがたい」

　返答に窮した牧師を置いて、八十代の青年は仲間と玩具を交換し、精力的に遊戯を続けた。牧師は頭を一つ振った。空いた一体と目が合う。彼の意を察したその雌型は、素早くいざり寄ると、指の欠けた手で法衣の前を寛(くつろ)げた。

妖精のフォルムは、どこもかしこも滑らかな曲線だけから構成されている。それは今や街に溢れる量産品だろうと、存在しないはずの特注品であろうと変わらなかった。筋骨逞しい修道士たちでさえ、毛織の衣の下は無毛でつるりとして、どこか中性的ななまめかしさがある。無惨に変形させられた肉体に至っては、壊れた人形を思わせた——溶け崩れたゴムやプラスチック。

　身を震わせ、牧師は妖精の口内に射精した。性器を拭わせてから、衣服を整える。長老たちの荒淫に煽られて羽目を外しすぎないよう、気をつけねばならない。彼が家を空けるのは珍しくないにもかかわらず、狂乱の宴から帰ってきた日に限って、妻が求めてくるのだ。疑惑を口にしたことは一度もないが、言葉にできない漠然とした何かを察知しているのかもしれなかった。夫よりもずっと早くから老化防止処置——特別な美容法だとしか理解していないが——を受けてきた彼女は、二十歳そこそこの若さを保っている。だからといって、どんなコンディションでも応じられるというものでもない。

「今日はこいつを処分しよう。ずいぶん汚くなったからな」

　屋敷の主が言った。彼が四つん這いにしているその妖精は、手足はすべて揃っており、指の一本も欠けていない。だが見ようによっては、他の個体より惨めな状態だった。みすぼらしい灰色の髪に、牧師はそれが本来は真珠色に輝いていたことを思い出した。ひどい蕁麻疹（じんましん）が傷痕と重なり合っている。画一的な量産品と違って、特注品はストレス耐性にも個体差があるのだ。腫れ上がった目蓋から覗く目は焦点が合わず、背後から揺すぶられるのとは違うリズムで頭を振っているさまは、ひどく不快だった。死を宣告されたことに気づいた様子もない。

「引き伸ばし機を使おうぜ」一人が目を輝かせて提案し、ほかの者たちも賛同した。

それは緩慢で、惨たらしい死だ。憐れな――牧師は恭しく頭を下げた。

今週もまた、偉大な祖国は危機に瀕している。

先週、アフガン人の麻薬組織を壊滅させた捜査官だったが、その回の終わりに、黒幕はロシアン・マフィアであることが明らかになったのだ。彼と共にアラスカに飛んだのは、新任の女性捜査官。何週か前に、彼が殺人容疑を晴らしてやった女子大生だ。実はキャンパスの麻薬密売を潜入捜査中だったのである。同じ週、中国系の男性捜査官が中国のスパイだったことが露見して射殺され、準レギュラーの座が一つ空いていた。視聴者投票の結果、降板させられたのだ。捜査官のブルネットの恋人も人気が下降気味で、じきに金髪の新人に取って代わられるだろう。

捜査官はソ連の核を使ったテロを阻止し、今週もまた祖国を救った。だが危機が消え去ることはない。偉大な祖国は憎悪に取り巻かれている。だから番組も、すでに第七シーズンに入っているのだ。

現実でも、ガイア・ルネサンス社のサプリメントや有機食品が男女双方に不妊を引き起こす成分を含んでいると報道され、世界各国で販売禁止を求める動きが広まっていた。製品に有毒物質が含まれるというでっち上げは、これまでにも散々繰り返されてきた。しかし毎回すぐに終息したし、今回もそうなるに違いない。

この事件は国内でも報道され、中にはガイア・ルネサンス社とブレスド・ネイチャー社の製品が同一であることを、わざわざ指摘したものもあった。いずれにせよ、ほとんど注目を集めなかった。それでもまったく影響がなかったわけではなく、例えばジューンは店を辞めた。腹立たしいが、笑える話でもある。鶏がらみたいな行かず後家が、まだ母親になれる気でいるのだ。

影響は、ケイシーにも及んでいた。ガイア・ルネサンス社製品は、不買運動のせいで店頭購入がしづらくなっている。そこでインターネット通信販売の出番だ。国内でも需要拡大が見込まれるネット通販事業部に、ケイシーは先日採用された。今や再びネクタイを締める毎日だが、変種の子狐を抱いた少女が職場を訪ねてくることはもうない。

ケイシーはTVを消した。録画の必要がなくなったのも、変化の一つだ。デスクに移動する。仲間からの報告が入っていた。目を通し、ほくそ笑んだ。

妖精虐殺動画の有料配信は、軌道に乗りつつある。人手も増え、ケイシーはもはや雑務に煩わされることなく、仲間が狩ってきた妖精の殺処分に専念できるようになった。最も人気なのは、その他大勢を排したケイシーの独演会であり、彼としても願ったりだった。酒を飲まないと妖精に焼き鏝(ごて)も押し付けられない連中など、邪魔なだけだ。彼らが妖精を犯したがるのにも辟易していた。

ケイシーの残虐性は、他の追随を許さない。それは彼の行為が性欲など入る余地のない純粋暴力であり、純粋な破壊であるからなのだ。嗜虐の悦楽などなく、あるのは使命を果たしているという歓喜だけだった。より残虐な方法を究めようとするのも、人々により強い衝撃を与えるためだ。

目下、考えているのは串刺し刑だった――V T（ヴラド・ツェペシュ）公へのオマージュであり、密かな署名でもある。東欧で広く行われていたその方法は、肛門から突き刺した杭を、肺や心臓など重要な器官を傷つけずに背中まで通すというものだ。この遣り方なら、犠牲者は少なくとも数時間は苦しみ続けるらしい。ただし難易度が高く、あっさり即死させてしまう恐れから、以前は二の足を踏んでいた。狩りが組織化され、妖精の入手が容易になったことで、何体か練習台にする余裕ができた。

楽しんでなどいない。これは神と人類のための闘いだ。彼を残虐だと誹（そし）る輩は、いずれ呪われた人造生物とともに地獄の業火に焼かれるだろう。

緩やかに流れる川を、行き交うフェリーを縫ってモーターボートは下っていた。右岸に高い建物は少ないが、左岸は摩天楼（スカイスクレイパー）が密集している。晩春の陽光を浴びて輝く水面に、操縦席の青年は目を細めた。

「日焼け止めを忘れた」舌打ちし、ポロシャツのポケットからサングラスを取り出した。緑の双眸（そうぼう）が覆い隠される。白皙（はくせき）は早くも赤らみ始めていた。陽光に金髪が煌（きらめ）く。

「油断したな、ディーラー。どうするんだ、レッドネックになったら」

笑いを含んだ声に、青年は片眉を上げて振り返った。青年のそれより明るい金髪のツインテールが、視界を過る。頭上の空と同じ色の瞳と人形のように愛くるしい顔は、サンバイザーの陰になっていた。ジャケットも靴も靴下も脱いでブラウスの袖を捲り上げ、ゆったりと身を伸ばしている。短いスカートは引っ切り無しに風にはためき、重し代わりに丸くなっているミーチャがいなかったら、腹まで捲れ上がっているだろう。ディーラーは眩いほど白い剝き出しの脚を一瞥し、身震いせんばかりに慌てて視線を前方に戻した。

「ファンデーションでも塗って誤魔化すさ。どのみち、あと一週間で白人に身をやつすのも終わりだ。変態ども相手の奴隷商売もな。あんたはその形でもうしばらく頑張ってくれよ、オブザーバー」

「構わんさ」外見に似つかわしくない口調が答える。「この姿は結構気に入ってる」

「勘弁してくれ」秀麗な顔を思い切りしかめた。「妙な趣味に目覚めたとか言うなよ」

「いろいろと便利だからな」

ディーラーはますます渋面になった。しばしの別れに際して、この川下りを半ば強引に決めたのはオブザーバーだ。が、十二歳の少女にモーターボートを操縦させるわけにはいかない。青年の背に向けて、オブザーバーは微笑んだ。スカートの上のミーチャを撫でる。子狐は頭をもたげ、その手を舐めた。

彼らの組織は、あらゆる場所に根を伸ばし、張り巡らせてきた。根の広がりに比べたら、地上に咲く花である妖精企業など、ごくささやかなものでしかない。とはいえ、組織を構成する個々の企業や団体は互いに緩やかな繋がりしか持っておらず、成員の大多数が組織の存在自体を知らなかった。中核となる一握りの者だけが、創始者たちの志を受け継ぎ、その遂行に身を捧げる。

半世紀近く前、科学者にして聖職者である若者たちが教会を離れ、混沌の巷(ちまた)へと足を踏み入れた。彼らは、科学者にして異端の聖職者であるティヤール・ド・シャルダンの使徒――と自称していた。多年にわたる観察と研究から、彼らは次のように結論付けた。人間の行動原理は、欠乏の充足である。暴力は、欠乏を埋めるための最も短絡的な手段だ。欠乏の根源をなすのが、自尊心である。他と対等であることで満たされる者もいるが、他より優位に立たねば満たされない者は多い。だから暴力はなくならない。

根源的な欠乏が満たされれば、人間は新たな進化の階梯を上り、賢く穏やかな存在となるだろう。それには人間よりも劣るが獣よりは優る存在――亜人間(サブヒューマン)が必要だ。そうして生み出されたのが、妖精だった。

妖精の投入から一年半。人間による人間への暴力は、全世界で潮が引くように減少していた。妖精の存在によって人々は初めて満たされ、互いに対等であると認め合えるようになったのだ。

だが少なからぬ人々が、妖精は人間に奉仕するために造られた劣等種だという事実だけでは、欠乏を満たすことができないようだった。彼らは妖精を嫌悪し、虐待する。相変わらず他人の風上に立ちたがり、そのための暴力的手段も完全に捨てたわけではない。ある者はやがて満たされ、攻撃性も抑制されるが、ある者は一向にその気配がなかった。

「まあとにかく、充分用心してくれ。あんたのお気に入りのVTは真正の異常者だ」

「正体がばれない限り安全さ」とオブザーバーは軽く受け流した。「それに彼の暴力は妖精相手に限定されている。人間に向けられるのは、この国で妖精受容がもっと進んでからだろう。つまりしばらくは先だ」

「まったく厄介な国だよ」ディーラーは前方を睨んだまま言った。「盲信に凝り固まった大衆ほど始末が悪いものはないね」

忌々しげな口調に、オブザーバーはこっそり苦笑した。まだ若いディーラーがこの国でした苦労など、先人に遥かに及ばない。かつて東の超大国は組織の浸透を許した上に自壊してくれたが、もう一方の超大国は聖書原理主義と反知性主義の堅牢な壁によって彼らを阻んできた。その覇権を外側から徐々に切り崩し、強欲な富裕層を籠絡し、頭脳流出を促して空洞化を図ってきたが、鋼鉄の防壁は今なお健在だ。

「誤信念は自尊心の欠乏と結び付いている。如何なる反証も受け付けないし、妖精によって満たされることもない」

「自身の生命や生殖よりも信念のほうが大事なんだからな。不適応じゃなくてなんだと言うんだ?」ディーラーは吐き捨てた。

「人間らしさ、だろ」子狐を撫でながらオブザーバーは答えた。

サングラスの下でディーラーは緑眼を眇めた。船は河口に近付きつつあったが、川幅は大して広がらない。両岸には人工的な直線が続いていた。少女の手の下で、くあ、とミーチャがあくびをした。選別交配によって、野生の狐とはまったく異なる性質と外見を持つに至った、シベリア産の狐。

この国が創造論という疑似科学に支配されているのと同様に、かつてソビエト社会主義共和国連邦はルイセンコ主義という疑似科学に支配されていた。そのドグマに背く者は、ことごとく粛清の憂き目に遭った。だが殲滅を免れた一握りの研究者と理論が、辺境でかろうじて生き延びてきたのだった。その一人、ドミトリ・ベリャーエフは西シベリアの町ノボシビルスクで、一九五〇年代末に狐の交配実験を開始した。

実験方法は至極単純で、狐の人懐っこさの度合いで繁殖させるか否かを決めるというものだった。実験はベリャーエフの死後も続けられた。人間という異種動物を受け入れた攻撃性の低い個体だけを繁殖させ続けた結果、わずか半世紀足らずで性質のみならず外見まで原種から懸け離れた狐たちが出来上がったのである。

同じことを、組織は人間に対して行おうとしているのだった。家畜化された狐たちは、その目論見の象徴でありマスコットである。妖精という人工生命体を受け入れた攻撃性の低い個体だけを、選択的に交配するのだ。

妖精によって満たされた人々は、満たされぬ者を忌避し始めている。望ましいのは、撲滅派が結束して表に出てくることだった。そうなれば対処は容易だ。VTことケイシーの強固な意志は、大きな求心力となってくれるだろう。彼らを社会からだけでなく遺伝子プールからも排除する体制は、これから作り上げられることになる。ガイア・ルネサンス社——およびブレスド・ネイチャー社の製品に不妊物質を混入し、その情報をリークしたのは、ほんの手始めと言ったところだ。誤信念にしがみ付き続ける者は、次世代に遺伝子を残すことはできない。

「四十世代も続ければ充分だろう」神妙な口調でオブザーバーは述べた。「奴隷種の犠牲と不適者廃絶の上に築かれる至福千年王国。そんなものを拒絶する撲滅派は、ある意味ヒューマニストの鑑だな……彼らは滅び、伝説となる」

ディーラーは訝しげに振り返った。金髪の少女の表情は、サンバイザーに隠され窺えなかった。一隻のフェリーと擦れ違う。騒音に負けじとディーラーは声を張り上げた。

「なんだよ、今さら偽悪はよしてくれ」

「そうだな」くすくすとオブザーバーは笑った。身を起こし、座り直す。ディーラーの肩越しに右手を伸ばして言った。「見ろ」

白く細い指先が示すのは、左岸に聳え立つ双塔だった。どこまでも空へと伸びるガラスと鋼鉄の帝王。周囲の高層建築は、ひれ伏す群臣だ。

「次にこの街に戻る時には、もうこの光景は見れないかもしれんぞ」

「ああ、そうか」川下りの意図をようやく了解して、ディーラーは光の巨人たちを仰ぎ見た。

「解体は秋からだったな」

「九月からだそうだ」

度重なるテロ攻撃に耐えてきた偉大な建造物だが、堅固な威容の内部は老朽化が進んでテナントも減り続け、維持費ばかりが嵩んでいる。あまりに巨大なため誰もが二の足を踏んでいたこの象徴的建造物の解体に名乗りを上げたのは、妖精の創造者たちだった。

傷付き空洞化しながら、なおも立ち続ける雄姿を後に、ベリャーエフの子狐を乗せた船は海へと向かう。

はじまりと終わりの世界樹

1

熱帯の夜明けは、駆け足でやってくる。それは闇の中、鳥たちが鳴き交わす声で始まる。空にはなんの兆しもない。鳥たちの声に、蛙の合唱が加わる……ああ、東の空が白み始めた。光は急速に強さを増し、空を黒から藍へと染め変え、ますます明るくなっていく。森はまだ闇に閉ざされている……だけど、ほら、突然金色の輝きが溢れ出す。葉に溜まった露がきらきらと眩く光る。森の中も仄明るくなり、蜂や蝶が活動を始める。樹間をゆったりと飛ぶ蝶たちの、なんと美しいことだろう！

空は東から黄金、銅、薔薇色、紫に彩られ、天頂はすでに真昼の青だ。この目まぐるしく慌ただしい現象に、雄大、荘厳という形容はそぐわない。だけど、この上なく圧倒的だ。

――他所では違うの？

他所の国、他所の土地ではね。朝も夜も、徐々に訪れるんだ。緯度が高ければ高いほど時間が掛かる。僕はいろんな土地を旅して、いろんなものを見てきた。

——それ、知らない。いつ？

ああ、うん。きみは知らない。昔のことだよ。何年も前だ。でも、その話はいずれまた。なるべく順番どおりに話したほうがいいと思うんだ。かなり込み入っているし、きみはまだ生まれて六年にしかならないけど……

——次の雨季で七年だもん。

そうだね。とにかく、きみはもういろんなことを知っている……憶えている。だから、僕の話を理解できるだろう。

——うん、きっと大丈夫。お話して。

僕の姉さんについて、きみに話したい。僕の双子の姉……彼女について語るには、両親のことから始めよう。まずは母についてだ。彼女は合衆国人（エスタドウニデンセ）だった。と言っても白人（グリンゴ）じゃない。明るい褐色の肌と緑がかった濃い灰色の瞳、波打つ髪はマホガニー色。鼻梁は細く鋭く、唇は厚く豊かで、眼は吊り上がったアーモンド形だった。美人だったよ。いろんな血が複雑に混ざり合うことによって生み出された美だ。だけどあの国では、白人か白人でないかだけで、すべてを決められてしまう。

——人種差別？

そう。母の一族の歴史には、苦難が刻み込まれている。祖父……母の父は一九七〇年、私刑（リンチ）によって殺された。犯人は明白だったにもかかわらず、警察は動かなかった。だから一九七七年、一家はメキシコに移住した。貧困層の海外移住を支援する非営利団体があってね。母は十五歳くらいだった。後に移住のことを語る時はいつも、亡命と呼んでいたよ。

母は勉強熱心で成績優秀、やがて民族学に興味を持つようになった。自らのルーツゆえだと言っていたな。先住民の血も引いているんだ、何族なのかは判らないんだけどね。しかし北米や中米の先住民文化はすっかり破壊されてしまって、過去の姿を探ることはできない、と彼女は考えた。それでブラジルに留学し……父と出会うこととなった。

父は母より五、六歳年上で、サンパウロの熱帯医学研究所に勤務していた。母と同じ大学に附属する研究所だ。普通なら同じ大学でも、医学研究所所員と民族学部の外国人留学生とに、接点はそうあるものじゃない。だが当時、父は先住民の免疫系を研究していたから、アマゾン地方へフィールドワークにたびたび赴(おもむ)いていた。大学の民族学調査隊に同行することもあってね、それが母と知り合ったきっかけさ。

——そして結婚したのね。

うん。父の背景についても話しておこう。彼の両親はドイツ人だ。一九五〇年代初め、結婚してすぐにブラジルに移住した。祖父は内科医で、サンパウロ近郊の町で開業していた。一人息子である我らが父はこの国で生まれ、医学を学んだ。写真で見る若き日の彼は金髪碧眼、本来白い肌は陽に焼けて煉瓦みたいに赤くなっていた。そういう男とブラジルで結婚するなんて素晴らしい、と母は言っていたそうだよ……人づてに聞いた話だ。彼女自身の口から、かつての夫について肯定的な意見が出るのを聞いたことは一度もない。

——二人は幸せじゃなかったの？

いや、幸せだった……すごく幸せだったと思うよ。一九八五年六月に、メンゲレの墓が発見されるまでは。

——誰？

ヨーゼフ・メンゲレ。ナチの逃亡犯だよ。

——えーと、サンパウロに隠れてた人だっけ。

ああ。アウシュヴィッツの〝死の天使〟は一九四九年、ヴァチカンの援助によって南米に渡った。アルゼンチン、パラグアイ、ブラジルと逃亡を続け、一九七九年に死亡した。サンパウロ郊外に潜伏していたのは、最後の五年間だ。死の六年後に掘り出された骨は、DNA鑑定で本人のものと断定された。相当なニュースになったはずだけど、ある意味では僕らの母ほどこの事件に衝撃を受けた人はいないんじゃないかな。元ナチが大勢、南米に逃亡していたことを、彼女はその時初めて知ったんだ。

——それがそんなにショックだったの？

それまで母にとって、ラテンアメリカは多人種混淆の理想郷だった。混血によって豊穣な文化が育まれ、貧困や環境破壊といった問題はあるけど独裁や恐怖政治と同じくやがて解消し、素晴らしい未来が待ち受けている……そう信じていたんだ。

　確かにラテンアメリカでは、アングロアメリカよりも混血が広汎に行われてきたのは事実だ。音楽、美術、文芸、宗教……混血の文化は称揚されている。だが現実には人種差別は根深い。支配層は白人至上主義を信奉し、白人だけの国に憧れていた。とはいえ彼らはそれが実現不可能だと解る程度には理性的だったし、ヨーロッパやアングロアメリカに対する思想的独自性も必要としていた。そこで苦し紛れに捻り出されたのが、混血の大陸というレトリックさ。WASPに逐われてきた母は、そのレトリックを無邪気に信じてしまったんだ。

　その時点ではまだ、理想を裏切られて落胆しただけだったろう。それがパラノイアと化すのに決定的だったのは、僕らの誕生だった。墓の発見から二ヵ月後だ。後から生まれた男の子、つまり僕がいかにも混血らしい外見なのに対し、先に生まれた女の子は金髪碧眼とピンク色の肌をしていた。母は、自分の子じゃないと言い出した。

　――どういうこと？　取り違えられたと思ったの？

　いや、娘を……僕の姉を、人体実験の落とし子だと思い込んだんだ。実験を行った狂気の科学者は、ほかならぬ自分の夫だ。彼もその父親も隠れナチで、メンゲレの手下となって双子の人体実験に手を染めていた……それだけのことを、出産直後から鎮静剤を打たれるまで喚き続け、目が覚めるとまた喚き始めたそうだ。夫と娘を寄せ付けようとせず、僕のことは逆に、絶対離すまいと死に物狂いになった。父は彼女の退院を延期し、手を尽くして正気に返らせようとした。自分の両親や友人知人を動員し、病院にも協力を求めた。しかし、母の妄想を余計にこじらせただけだった。

　妊娠中から判ってた、と母は言い張ったけど、記憶を遡（さかのぼ）って改竄（かいざん）したんだと思う。自分の信念に反する記憶を歪めてしまうのは得意だったからね。とはいえメンゲレの墓発見以来、妄想は密やかに成長していたんだろう。有色人種の血が一滴も混じらないかのように見える娘を目にした瞬間、一気に噴出したんだ。

　一週間後、母方の祖母と伯父がやってきた。母が呼んだんだ。妨害がなかったという事実も、パラノイアの解消には役立たなかった。その頃には、彼女の妄想はほぼ完成していた。僕も物心ついて以来、繰り返し聞かされることになる陰謀論だ。

　母によれば、南米のドイツ系住民は全員隠れナチだった。南米各国の独裁者たちは、彼らを手先として恐怖政治を敷いた。あるいは、彼らが独裁者たちを操っていた。民主的な政権に移行したのは隠れ蓑に過ぎず、裏ではより恐ろしい計画が引き継がれ、進行していた。有色人種や混血を根絶やしにする白化計画だ。主導者たるメンゲレ亡き後も計画は続行され、僕と姉というまったく似ていない双子はその一環で産み出されたんだそうだ。祖母と伯父は直ちにその主張を信じ、母と僕を連れてメキシコへ戻った。

　——ええっ、どうして？

最大の原因は、彼女の一族が母国で苦しめられ続けたことだろうな。しかもあの国は世界に先駆けて……ドイツより四半世紀も早く、強制断種法を制定している。黒人で人体実験を行っていた歴史もある。母たちがどの程度知っていたかは不明だけどね。

　でもそれだけじゃ、パラノイアを生む要因としては不充分だ。もっと根源的に、合衆国（エスタドス・ウニドス）の社会は反知性主義と陰謀論の温床だったんだよ。まともな教育が行われていないから陰謀論がはびこる。亡命以前、母たちは合衆国とメキシコの位置関係すら把握していなかったけど、特別無教養というわけではなかったんだ。

　移住してからの数年間は、支援プログラムによってスペイン語をはじめ一通りの教育が行われた。未成年だった母だけじゃなく、祖母と伯父もだ。そこには論理的思考の訓練も含まれていたんだけど、効果はたかが知れていたってことだね。狂気の科学者たる父が具体的に何をしたのか、母も祖母たちも最後まで曖昧なことを言うばかりだった。血を分けた娘が遺伝子改造されたのか、赤の他人の子を産まされたのか、それすらも一貫しなかった。もちろん父はＤＮＡ鑑定で、僕たちが彼ら二人の子であることを証明してみせたが、母たちはそんなものを信じはしなかった。ＤＮＡがなんなのか理解していなかったからね。

　――でもどうして、お姉さんはお母さんに似ていなかったの？

　顔立ちや身体付きはよく似ていたよ。生まれてすぐじゃ、判らなくても仕方ないけど。母は高い割合で白人の遺伝子を持っていた。白人との結婚によって、姉のような子供が生まれても不思議はない……確率はごく低いにしてもね。

――じゃあ、なんにも根拠のない、ただの妄想だったんだね。

残念ながら、根拠が皆無だとは言い切れなくてね。大量の元ナチ党員を引き寄せたのが、当時南米各国を支配していたファシズムだったのは間違いない。しかも彼らの一部は、実際に幾つかの独裁政権と関わりを持っていたという。それに南米のドイツ系住民は全般に閉鎖的で、地元社会に溶け込もうとしない傾向がある。彼らの支援があって初めて、ナチ戦犯の逃亡と潜伏は可能になったんだ。

だけど、南米全土に根を張る隠れナチの巨大組織、なんてものは存在しなかった。それぞれの支援組織が小規模で互いに繋がりがなかったからこそ、元ナチたちは人知れず潜伏していられたんだよ。父の両親について言えば、ナチズムを内心どう考えていたにせよ、戦時中はまだ子供だ。

ブラジル国民の白化計画だけど、そのような試みが為されたことは確かにある。ただしそれは二十世紀前半だし、白人移民の大量受け入れや混血の推奨といったものに過ぎなかった。白人との混血によって有色人種の形質を嵩上(かさあ)げすると同時に、混血同士の交配を重ねていけば、いつか完全に白い肌の子供が生まれるだろう、という理屈でね。混血を忌み嫌うナチの科学者たちがそんな計画に関わるはずはないし、仮に関わったとしても、なんの成果も上げられなかっただろう。

――そうなの？

大衆文化は、ナチの科学を買い被りすぎなんだ。目ぼしいものはV2ロケットしかない。ましてオカルトと疑似科学に支配された生物学は、惨憺たる災厄を生み出しただけだ。メンゲレ博士はアウシュヴィッツで、双子や障害者の研究のほかに、暗色の髪と瞳を金髪碧眼に造り変える実験を行っていた。典型的なアーリア人種とは言いがたい、自らの容貌に対するコンプレックスが動機だったんだろう。いずれにせよその実験とは、被験者の頭皮や目に化学物質を投与して、ひどい炎症を起こさせるというお粗末な代物だった。

結局、アイラ・レヴィンの代表作二篇を足して割ったような妄想に母がしがみ付き続けたのは、それが彼女の不安や絶望をこの上なく巧く説明してくれたからだろうね。差別や抑圧のない理想郷は世界のどこにも存在せず、夫の両親は混血の嫁を快く思わない……直視を避けていたその現実を、陰謀論はすっきりと説明してくれる。

——だから、お母さんを赦すの？

赦すも赦さないもないよ。母が僕に求めていたのは赦しじゃなく、彼女の世界を受け入れることだったのだからね。少なくとも僕には、受け入れるか否かという選択肢が与えられていた。父と姉には、それすらなかった。

——お父さんとお姉さんは、どうなったの？

父は関係修復を試みることも、妻を訴えることもしなかった。娘を両親に預け、サンパウロで研究生活を続けた。時間が経てば妻も落ち着くだろうと期待していたかもしれない。一方、母は悪魔の陰謀を阻止しなければと考えた。メキシコ移住やブラジル留学を支援してくれた協会の知人に、自説を披露した。知人は適当にあしらう代わりに、協会のサンパウロ支部に連絡を取ってくれた。サンパウロの協会員は父を勤務先に訪ねた。ところが一体どんな訪問の仕方をしたのか、その数日後に父は姿を消した。生後二ヵ月の娘を連れてだ。父の両親は途方に暮れ、捜索願を出した。警察は彼の足取りをアマゾン河口の町まで追った……母は疑惑の裏付けが得られたと満足し、夫と娘の現在と未来を二度と再び気に掛けることはなかった。

＊＊＊

樹海の底を、六つの人影が歩む。四人の人間と、二体の亜人だ。重い荷を担いで殿（しんがり）を行く亜人たちは、顔と掌（てのひら）、足裏を除く全身が緑がかった和毛（にこげ）に覆われている。白目の部分がほとんどない大きな瞳や顔の下部が突き出した相貌は、猿か鳥を思わせた。それでいて、奇妙に人間臭い。衣服の着用も身体装飾も行っておらず、生まれたまま……人工子宮から出されたままの姿だ。荷は缶詰や医薬品、燃料電池用減極剤など。籠に入れ、額に掛けた紐で担いでいる。小柄だが、下肢が長いため歩幅は大きい。

先頭を行くのは、先住民の若者二人だ。衣服は腰布一枚だが、赤銅色の肌を朱や黒で彩り、貝殻や骨、ビーズ製の装身具を幾つも着けている。ビーズの飾り紐で胸から提げられた鮮やかなメタリックカラーの携帯電話も、そうした装身具の一つであるかに見えた。長弓を手に、矢筒を肩から提げている。遅れがちな二人の他所者を気遣って、時折振り返っては歩調を緩める。

他所者は十二、三の金髪の少女と、その父親ほどの年齢の、やはり金髪の男だった。洒落たスポーツウェアに身を包み、都会からジャングルツアーに来た観光客といったところだが、ここは道路も通っていないアマゾン最奥地だ。彼らがカヌーを下りた川岸からずっと登りが続いているが、陽の射し込まない密林は下生えも藪も少なく、歩くのにさして困難はない。他所者たちが閉口しているのは暑さと湿気、そして蚊の大群だった。虫除けスプレーもほとんど効果がない。

緩やかな勾配の先に、一軒の小屋が見えてきた。先住民の伝統的な共同家屋ではなく、開拓民の住居として一般的な高床式の小屋である。若者たちは、ぴたりと足を止めた。

「では、我々はここで」

一人が流暢なスペイン語で言い、もう一人がアラワク語で亜人たちに荷を下ろすよう命じた。金髪の他所者たちは顔を見合わせた。

「ここに荷物を置いていくのか」ややぎこちないスペイン語で、男が言った。小屋まではまだ二百メートルほどもある。

「あのセニョールは、召使を嫌っていますから」亜人たちを指し示して、若者は答えた。小屋の方角へは視線を向けようともしない。

「それはそうだが……」男は口籠った。

「わかった。ここまでの案内、感謝する」と言ったのは少女だった。可愛らしい顔は汗塗(まみ)れで上気し、蚊に刺された跡がぽつぽつと赤い。低い位置で二つに束ねた金髪も、すっかり縺(もつ)れている。

その外見にそぐわない、きびきびした口調で述べた。「迎えに来てもらう時は、また連絡する」

若者たちは白人式に軽く会釈すると、さっさと背を向けて歩き出した。亜人たちがその後に従う。四つの人影は、足音一つ立てず樹間に消えた。取り残された二人の他所者は、改めて小屋を眺め遣(や)った。

「どう考えるべきかな」と少女は英語に切り替えて言った。その瞳は、熱帯の鳥や蝶のように鮮やかな青だ。「彼に対する彼らの恐れは、ますます強くなっているようだな」

「いったい何を恐れているんだろうな」と男は応じた。森の色をした双眸(そうぼう)を眇(すが)め、若者たちが消えた方角を睨んだ。「尋ねたところで、否定されるだけだし」

「忌まわしいものとして恐れているんじゃなく、畏怖している印象だ」考え深げに少女は言った。「だから、彼が危害を加えられる心配はなかろう。むしろ次に来る時には、神と崇められてるかもしれんな」

「そいつはあんまり洒落にならんぞ。川を遡って赴(おもむ)く俺たちの目的は、彼を連れ戻すことか、それとも殺すことか？」

少女は肩を竦(すく)めた。「いっそ、そのくらいはっきりした目的を持ちたいものだな。我々の訪問は、彼の古傷を抉(えぐ)る役にしか立ってない」

「しかし、ほかに遣りようもないだろう」

「そうだな」少女は嘆息した。「では行くとするか、闇の奥(ハート・オヴ・ダークネス)へ……荷物を頼んだぞ」

「ちょっと待て、俺が運ぶのか?」すでに彼一人で大きなバックパックを担いでいる。

「我々は招かれざる客だ。それくらいしてやって当然だろう」

手ぶらで歩き出した少女を見送り、我々? と男は呟いた。頭を振ると、ため息すらつかずに籠の一つを抱え上げた。

小屋の前は空き地になっており、陽と枝葉の影とが戯れていた。掌ほどもある大型の蝶が、青や緑の金属光沢の羽を煌かせ、ゆったりと舞っている。微かな葉擦れの音以外、辺りは完全な静寂に包まれ、人の気配もなかった。少女は小屋を見上げた。窓と扉は開け放たれているが、中は暗く、様子は窺えない。草葺き屋根の向こうには、一本の大木が聳えていた。真紅の花が満開で、屋根や地面に細い花弁が散って、鮮血が滴ったかのようだ。

粗末な梯子の一段目に足を掛けた時、声が掛けられた。「こっちだよ」

少女はぎくりとし、それから紅い花を咲かせた木を振り仰いだ。小屋を回って裏手に出ると、そこは放棄された小さな畑だった。草や蔓がはびこる一角に紅い花の大樹が聳え、小屋の主はその下にいた。多数の太い根がうねり絡み合って地上に広がり、樹木本体を高く持ち上げている。彼は根の絡まりに腰を下ろし、幹にもたれていた。

「今年は早かったね」

柔らかく微笑み、彼は言った。これまでと同じく不意の来訪だが、穏やかな歓迎の意のほかに感情は読み取れない。この乾季の間に二十七歳になるはずだが、もっと老成した印象がある。痩せてはいるが、強靭でしなやかな身体つき。白人、黒人、そしてこの大陸の先住民の血が複雑に混じり合った端整な風貌。この距離からでは判らないが、虹彩の色は緑がかった濃い灰色だ。英語には、わずかな南部訛りがあった。薄汚れたシャツとズボン、サンダルという服装は、前回会った時と変わらなかった。

「日程の調整が巧くいったんでね」と少女は答えた。「そんなところにいて、蟻にたかられないか？」

「この木は大丈夫だ。虫除けの化学物質を分泌してるんだよ。蚊も寄ってこない」

「ふーん」少女は木を見上げた。灰色の滑らかな樹皮に包まれた幹は、真っ直ぐ伸びた円柱だ。高い樹冠では細い花弁が集まって幾つもの大きな房を作り、緑の葉の間で燃え上がっている。その周囲に蝶や蜂の姿は見当たらなかった。「去年来た時より、ずいぶん大きくなったみたいだな。花が咲くとは知らなかった」

「乾季の最初の頃に咲くんだよ。熱帯雨林の植物はほとんどがそうだけど、雨季の始まりと同時に発芽できるように、乾季の間に開花と結実を済ませておくんだ」

「どんな実が生（な）るんだ？」男がやってきて尋ねた。「食べられるのか？」

青年は再び微笑んだ。「そうだとしても、僕は食べない」

少女と男は戸惑い、気まずい沈黙が訪れた。一枚、二枚と舞い落ちる花弁を安らいだ表情で眺める世捨て人と来訪者たちの間を、大蛇の群のようにうねる根が隔てている。ふと気づいたように、青年は男に視線を向けた。

「また色味を薄くしてるんだね」

内心安堵しつつ、金髪緑眼の男は大仰に顔をしかめてみせた。「仕事の都合上な」

「今度、二人で組むんだよ」金色の巻き毛を揺らして、少女が後を受けた。「父娘としてね」

緑灰色の目がしばたたかれ、笑い声が明るく弾けた。「それじゃ、彼のことをなんて呼んでるんだい。ダッド？　ダディ？」

答えようとする少女を、本気の渋面になって男が遮る。「亜人拒絶派のコミュニティに潜入するんだ。盲信に凝り固まった親たちから、子供たちを解放するためにな」

「変革は順調なようだね」

皮肉の欠片もない口調に、男は返答に窮した。それを見遣って、少女は鼻を鳴らした。

「きみのほうはどうだ？」

「特に変わりはないよ」

訪問者たちは無言で視線を交わした。川下の部族民は、現代文明の洗礼を受けた上で敢えて伝統文化への復帰を選んだ人々である。孤独な他所者を恐れる理由はない。七年前、彼らは青年のために森を切り拓き、小屋を建て、畑を開墾した。その時点では、なんの問題もなかったはずだ。彼に干渉はせず、しかし生活に支障がないよう取り計らう。それが組織による村への依頼だった。三、四年前、二人が訪問した時には、偶々(たまたま)新たな畑の開墾が行われていたのだが、彼に対する村人たちの態度は単によそよそしいというに過ぎなかった。それが今では敬遠を通り越し、畏怖とすら呼べるものになっている。

三ヵ月に一度の食料その他必需品の配達は、今のところ滞りなく行われているようだ。しかし例えば、そろそろ新たな開墾が必要だろう。土地の生産力は三年が限度だからだ。木造の小屋も、相当傷んできている。

村人たちは、何を恐れているのだろう。十七年前、山一つ向こうで起きた先住民虐殺は、彼らにとってまだ記憶に新しいはずだ。生き残りの一部を受け入れてもいる。しかし虐殺事件、そしてその発端となった白人（グリンゴ）の父娘を、物静かな混血（メスティソ）の青年と結び付ける者はいないだろう。

＊＊＊

——あの人たち、また来たのね。

友達だからね。

——そう言うわりには嬉しそうじゃないじゃない、あなたも、あの人たちも。

彼らと僕を結んでいるのは、つらい思い出なんだ。会えば、僕だけじゃなく彼らもそのことを思い出してしまう。それでも僕のことが心配だから、一年に一度だけこうして訪ねてくるんだ。

——つらい思い出って、もしかしてあなたのお姉さんのこと？

……そうだよ。

――去年までのことはあんまり憶えてないんだけど、あの女の人……女の子、全然成長しないみたい。男の人のほうは大人だからよく判らないけど、でも髪や肌の色が毎回違ってるみたいだし……

色素を調節してるんだよ。老化防止や若返りと同じ、彼らの技術さ。

――若返り？　じゃあもしかしてあの子、本当はもっと齢(とし)を取ってるの？

そういうことになるね。

――あなたより、ずっと年上なの？

まあね。

――なーんだ。

あの二人との出会いについては、後で話そう……メキシコに戻った母は、しばらく中米の先住民を対象に研究を続けていた。だけど彼らは、母にとって文明的すぎてね。キリスト教を信仰してるとか、貨幣経済が浸透してるとか以前に、裸ではないし、隣村を襲って女を略奪したりもしない。アマゾンが懐かしかったけど、南米はナチの巣窟だと信じ続けていたから、別の〝未開人〟を探さなければならなかった。それでアフリカやオーストラリアの奥地、東南アジアや太平洋の島々を巡って、最終的にニューギニア高地に落ち着いた……文字どおりの意味でね。帰ってくるのが数ヵ月に一度になり、一年に一度になり、数年に一度になった。

僕は祖母の家で育った。同じ町に伯父一家も住んでいて、いとこの中には齢の近い子もいた。母と彼らは、ナチの陰謀については考えを共有していたけど、それ以外についてはまったく反りが合わなかった。〝槍を持った人食い人種〟について祖母が怯えるのも伯父一家が冗談を言うのも、母にとっては苛立ちの種だった。いとこたちが僕をミュータント呼ばわりしていると知った時には激怒した。祖母や伯父たちにしてみれば、僕もまた人体実験の落とし子だったんだ。

僕は四歳で、首都に住む母の知人に預けられた。例の支援協会の知人だよ。母が研究を続けられたのも、協会のつてで先住民文化研究の学術団体に所属できたからだ。後に養父になったその知人も多忙だったから、僕を実質的に育ててくれたのは住み込みの家政婦だということになるな。しかし彼は、母たちの妄想と距離を置く術(すべ)を教えてくれた。これは非常に役に立ったよ。実の父がナチの残党で狂気の科学者だったと、母や祖母たちから繰り返し聞かされるのは、つらかったからね。もっとつらかったのは、双子の片割れが呪われた怪物だと言われ続けることだった。

大人たちの方針は、一点においてだけ一致していた。父と姉はアマゾンで死んだことにしておくという点においてだ。母たちは、死んだと考えたかったんだろう。養父はその意思を尊重したわけだ。それでも僕は時々、姉が生きていると空想していた。ジャングルの奥深く、未開人に女神と崇められている彼女と、探検家になった僕が再会する、とかね。

十一歳の時、母が亡くなった。癌だった。医学に強い不信感を抱いていた彼女は、自覚症状があるのに病院に行かず、同僚たちが強制的に帰国させてからも治療を拒んだ。その時にはすでに全身を蝕まれていてね。祖母と伯父一家が暮らす狭い家で……大したことはない、すぐに治るって言い合ったかと思えば、人体実験の後遺症だって泣き叫んだり……僕と養父は説得しようとしたんだけど、奴らの手先だってことにされてしまった。母にとって、自分の世界観は命よりも大切だったわけだ。それを否定する者は、友人だろうと実の息子だろうと、敵と見做されても仕方ない。

——つらいなら、無理に話さないで。

大丈夫だよ……葬儀の後、僕は正式に養父となった人から、アマゾンに向かった後の父たちの消息を告げられた。

彼らは一九九〇年頃から、アマゾン源流の一つ、ウカヤリ川上流域に住んでいたそうだ。周囲には、文明化していない先住民しかいない。父は独力で小屋を建て、畑を耕し、狩りや釣りをした。川では砂金が採れた。数ヵ月に一度、川下の町を訪れ、砂金を売って銃弾とかを買っていったそうだ。町の人たちが、彼らのことを憶えている。そんなに幼い頃から、彼女の美しさは人目を惹いたんだ。

——どうしてそんな暮らしを選んだの？　何がお父さんをそうさせたの？

彼は逃げていたのかもしれない……何から逃げていたかは、順を追って話すよ。だけどいずれにせよ、彼の行動はそれだけでは説明がつかない。結局、僕は父のことを何も知らないんだ。彼が何を思って、幼い娘と二人きりで闇の奥へと踏み込んでいったのか。

――あなたも森の外にあるものから逃げて、お父さんたちが住んでいた場所まで来たの？

同じ場所ではないけれどね。その勇気はなかった……ここからは、おまえにとってつらい話になる。そう前置きしてから養父は、父たちが町を最後に訪れたのは九二年か三年であり、父はその後のいつ頃かに亡くなったと告げた。姉は現地の先住民たちの許で暮らしていたという。文明社会との接触がほとんどなかった、いわゆる未開部族だ。九五年、つまり僕がこの話を知る前年、彼らが虐殺される事件が起きた。

ラテンアメリカでは大きく報道された事件だ。それによれば、発端は部族の戦士たちが宣教団を襲い、聖職者を含む八名を殺したことだった。合衆国から来たこの宣教団は、本国の大企業や情報機関の手先として、つとに悪名高かった。先住民の共同体に入り込み、手際よく解体する。この時は、石油企業のために部族の土地を奪うのが目的だった。

合衆国は〝野蛮人〟の所業に憤り、警備会社の戦闘部隊を送り込んだ。九一年のイラク侵攻以来、国際的な非難の高まりによって合衆国は軍縮を進めてたけど、実際に行われていたのは民営化で、国軍の将兵や装備を転用しただけの警備会社が次々と誕生していた。その一つが、弓矢しか持たない先住民を掃討したんだ。宣教師殺害に無関係な部族も含めて、千人以上が殺されたそうだよ。

混乱のさ中、姉は行方不明になったと養父は語った。僕は呆然としていた。打ちのめされていたのはもちろんだが、同時に、まるで実感を持てずにもいたんだ。あまりにも劇的すぎたからね。

この話は母にも祖母たちにも伝えていない、と養父は言った。彼の友人たちが虐殺事件を調査していて、その過程で姉のことを知ったのだそうだ。彼らは姉さんの行方も追っている、見つかったら会いたいかい？　養父はそう尋ねた。

会いたい、と僕は即答した。衝撃があまりにも大きすぎて、僕はあまりにも幼すぎて、養父の話そのものにも、なぜ彼の友人たちが彼女の行方を気に掛けてくれるのかにも、疑念を抱きさえしなかった。

2

母の死から一年以上経った、九八年の春だった。父の両親がブラジルで亡くなったと知らされた。まだ立ち直れずにいた僕にとって、一度も会ったことのなかったその人たちの死は、鈍い喪失感をもたらしただけだった。そんなある日、学校からの帰り道で思いがけず伯父と再会した。三百キロ離れたメキシコ湾岸の町から車を運転してきて、僕を待ち構えていたんだ。驚いたし、警戒したよ。母の葬儀で罵られたことは、忘れようにも忘れられなかったからね。だけど彼が挨拶もなしに発した言葉は、思いがけないなんてものじゃなかった……車に乗れ、おまえの姉貴に会わせてやる。

呆然としている僕を助手席に押し込むと、伯父は車を発進させた。大声で事情を説明し始めたんだけど、ひどく興奮しているものだから、まったく要領を得なかった。僕が動転しつつ質問を差し挟もうとしても、耳に入っている様子はなかった。解ったのは、数日前に突然、彼の妹の娘だと名乗る少女が訪ねてきたこと。伯父はそれを疑うどころか、今や彼女もまた途方もない陰謀の犠牲者だと信じていること。そして、どうやら彼女にすっかり魅了されてるらしいこと。そのくらいだったね。

彼女は僕を待っているという。驚きがやや冷めてから僕は、養父の友人だという人たちが姉を見つけてくれたのかと考えた。だけど伯父は、その質問に腹を立てて怒鳴り散らした。養父のことをナチ野郎と罵倒し、二度と奴らをおまえに関わらせない、と息巻いた。

何がなんだかさっぱり解らず、期待と不安に翻弄され、僕は混乱の極みにあった。とはいえ十二歳の子供に、伯父の家までの道のりは遠すぎた。翌日の昼過ぎに伯父一家と祖母が住む家に到着した時、僕は後部席で寝こけていた。揺り起こされて彼女を見上げた時は、夢を見ているのだと思ったよ。それほどまでに美しかった。母に似ていることは一目で見て取れた。血を分けた片割れに違いないと確信したよ。

感動していられたのは、その一瞬だけだった。報道陣が僕たちを囲んでいたんだ。一斉に質問を浴びせられ、僕は再び混乱に突き落とされた。弟と二人だけで話をさせて、と姉は言った。彼女の保護者然と振る舞う数人が場を仕切り、僕たち姉弟は小さな中庭(パティオ)で改めて対面した。二人きりではなく、カメラとマイクに取り巻かれていた。伯父たちは、室内で取材という名目で、体(てい)よく締め出された。

姉の説明は、伯父より遥かに整然として簡潔だったけど、僕を混乱の淵から引き上げてはくれなかった。養父から教えられていた情報と一致したのは、彼女が父と二人、ペルーの密林で暮らしていたというところまでだった。八歳か九歳頃、彼女は〃野蛮人〃に捕らわれた。父は殺され、遺体は見つかっていない。以後一年かそれ以上の間、奴隷として虐げられていた彼女を救出したのが、合衆国から来た宣教師たちだ。だが彼らは凶暴なインディオどもに惨殺され、彼女は再び囚われの身となった。最終的な救い主は、合衆国から派遣された警備会社だった……

僕は言葉もなかったよ。ウカヤリ川の先住民は、父を亡くした姉を保護してくれたのではなかったのか。宣教師たちが殺されたのは、侵略の先兵だからではなかったのか。女子供も容赦なく殺した傭兵たちを、姉は正義のヒーローとして称賛し、周りの大人たちもしきりに頷いている。困惑しきった僕に、嘘を教えられていたのね、と彼女は同情に満ちた口調で言った。

姉の〃保護者〃たちが、その後を受けた。警備会社派遣の目的は、宣教師殺害の犯人逮捕だった。村ぐるみの激しい抵抗に遭ったので、やむなく犯人の一人を射殺し、その際に数人が軽い怪我をしただけだ。ペルーの国粋主義者たちのでっち上げを、この国のマスコミは無批判に垂れ流してるんだよ。

言葉の内容よりも、無知で愚かな子供に説いて聞かす口調に反発を覚えた。顔をしかめた僕を、カメラが撮影する。姉の保護者たちもマスコミ関係者も、大半が合衆国やヨーロッパから来たと思しいことに僕は気づいた。彼らはなんのために集まっているのかと、改めて姉に問うた。

昨日、訴訟を起こしたのだ、と姉は言った。訴えられたのは、父が勤務していたサンパウロの研究所、母が出産した病院、そしてとある大手製薬会社だ。僕ら一家は、恐るべき陰謀の犠牲者なのだった。

娘が非合法の実験を施されたという母の直感は、正しかった。ただし、父は潔白だった。研究所の同僚が病院と結託して、遺伝子改造した受精卵を母の胎内に植え付けたのだ。比較対照のため、自然のままの受精卵も同時に着床させられた。それが姉の片割れたる僕だ。病院は僕らの臍帯血を採取し、製薬会社に売り渡した。そこでは姉の細胞を使って研究を行い、もうじきその成果が実って莫大な利益を上げようとしているのだという。

僕は到底信じられず、どんな改造が施され、それを使ったどんな研究が行われているのか問い質そうとした。姉も大人たちも、誰ひとりとしてまともに答えられなかった。ともかくそれで、彼女の保護者たちが訴訟を支援する反遺伝子工学派だということは判った。マスコミ関係者たちも皆、そちら寄りらしい。細胞の無断使用は、事実なら確かに由々しい問題だけど、姉は彼らに利用されているのではないかと僕は不安になった。

すると彼らは、僕が洗脳されているのだと言い出した。自然の摂理を枉(ま)げる遺伝子工学推進派は、僕を人質にするため取り込んだというのだ。陰謀は、一企業の利益追求に留まらない。遺伝子工学によって世界征服を企む悪の秘密組織があるのだ。彼らはあらゆる場所に潜んでいる。人類の遺伝子を改造し、従順な奴隷にしてしまうことが最終目的で、その妨げとなるものは、どんな汚い手を使ってでも排除する。遺伝子工学を禁じていたソ連を滅ぼしたのも組織だ。反遺伝子工学のもう一つの牙城である合衆国も、絶え間なく攻撃に晒され続けてきた。湾岸戦争以来の国際的な反合衆国感情の高まりは、長年にわたる工作の結果である。特に途上国は組織の浸透が甚だしい。人々は子供の頃から、遺伝子工学や進化論の素晴らしさと、合衆国への憎悪を吹き込まれて育つ。合衆国内部でも、さまざまな陰謀が仕組まれている。人種や階層間の対立を煽り、人材を国外に流出させるのもその一環だ。

つまり母の一家の亡命を援助した団体もまた、悪の組織の一端だったのだ。母はその優れた頭脳を祖国のために役立てる機会を奪われた上に、人体実験の母胎とされた。マッドサイエンティストたちはブラジルの白化計画にも携わっており、姉は白人化因子を組み込まれた。そのため母は陰謀に気づくことができたが、頼る相手を間違ってしまった。彼女が夫を疑うよう仕向けたのも組織に違いない。奴らは母を監視し続けるために、出先機関の一つである学術団体に属させなければ研究が続けられないようにした。幼い僕は人質とされ、洗脳された。そして父は、娘を守るために逃亡した……

呆れてものが言えなかったよ。メキシコを途上国呼ばわりされて、気分を害しもした。ただ、母がなんの根拠もない妄想を抱き続けたパラノイア患者じゃなかったとしたら嬉しい、と考えている自分に気づいて、いくらか動揺した。父の逃亡に正当な理由を与えてくれる、という点でも、彼らの陰謀論は誘惑的だった。

それからの数週間、伯父の家には来客が絶えなかった。皆、外国人だ。姉は、取材の際には家族が同席することを条件としていた。広い場所を借りての記者会見も幾度かあったけど、毎回リムジンが迎えに来てね。僕ら姉弟、伯父一家、祖母の総勢十人で会場に向かったものだよ。褐色（ブルネット）の僕らの中で、ただ独り白色（ブロンド）の姉はとても目立った。伯父たちは彼女を、人種主義（レイシズム）の犠牲となって一族の血統から引き離された悲劇の子として迎え入れていた。彼女を怪物、その父親を鬼畜呼ばわりしていたことなど、すっかり忘れ去っているかのようだった。実際、忘れていたのだろう。黒幕はナチだと思い込んでいるのは相変わらずだった。取材でも繰り返しナチの脅威を訴えていたけど、すべて編集でカットされていたね。僕はと言えば、養父に会いたい、本当に陰謀に関わっていたのか問い質したい、と繰り返し訴えたんだけど、無視されるか受け流されるかだった。もどかしく、苛立たしかったよ。いとこたちは明らかに楽しんで監視役を務め、僕が養父に連絡を取ろうとするのを阻止した。養父からの連絡も阻止されていたらしい。まともな科学知識に基づいた情報も完全に遮断され、僕を包囲するのは無知と陰謀論だった。間違っているのはおまえのほうだと、絶えず責め立てる。頭の弱い子供に対するように、あくまで優しく根気良くだ。僕と同じく学校で生物学を教わったはずのいとこたちは、その知識をあっさり捨てて状況に適応していた。

そして姉は、無知どころか読み書き計算もできなかった。英語は流暢だが文法的には誤りだらけだった。父とはドイツ語で話していたそうだが、もう忘れてしまったと言っていた。アルファベットや数字を見分けるのがやっとで、十以上数えられるのかすら怪しかった。誰に教えられたのか、難読症（ディスレクシア）という用語を得意気に振り回してたっけ。そうやって周囲に吹き込まれたことはなんでも頭から信じ込んで、僕のことは洗脳された可哀想な子扱いした。

それにもかかわらず、僕は姉に魅了されていた。本気で逃げ出そうとしなかったのは、そのためだ。一度も二人きりになれなかったけど、傍にいられるだけで幸せだった。くるくる変わる表情や子猫のような仕草を、いつまでも眺めていたかった。甘く音楽的な声を、いつまでも聞いていたかった。

誰もが姉の虜（とりこ）になった。それは当然のことと僕には思えたけど、伯父と従兄弟たちが彼女を露骨にいやらしい目で睨（ね）め回すのは許しがたかった。入浴や着替えを覗いたり、下着を盗もうとしたりする現場を何度も押さえたけど、彼らは悪びれもせず、おまえの勘違いだと言い張った。姉さんを独り占めにしたい、可愛いやきもちだと言うんだ。僕が激昂し、殴り掛かってさえその調子だった……二つ下の従弟にも敵わなかったから、あしらわれるのも無理はなかったんだけどね。

女性陣も、僕が伯父たちに掛けた嫌疑を否認した。十二歳の少女に対する彼らの態度に、少しも不審を抱いていないかのようだった。それどころか祖母も伯母も従姉たちも、彼女の気を惹こうと張り合った。姉の魅力は、両性に対して効果があったんだ。家庭内の空気が次第に不穏さを増していく中で、姉だけが無邪気で、軽やかで、澄明だった。

姉とは直接関係ないところでも、不穏な変化は起きていた。これまで伯父たちの陰謀論は、ほとんど誰からも相手にされなかった。それがにわかに、洗練された〝先進国〟の人々が毎日訪ねてきて注目を浴びせ、高説を拝聴してくれるようになったんだ。伯父たちは同僚や隣人たち、そして長年暮らしてきたメキシコそのものを見下す態度を取り始めた。まだ始まってもいない裁判で得られる賠償金を当て込んで、伯父と年長のいとこたちは仕事を辞めた。中庭が二つある大きな家も買った。伯母も……僕らと同じく合衆国からの移住者だった……パートタイムの仕事を辞めたのに、祖母の介護が大変だからと家政婦を雇った。そしてすぐに、夫とその女性が不倫していると疑い出した。彼女は伯母より少し若いだけの、美人とは言えないジャマイカ人でね。伯父は否定したし、実際、何もなかっただろう。夫が姪に抱くよからぬ想いを、伯母は否認し続けてきた。その反動が、見当違いな嫉妬となって現れたのかもしれない。

一ヵ月余り経ってマスコミの関心が多少薄れてきた頃、姉が僕と二人で観光に行きたいと言い出した。姉の支援者付きだったけど、ビーチで結構楽しく過ごして帰宅すると、伯父が伯母を殺していた。例によって家政婦との関係を問い詰められた伯父は、口論の挙句に伯母を殴り殺したんだ。僕たちが帰宅した時には、すでに彼は逮捕されていた。姉と僕は、支援者たちが用意したホテルに移るようにと言われた。祖母やいとこたちを放ってはおけないと、姉は拒絶した。その夜、祖母が倒れ、インフルエンザだと診断された。五人のいとこたちも次々と高熱を発し、病院に運ばれた。伯父も留置場で発症していた。

診察を受けるべきだ、という僕の提案を、必要ないと姉は一蹴した。無知から来る自信だと僕は思ったけど、事実、二人とも不調はまったくなかった。伯父が起こした事件は、ありふれた殺人として地元でたった一日、小さなニュースになっただけだった。国際的に注目される訴訟事件と結び付けられることはなかった。情報操作が行われたからだけど、それどころではなくなってしまったから、というのもある。

　数日のうちに、伯父一家は全員亡くなってしまった。その頃には町全体に新型インフルエンザが蔓延していた。外国人は先を争ってメキシコから逃げ出し、政府は町を封鎖しようとした。その騒ぎの中で、姉と支援者たちは呆然としてる僕を車に押し込んで、悠々と町を脱出した。そのまま空港へ行ってチャーター機に乗り込み、向かった先は合衆国だ。そこでもインフルエンザは大きなニュースになっていて、研究所から漏れ出した生物兵器だという説が声高に唱えられ、国境閉鎖が叫ばれていた。僕らは、なんの問題もなく入国したよ。僕だけが、胡散臭い目で見られはしたけどね。

　偉大な祖国で、姉はスター扱いだった。反遺伝子工学派のアイドルでありアイコンだった。裁判開始を待つ間、合衆国最大の、すなわち世界最大の都市を拠点に、キャンペーンが展開された。姉がますます多忙になったのに対して、僕の存在は完全に無視されていた。陰謀論の渦中にある金髪碧眼の美少女に有色人種の肉親がいる事実は、合衆国ではそれ以前からほとんど取り上げられていなかったけど、今や国外のメディアも含めて、すっかり忘れ去ったかのようだった。

姉は二重に悲劇のヒロインだった。人体実験の犠牲になっただけではない。ペルー政府が保護する〝野蛮人〟に父を殺され、虐げられてきたのだ。先住民虐殺事件が反合衆国感情を煽るためのでっち上げとされる一方、それに先立つ宣教師たちが殺された事件は大いなる悲劇として繰り返し報道されていた。すでに映画化の話も出ていたよ。

もはや監視は付かず、外出も自由だったけど、どこにも行く当てなどなかった。非白人の大半がゲットーに押し込められたこの国で、分不相応によい身なりをした僕がうろうろするのは危険だと、姉の支援者たちから脅されてもいた。ホテルの中だけでも少なからず不快な思いをしていたから、街へ出ようという気は起きなかった。部屋に閉じ籠って、与えられたヴィデオゲームで遊ぶほかは何もしなかった。養父に連絡を取ろうという気力も失っていた。

メキシコでは、姉とは碌に言葉も交わせなかったけど、常に一緒にいられた。合衆国では彼女は毎日僕を置いて出掛け、帰ってこない日も時々あった。それでも僕はある意味、幸福だった。姉の支援者もホテルの従業員も他の宿泊客も、僕が存在しないかのように振る舞ったので、僕のほうも彼らが存在しないかのような感覚に陥っていった。現実感が希薄になり、この世で実体を持った人間は姉と僕だけで、ほかは幻のような気分にしばしば捉われた。最初から幻だから、父も母も祖母も伯父たちも死んではいないのだ。

姉と過ごす時間は短かったけど、ホテルの部屋では二人きりだった。会話はほとんどなかった。僕は何を話せばいいか判らなかったし、彼女の過去について尋ねる勇気もなかった。彼女はもっと無頓着だった。姉さんぶった口調で一方的に命令し……起きなさい、着替えなさい、偶(たま)にはシャワーを浴びたら、コーヒー淹れて、靴下が片方見つからないわ、そのラスボスを倒すのはわたしよ……僕が文句も言わず従うのが当然と思っているのだ。まるで生まれた時からそうしてきて、僕らの間に余計な言葉など必要ないかのように。帰ってくるのは大抵夜で、下着だけになって僕のベッドに潜り込んできた。彼女と過ごした、最も平穏な日々だった。

そうして、二週間ほどが過ぎた。この状態がもう数日続いていたら、僕は外界への関心を完全に失っていただろうけど、まだそうなっていなかったので、ホテルの売店に雑誌を買いに行った。その帰り、ひと気のない廊下で突然、背後から押さえ込まれ、口を塞がれた。ドアの一つが開いて、引き摺り込まれた。それが、彼らとの出会いだった。そう、あの二人だよ。僕を捕まえたほうは今より十四歳若くて、脱色してるのは皮膚だけだった。もう一人は、今とはまったく違っていたね。ずっと年上でずっと背が高く、鋼のような印象の、近寄りがたい人物だったよ。

養父の友人だという名乗りに、僕はもがくのをやめたけど、もちろん警戒は解かなかった。そんな僕に、彼らはまずスペイン語の科学雑誌を渡した。そこには、訴えられた製薬会社が姉の細胞を使ってどんな研究を行っているのかが詳しく書かれていた。口を塞がれ、押さえ込まれたまま、僕は記事を読み始めた。

それによれば、僕の姉は非常に特殊な遺伝子の持ち主だった。全身のどの体細胞を採っても、培養の条件次第で初期化され、そこからあらゆる組織に分化する能力を持つ。すでに全能化遺伝子は突き止められ、その産物である蛋白質を使って他の人間や動物の体細胞を全能化させることも可能になっているという。

僕が記事を読み耽っている間に拘束は緩み、背後から肩を摑まれてるだけになった。読み終わっても僕は逃げ出そうとはせず、矢継ぎ早に質問をした。彼らは逐一、丁寧に答えてくれた。

……遺伝子工学によって世界征服を目論む悪の秘密組織など存在しない。幾つかの非営利団体や研究機関、企業などを結ぶ緩やかな紐帯に気づいた陰謀論者たちが、自前の妄想に組み込んで生み出した新たな妄想に過ぎない。ただ、きみの姉さんの変異遺伝子は、例の製薬会社を中心とした複数グループの逸脱によって作り出された可能性がある。

逸脱の結果は、細胞の全能性だけではないかもしれなかった。例えば、ひょっとしたらブラジルの白化計画への協力も行われていたかもしれない。考えられる理由は、資金獲得くらいだが。肌や髪、瞳の色を決める遺伝子で、色素が濃いのと薄いのとでは、前者が優性だ。母は両方の遺伝子を持っていた。もし白人らしい形質の遺伝子だけを持つ卵ができるように操作したならば、白人の父との間には白人らしい風貌の子供が生まれることになる。実際に行われたとしたら、愚かしく価値のない研究だ、と彼らは断じた。

姉には全能性のほかにもう一つ、明らかな特異性があった。重度の先天性免疫不全だ。皮膚や粘膜の非特異性防御力は非常に高いが、いったん体内に入り込まれれば、彼女の免疫系は異物を異物と認識できなかった。だからそれらが攻撃されることもなければ、抗体が作り出されることもない。毒物への抵抗力は優れているが、感染には無力だった。

彼女の全身は、ありとあらゆるウィルスや微生物に感染しているだろう。実際、臍帯血から採取した細胞株で無事なのは、厳重な無菌状態に保っているものだけだった。にもかかわらず彼女が健康でいられる理由は、侵入した寄生体を飼い馴らしてしまう能力にあった。増殖は抑えられ、宿主である彼女を傷つけることもない。

陰謀論と同じくらい、信じられない話だった。作られた変異だとしたら、なんのためなのか、と僕は尋ねた。

解らない、というのが彼らの答えだった。人為的な変異ではない可能性もある。母の一族はアメリカ先住民の血を引いており、その免疫系は旧大陸の人々ほど発達していない。新大陸の先祖たちは、病原体に曝されることが少なかったからだ。姉の特殊な免疫系は、明らかに先祖から受け継いだそれをベースとしている。弱い免疫系と高い非特異性生体防御は、僕も母から受け継いでいるという。

父がまさにアメリカ先住民の免疫系を研究していたことを、僕は思い出した。違法な遺伝子操作が行われたのなら、父も関わっていたのか。お父さんは一人で研究していたわけではない、と彼らは答えた。一人でそれだけの遺伝子改変を行えたはずもない。同僚たちが、彼に無断で行ったのかもしれない。母が妄想に基づいて父を告発したのを受けて、養父たちは研究所の行き過ぎを疑い、調査を始めた。父が姉を連れて失踪したのは、その直後だ。研究所はデータの多くを破棄しており、違法実験の疑いは濃厚だった。父の関与は、不明なままだ。

我々はペルーの先住民虐殺事件を調査している、と彼らは続けた。でっち上げと聞かされてるかもしれないが、銃や爆弾で殺された死体の山と、生き残りの証言がある。ウカヤリ川の部族は無垢で穏やかな人々ではなく、僕の父を殺し、幼い姉を攫ったのは事実だ。宣教師たちが彼女を救出したこと自体は称賛に値する。だが彼らの遣り方は、石油企業が雇った警備会社の戦闘員を従えて村に乗り込み、人々に銃を突き付けて姉を連れ去るというものだった。

生き残った村人たちは述べている。姉を捕らえた戦士たちは、やがて彼女をめぐって殺し合うようになった、と。原因は必ずしも姉に関係あるわけではなかったが、殺し合いは村人同士から村同士へと拡大していった。さらに、わずか一年余りの間に地域一帯で疫病が頻発した。この展開に、心当たりはないか。

なんのことだか解りません、と僕は答えた。内心ではひどく動揺していた。姉が何かしたって言うんですか？　たぶん何もしてないだろう、と彼らはあっさり答えた。だが彼女には暴力と疫病が付いて回っているかのようだ。無論、因果関係があるなどとは、考えるのも馬鹿げている。彼女の体内の病原体が感染力を保っているなら、被害はこんなものでは済まないだろう。年端もいかない少女が、周囲の行動を操れるわけもない。人々は勝手に病気になり、勝手に暴力性を増したのだろう。ウカヤリ川上流の部族は、同盟や祝宴といった暴力回避のための慣習を放棄した。ミッション遂行にかけては巧妙さと粘り強さを誇る宣教団が、彼女の救出に限って強引で拙速な手段を取った。合衆国系の警備会社は元より悪名高いが、この国は近年、ラテンアメリカでの行動には慎重になっていた。無差別の大虐殺が上層部からの指令によるものとは考えにくい。件の警備会社は……

そこまで彼らが言った時だった。ドアが外から解錠され、開かれた。入ってきたのは、夜まで帰らないはずの姉だった。僕だけじゃなく、彼ら二人も仰天していたよ。姉は大股で部屋に踏み込んだ。急いで来たらしく、淡いピンクのドレスときれいにカールされた髪をちょっと乱して、頬を上気させて、青い瞳はきらきら輝いていた。

弟に自由を与えれば必ず接触してくるだろうと思った、と姉は言い放った。今回は見逃してあげるから、尻尾を巻いて帰りなさい。

彼女はホテルの従業員たちに、僕を見張らせていたんだ。支援者の入れ知恵じゃなく、彼女自身の判断で。教育の有無は狡猾さとは無関係だからね。養父の友人たちは弁解もしなければ、姉が僕を部屋から連れ出すのを阻止しようともしなかった。このうえ往生際の悪い真似をするような人たちじゃないからだけど、十二の小娘に気圧されていたようにも見えたよ。

ぼーっとしてるから、こんなことになるのよ、と姉は僕を叱り付けた。彼女に引っ張られていきながら、僕はなぜかすごく後ろめたい気分で、監視されてたことに抗議するどころじゃなかった。あの人たちに何を言われたかは興味ないわ、と姉は続けた。あんたがわたしを信じるか信じないかにもね。わたしのことを信じなくても、あんたはわたしに付いて来てくれるもの。

その時ふと、彼女が一見軽信的なのは、本当は何ものをも信じていないからではないかと思った。そうだとしたら、僕のことも信じてはいないのだ。別段、ショックではなかった。僕自身、彼女を信じているとは断言できなかったからだ。僕らは、離れ離れになっていた時間があまりにも長すぎた。

翌日、国外のメディアが一斉に、姉を担ぎ上げていた団体のスキャンダルを報道した。不正会計、麻薬使用、未成年との性交渉など盛りだくさんだ。アジアで美容のための遺伝子操作を受けていた役員までいた。国内のメディアは沈黙していたけど、団体は世界中で活動していたからね。国外からの支持はすっかり失ってしまった。団体は職員を派遣して、僕らを別のホテルに移動させた。組織の攻撃だ、と彼らは憤っていた。それは事実だったよ。スキャンダルも事実だったけどね。

裁判はうやむやのうちに延期され、僕らはホテルに取り残された。そこへ、きちんとスーツを着た几帳面な感じの男が訪ねてきた。姉は親しげに迎え入れ、二時間後には僕らは彼に連れられ、飛行機に乗っていたよ。行先は……イラクだった。

――イラクと言った時、声が震えたよ。そこで何があったの？　何を見たの？

3

闇だ……闇の心臓部で、僕は地獄の門が開くのを見た。

父娘に見えないこともない金髪緑眼の男と金髪碧眼の少女は、紅い花の咲く大樹の下に混血の青年を見出した。彼が腰を下ろす太い根の絡まりは、蛇の玉座という不気味な空想を誘った。アマゾンの植物は、地中深く根を張ることはない。高温多湿のために動植物の死骸はたちまち分解され、腐植土の層はごく薄く地表を覆うだけだ。多くの木は板状に張り出した根や、目の前の例のような多数の支柱根を発達させていた。根を浅く広く伸ばすことで、少しでも多く養分を吸収しようとするのだ。

青年は二人に挨拶した。よく眠れたかとか、体調はどうかなどとは尋ねない。来訪者たちが必要とあらば大概の条件下で眠れるよう訓練を受けていることや、特別設計の腸内細菌のお蔭で水や食べ物に中(あた)りにくいことを知っているのだ。彼自身は、充分睡眠を取っていないように見えた。眼は充血し、その下の皮膚も黒ずんでいる。

「ここで一晩過ごしたのか」

男の問いに、青年は首肯した。少女が肩を竦めて言った。

「木に虫除け効果があるなら、小屋で寝るより快適かもな」

「昨日、訊き忘れたんだけど」と青年は穏やかに、しかしいささか唐突に切り出した。「母(ソムニウム)・夢(マトリス)に彼女が現れるというニュースは、事実なのかい」

青年は静かに微笑んでいる。男はわずかに頬を強張らせ、少女は思い切り顔をしかめて鼻を鳴らした。昨日は青年も来訪者たちも当たり障りのない話題に徹し、ぎこちないながらも和やかな空気を作り出すことに成功していた。だが青年は、その空気を翌日まで持ち越す気はなかったらしい。

「どの程度知ってるんだ」と少女は尋ねた。

「ニュースサイトに載ってることだけだよ」と青年は答えると、諳(そら)んじる口調ですらすらと述べた。「戦闘種など、とりわけ過酷な労役用の亜人は、ストレス対策の一環として就役時の記憶を毎回消される。しかし記憶の完全な消去は不可能であり、特にレム睡眠中はフラッシュバックが起きやすいとされる。そこで彼らは、ただ一つの夢しか見ないよう条件付けられている。それが母(ソムニウム・)の夢(マトリス)だ。何か暖かく柔らかなものに包まれているイメージによって記憶に蓋をし、かつストレスも緩和する。暖かさ、柔らかさといった皮膚感覚しか条件付けしていないはずだが、最近、映像を伴う夢を見る個体が複数、報告されているそうだね。それも決まって同じ、金髪碧眼の美しい女性を見るのだと……」目を伏せ、口を噤(つぐ)んだ。

「人工子宮内膜の細胞提供者のデータは、戦闘種に限らずすべての亜人に植え付けられているからな」素っ気なく、少女は答えた。「彼らが誰かを母と呼ぶなら、彼女を措いてほかにあるまい。潜在意識下で、母(マテル)のイメージと結び付けたんだろう。少女ではなく、もっと年上の印象だそうだ」

「母(ソムニウム・)の夢(マトリス)に彼女が現れる割合は、どのくらいなんだろう」

知らん、と少女は答え、男も戸惑い顔で肩を竦めた。うっすらと青年は笑んだ。

「相変わらず、誰も彼女には関心を持たないんだね」

「自分で調べたらいい」無造作に少女は言い放った。「隠者ごっこはもう充分だろう。今日、我々と一緒に帰るぞ」

「帰る?」

「人間の世界へだ」

寛(くつろ)いだ姿勢で座る青年と、傲然と顎を上げて仁王立ちする少女との対峙に、緑眼の男はひたすら居たたまれない様子だ。青年は肩を揺すって笑い出した。

「せっかくだが、やめておくよ。どのみち、大して知りたいことじゃないからね……僕が本当に知りたいことは、彼女にしか答えられない」

おもむろに彼は立ち上がった。縺れ合う根を器用に踏んで、来訪者たちの前に下り立つ。薄い微笑は、彼らの反応を意に介していないようにも、密かに楽しんでいるようにも見えた。小屋へと向かう。肩越しに振り返り、言った。

「朝食にしよう」

来訪者たちは顔を見合わせた。無言のまま、青年の後について歩き出した。

＊　＊　＊

バグダッド占領と独裁者処刑は、合衆国の覇権拡大という神に与えられた自明の宿命（マニフェスト・デスティニー）の一環だった。神命なのだから、人間の承認は必要ない。そうやって建国以来、この国は独断専行に慣れていたんだ。そのわずか二年前のパナマ侵攻でも、世界中から非難を浴びせられたけど、それだけだった。しかしイラクは、合衆国の〝裏庭〟ではなかった。多国籍軍の眼前で堂々と行われた侵略に、多くの国が面子を潰されたと感じた。

かくして諸国は一致団結して、合衆国の撤退を要求した。ただしその条件については意見が分かれた。独裁政権の要人が多数逃亡していて抵抗勢力となることが懸念されたし、それ以前にすでに、首都をはじめとして各地で市民による略奪が横行していたからね。国連はひとまず、反フセイン派を暫定政権として承認するとともに、多国籍軍の駐留と合衆国軍の段階的撤退を決定した。合衆国は撤退案には激しく抵抗したけど、暫定政権には文句を言わなかった。その主な顔触れは、合衆国が以前から目を掛けていた亡命者たちだったからだ。

二ヵ月後、合衆国は方針を突然変えて、国連の残りの決定もすべて受け入れた。それどころかイラクにおける軍事行動の行き過ぎを認め、ずっと前から無視し続けてきた軍縮の要求にも応じると発表した。多くの人が、ついに帝国を屈服させたと有頂天になったけど、それはいささか早計だった。合衆国は軍縮には民営化で対応する腹積りだったし、イラクの内戦を見越してもいたんだ。

合衆国は国連の撤退および軍縮計画に、諾々と従った。その間に、暫定政権を合衆国の傀儡と見做す武装勢力が動き出し、全土で戦闘やテロが勃発した。十万足らずの多国籍軍の手には余る事態だ。旧イラク軍の将兵は七割が反政府側に付き、投降していた三割も信頼できなかった。イラクから出て行きつつある合衆国軍はと言えば、自衛のため以外の戦闘を禁じるという決議に違反もしなければ、苦境に付け込んで撤退を取り消すよう圧力を掛けたりもしなかった。かつてない従順さで、続々と帰国していった。

やがて武装勢力は、標的を多国籍軍や国連職員にまで広げた。各国の軍隊は、次々と兵力縮小または撤退を決定した。占領から一年後には、国連事務所も閉鎖された。暫定政権は、すでに撤退を完了していた合衆国に泣き付いた。合衆国政府は治安と復興の外注を勧めた。ついでに、優良企業の紹介までしてやった。

内戦を合衆国が仕組んだ、あるいは煽ったと疑うのは、陰謀論というものだろう。しかしその後の状況は、間違いなく合衆国系企業によって創り出されたものだった。石油産業と復興事業は、合衆国に本社のある企業に委託され、それらを合衆国の退役軍人から成る警備会社が守った。退役軍人たちはまた、暫定政府からさらに御しやすい面々に入れ替えられた正式政府の要人や政庁の警護、それに新生国防軍や警察の訓練も請け負っていた。反政府勢力は砂漠や農村地帯に追い遣られていたが、攻撃の容易な学校や診療所などを標的にし、子供を含む民間人の犠牲は増える一方だった。都市のテロでも同様の傾向が見られた。

こうした流れを作ったのは合衆国政府や諜報機関かもしれないが、僕がイラクに連れて行かれた頃には、とっくに統制の及ばない状態になっていた。すべてを支配するのは、市場の原理だった。一つの警備会社がイラク政府と反政府派の両方にサービスを提供している、という類の噂は絶えなかった。

イラク侵攻当時、僕は子供だったし、七年後もまだ子供だったから、この国の情勢をきちんと把握していたとは言いがたい。把握していたとしても、なぜイラクなんかに連れて行かれるのか察する援けにはならなかっただろうけどね。姉は、着いたら解る、としか答えてくれなかったし。バグダッドの空港で僕らを出迎えたのは、合衆国の英語を喋るいかつい男たちだった。ジャングルでわたしを助けてくれた人たち、と紹介されてようやく、僕は事態を理解した。あの警備会社は解散したんじゃなかったのか、とおずおずと尋ねた。元軍人たちは爆笑した。解散は見せ掛けで、名前を変えて存続していたんだ。姉の真の保護者は反遺伝子工学団体ではなくて、彼ら傭兵たちだった。先住民虐殺の指揮官は、ほとぼりも冷めないうちにバグダッド市中警備の任に就き、姉を一緒に連れて行った。ペルーを出てからメキシコで僕と再会するまで、姉は合衆国よりもイラクで過ごした期間のほうが長かった。彼女は指揮官をドイツ風にパパと呼んでいたよ。

合衆国まで僕らを迎えにきた人は軍隊経験のない事務担当だったけど、空港で僕らを取り囲んだ社員たちは、パパも含めて筋骨隆々の大男ばかりだった。姉が僕を弟だと紹介すると、またも哄笑が沸き起こった。冗談だと思われたらしい。どこで拾ってきた弟だ、と訊く社員もいた。

僕は合衆国で受けた扱いを思い出して不安になったけど、その場にいた社員の半数近くが白人じゃなかったから、大丈夫だろうと自分に言い聞かせた。

　装甲化した四輪駆動車を五台連ねて、市街地へ向かった。首都一帯の治安は維持されている、とパパは請け合ったが、復興が進んでいないのは明らかだった。道沿いに並ぶ、半壊した民家の廃墟にまず衝撃を受け、そこに人が住んでいると気づいて、さらに衝撃を受けた。僕らの車は隊列の中央で、後部席に姉を真ん中にパパと僕が座っていた。パパは僕の存在を無視し、アラブ人を貶し続けていた……彼らにとって、ムスリムはみんなアラブなんだ。姉は、くすくす笑いながら耳を傾けていたが、何気ない口調で、車の速度が遅いと言った。まったくだ、とパパは先頭車輛を無線で呼び出し、渋滞なのかと尋ねた。アラブ人の車が一台、のろくさ走ってるだけだ、と答えが返ってきた。二車線の狭い道だった。片付けろ、とパパは簡潔に言った。僕がその意味を理解するより早く、機銃の掃射音が轟いた。僕は悲鳴を上げ、姉は弾けるように笑った。

　後は、切れ目なく悪夢が続いていくようなものだった……何ヵ月も続いた悪夢だ。乗っていたイラク人一家のうち、父親は重傷、母親と息子は軽傷だった。二十歳にもなっていないらしい娘は、どうやら無傷だった。社員たちは、泣き叫ぶ彼女を車の一台に押し込んだ。僕は震えながら姉に尋ねた。どうしてこんな酷いことをしたんだ、あの人たちをどうするんだ。姉は落ち着き払って答えた。彼らは治安活動を妨害したのよ。もうじき社のトラックが来て、刑務所に連れて行くわ。女の子は挙動が怪しいから、パパが会社で尋問するんですって。

市街地にある社の敷地は高い塀に囲まれ、要塞化していた。尋問は地下室で行われ、僕は姉と共に立ち会わされた。その場に至るまで僕はパパや姉に向かって、何かの間違いだから、あの女の人を解放してやってくれと訴え続けた。卑猥な冗談を耳にするまでもなく、レイプが目的だということは予想できてたけど、信じたくなかったんだ。姉は、あんたはイラクの現実が解ってないのよ、と勿体ぶった口調で言った。パパや社員たちは、せせら笑うだけだった。

僕の制止の声は、悲鳴と怒号に掻き消された。社員たちに殴り掛かり、犠牲者から引き剝がそうとした。そんなことで止められると思ってたというより、目の前で起きている事実を否定したい一心だったんだ。腕の一振りで跳ね飛ばされて、またむしゃぶり付き、殴られて気を失った。目が覚めると、豪華なペルシア絨毯の上に転がされていた。部屋を占領する天蓋付きベッドの上では、姉の小さく華奢な身体がパパの巨軀に組み敷かれていた。

彼女は甘い声を上げ、元海兵隊将校の逞しい背に腕を回し、腰に脚を絡めていた。僕は凍り付いて凝視するだけだった。嬌声の合間の睦言が、一部は意味は解らないまでもドイツ語だと気づいた時、初めて涙が溢れた。それがおぞましい光景をぼやけさせてくれた。蹲って、耳を塞いだ……

何が起きたのかは憶えてる。だけど、起きた順番は定かではない。どの出来事も暴力と汚辱に塗れているから、記憶が混ざり合ってしまってもいる。今、思い出せないだけじゃなく、当時すでに時間の経過がわからなくなってしまっていた。バグダッドの太陽はあんなに眩いのに、あの街は闇に閉ざされていた印象がある。実際、僕らが太陽を浴びる機会は少なかったんだけどね。パパは僕の姉を溺愛していたから、彼女の身を案じて滅多に外出させなかった。警備会社が起こす暴力事件は別にしても、バグダッドでは月に一度は爆弾テロが起きていたんだ。ただ、いろんな中央庁舎は訪ねたな。イラク人の大臣や長官じゃなくて、その業務を委託されてる企業の幹部と会うんだ。姉は彼らの間でも大人気でね。僕は彼女の行くところ、どこでも連れ回された。双子の弟だという紹介は毎回、大いに好評を博したよ。いつの間にか、僕は彼女のペットと呼ばれるようになっていた。確かに、首に紐を付けられているも同然だった。

イラクで商売する一般企業の役員たちは皆、姉に夢中だったけど、訪ねてくることは決してなかった。警備会社の領域に足を踏み入れて、彼らが何をしているのか知ってしまうのを避けていたんだ。知らなければ無関係でいられる、と信じてるみたいだった。

一緒にいて、と姉は命じ、僕はそれに逆らえなかった。その結果、多くの時間をパパとも一緒に過ごすようになった。かつて彼は、現場を愛する指揮官だったそうだ。僕が知る彼は、パトロールは部下に任せきりで、娘のような齢の少女相手に鼻の下を伸ばしている男だ。要塞でできる仕事やトレーニングまで放り出しはしなかったが、それも彼女に出来る男だと思われたいからなのは明らかだった。冷酷非情な戦士も彼女にかかっては、そんなにも他愛なくなってしまうのだ。

最初の頃、パパは僕のことでよく姉に不平を言った。姉は、だって少しでも長く弟と一緒にいたいんですもの、とかなんとか、簡単に言いくるめてしまう。そのうち彼は僕を無視するようになった。僕のことが気に食わなかったのは、単に人種的偏見とやっかみからだったんだろう。同時に、彼女を所有していることを見せ付けて、喜んでいたようにも思える……特に寝室ではね。そう、あれ一回じゃ済まなかったんだ。僕は部屋の隅に蹲り、目を閉じ、耳を塞ぐ。そんなことじゃ嬌声やベッドの軋みは締め出せないし、時々、薄目を開けて彼らを窺わずにはいられなかった。

二人きりになれる時間はほんのわずかで、しかもいつかのあの平穏さは二度と取り戻せなかった。姉は、憑かれたように一人で喋り続けた。主な話題は、自分がどんなに皆から愛されているか、だった。双子の片割れである僕も、大勢のうちの一人に過ぎない。パパ以外の男とも寝たのではないかという僕の疑いなど、すっかりお見通しで、それを種に散々いたぶられた。毎回、言うことが違って、僕はいちいち振り回された。伯父や従兄弟たちも、彼女と寝たかもしれない男たちのリストに入っていた。父が殺されたのも、ウカヤリ川の戦士たちが幼い彼女に魅了されたからこそだった。

彼らは初潮を迎えた少女を成人と見做すのだ、と姉は語った。未成年と性交渉を持つのはタブーだそうだ。その言葉に僕がほっとするのも束の間、タブーは破って気持ちよくなるためにあるのよ、などと嘯く。村の男、もしくは男たちに犯されたという話もあれば、合衆国の若い宣教師に処女を奪われたことになっている話もあった。僕が耳を塞ぐ手をこじ開けて、ポルノ小説まがいの陳腐で俗悪な表現を得々と吹き込むんだ。そうしておいて、勃ったんでしょ弟のくせに、と嘲笑う。否定しようのない事実だった。言われるままにズボンと下着を下ろした僕に、白く細い指が絡み付く。為す術もなく、けたたましい哄笑の中で果てるしかない……きょうだい同士の性交が回避されるのは、血の繋がりがそうさせるんじゃない。血縁の有無にかかわりなく、一緒に育った男女は互いに性的魅力を感じなくなるんだ。それは逆に言えば、離れて育った男女のきょうだいには、そのシステムが働かないということだ……僕らは、離れ離れになっていた時間があまりにも長すぎた。

嘘つき、と僕は姉を詰った。そのたびに、素晴らしい冗談を聞いたみたいに彼女は笑った。そして、さらに恐ろしい話を始めるんだ。父についても聞かされたよ。嫌がる僕に、その死に様を微に入り細を穿って語るかと思えば、別の機会には、きっとどこかで生きている最後に見た時軽傷だったから、などと言う。

まさしく悪夢だったよ。だけどもちろん、僕が地獄と呼んだのはこんなことじゃない。

パパの部下たちはバグダッド市中をパトロールしては、偶々目に留まった不運な市民をテロリスト容疑者として逮捕した。彼らは裁判もなしに刑務所行きになったが、一部の人たちはその前に要塞で尋問を受けた。ほとんどが若い女性で、時には気晴らしに痛め付けるために男性が選ばれた。パパは毎回立ち会うわけじゃなかったけど、立ち会う際は必ず姉を同伴した。そして僕は彼らの後を、泣き言を並べながら付いて行ったんだ。

暴力を止められるかもしれない、という期待が自己欺瞞に過ぎないことは最初から解っていた。

僕の知らないところで、彼女にこれ以上何もしてほしくなかっただけだ。すべての時間を彼女と共有したかった。そんな自分の歪んだ心根が恥ずかしかった。虐待をうっとりと見詰める彼女が、恐ろしくて堪らなかった。

　みんなを止めて、と泣きながら懇願した。姉は、パパたちの受け売りを繰り返すだけだった。平和のため正義のために止むを得ない行為、というわけだ。暴虐者たちの良心に訴えようともしてみた。黙殺されるか、冷笑されるかのどちらかだった。サディストの強姦魔と糾弾すると、彼女のペットだからって付け上がるな、と凄まれた。男性が痛め付けられる時は一応、尋問の体裁を取ったから、僕はある時、拷問で得られた情報に価値はない、苦痛から逃れるためなら人はどんなことでも言うのだから、と言った。パパたちは、けったいなものを見る目を僕に向けてから、じゃあ、こいつは嘘をついたんだな、ともっと酷い暴行を加えようとした。僕は這い蹲(つくば)るようにして前言を撤回し、姉に嘲(あざけ)られた。余計なことを言うからよ、と。

　イラク人通訳だけは、僕の言葉に動揺を見せるようだった。だから、彼を説得しようとしたこともある。彼は逆上して喚き散らした。目の前で虐待されている同胞を罵り、自分の雇用主たちを国の守護者と褒め称えた。彼の立場が悪くなるのが解らないの？　姉に耳打ちされ、僕は何も言えなくなった。

　いずれにせよ、僕のどんな行為も犠牲者たちにとって無意味だった。安全圏にいる人間が良心を満足させるためだけの行為だ。尋問に立ち会わずに済む時は、本当に安心した。見ないからって、ないことにならない。それでも、喜ばずにはいられなかった。

容疑者が要塞に留め置かれるのは一日か二日で、その後は通常どおり刑務所へ送られた。バグダッド郊外のその刑務所は、フセイン時代には政治犯収容所だった。一九九八年前半当時、そこは主にテロリスト容疑者が収容されていて、運営はパパの警備会社の子会社が請け負っていた。最初に連れて行かれたのがいつだったのかも、何度行ったのかも憶えていない。そこで行われていたことよりも要塞地下室での尋問のほうがましだった、と言うつもりはないよ。言えるのは、要塞で行われていたのは十二歳だった僕が想像し得る最も酷いことだったが、刑務所でのそれは想像を絶していたということだけだ。

虐待は、専用の棟で行われた。そこには窓のない部屋が幾つもあり、懲罰房と呼ばれていた。明かりは囚人の顔に浴びせるための、ぎらつくライトが用意されるだけ。昼も夜もなく、闇に閉ざされている……地下室の闇と、懲罰房の闇。それが、バグダッドの街を覆っていた闇だ。

看守たちは合衆国人だったけど元兵士ではなく、親会社の社員からは見下されていた。後で知ったことだけど、彼らは求人広告で掻き集められたまったくの素人で、事前の訓練とか講習とかは一切行われていなかった。刑務所勤務の経験者はいたけど、ほんの一握りだった。みんな若くて、女性も多かった。

そういう人たちが、想像を絶する虐待を行ったんだ。何か適当な情報を引き出すための尋問や、脱獄を企んだとか反抗的だとかで懲罰が行われることもあったけど、ほとんどは理由すらない暴力だった。彼らが受けていた命令は、囚人たちを痛め付けろ、だったんだ。

身体的苦痛と精神的苦痛は、同じくらい重視されていた。その結果、囚人たちの苦しみはことごとく笑いのめされていた。犬をけしかける、裸にする、性器や尻を集中的に痛め付ける、自慰や囚人同士の性行為を強要する……ムスリムが犬を忌み嫌い、女性だけじゃなく男性も性的辱めに過敏だという情報は、予め上から与えられていたらしい。後は素人看守たちが自主的にエスカレートさせたんだ。彼らはそうした虐待を、ヒステリックに笑いながら行っていた。すべてを笑い事にしてしまうことで、罪悪感を軽くしていたのかもしれない。虐待の様子は写真やビデオに撮影されてたけど、看守や傭兵がポーズを取ることもしばしばだった。

僕はもはや、制止する素振りすらできなかった。傭兵たちに、アラブ人と見分けが付かないと言われて、震え上がった。囚人の中には、僕とあまり齢の変わらない少年もいたんだ。姉は身体的暴力からは僕を守ってくれるだろうけど、精神的暴力についてもそうだとは限らない。僕にできることは、目を瞑って耳を塞ぐことだけだった。たぶんやがて、要塞の地下室でもそうするようになっていった。

不当に逮捕され収監されている人々に男女の別はなかったけど、懲罰房を訪れる姉の許に引き出されてくる囚人は、たいてい男性だった。普段から男性収監者の虐待は、女性看守が担当することが多かったという。より屈辱を与えられるからだ。二十歳そこそこの元ウェイトレスやブティック販売員が、裸にした囚人たちを鞭打ち、肛門に電極を突っ込んで笑い転げる……姉もそこでは、観客ではなかった。

彼女のために毎回、衣装が用意された。女性看守たちが我勝ちに着付けを手伝った。透けるベビードールやフリルのエプロン一枚にオーバーニーソックス、エナメル靴といった衣装に、緩くカールした金髪はツインテール。テディベアを持たされることもある。児童ポルノ紛いの、手垢のついたコケットリー……痛々しくも煽情的だ。

怯え、絶望しきった囚人たちは、蒸し暑く悪臭が立ち込める懲罰房の闇に彼女を見出すと、決まって愕然とする。ぎらつくライトは彼女の金髪と白い肌を輝かせ、未熟な肢体を浮かび上がらせる。囚人は、いかがわしい衣装から覗く幼い裸身から懸命に目を逸らし、愛らしい小さな顔を注視する。なんて酷い奴らだ、きみのような子にこんなことをさせるなんて。アラビア語の呻きが訳される。拙い英語で呼び掛ける人もいた。内容はほぼ同じだ。看守もパパたちも、げらげら笑う。姉は無言で囚人を見詰め返す。その微笑はあくまで無邪気で、天使のようだ。

姉が口を開く。おじさんは、悪いことをしたんでしょ？　通訳が訳す。囚人は狼狽し、躍起になって否定する。俺は何もしていない、こいつらの言うことを信じないでくれ。姉は悲しげに首を横に振る。虐待が始まる。看守たちが衣服を剝ぐ。天使のような少女の前で辱められることに耐えられず、囚人は激しく抵抗する。電極が取り付けられ、彼女がスイッチを入れる。のたうちながら、犠牲者は訴える。俺は無実だ、きみはこんなことをしちゃいけない。虐待者たちが哄笑する。彼らにとって僕の姉の存在は、おぞましい暴力がポルノに過ぎないかのような錯覚を与えてくれる効果があったかもしれない。

記憶は錯綜し、混沌としている。一部は本当に悪夢だったに違いない……例えば姉が囚人を去勢し、僕が耐えきれずに吐くとその汚物を彼に食べさせたなんてことは……悪夢か幻覚に違いない。そんな場面は、写真にも映像にも残っていない。

暴力に対し、心が麻痺していくのは恐ろしかった。バグダッドに到着したその日に、パパたちの遣り口を目の当たりにしていたにもかかわらず、彼らの言う正義を信じたいという誘惑も強かった。収監者たちの少なくとも一部は、本当に罪があるのかもしれない。残りの人たちも、例えばパパたちを挑発するような落ち度があったのかもしれない……そう信じてしまえば、楽になれると解っていた。

安らぎを求めて滑り落ちていく心をかろうじて引き留めてくれたのは、社のイラク人従業員たちだった。通訳ではなく、要塞内の雑務に就いていた人たちだ。僕が交流を持てたイラク人は彼らだけだった。ほとんど会話らしい会話もなかったけど、お互いに言葉を教え合ったりしてね。

パパの会社に限らず、有色人種の比率の高さは合衆国系警備会社の特徴だった。当初感心させられたそれは、じきに平等主義とは無関係だと判った。合衆国軍は志願者数低下の対策として、さまざまな恩典を付与していた。それらに釣られて入隊するのは貧困層ばかりだから、結果として非白人の割合が高くなった。その人種構成が警備会社に持ち越されたに過ぎない。同じ戦闘員でも非白人社員は待遇面で白人社員と明確な差が付けられ、より危険な任務に回されがちだった。

そんな彼らも、現地住民を見下すことにかけては白人に引けを取らなかった。

一方、僕が知り合ったイラク人従業員たちは合衆国の企業、とりわけ警備会社のために働くことを一様に恥じていた。それにもかかわらず、彼らもまた姉に好意を寄せた。姉も、彼らの前ではまともに振る舞った。僕らが地下室の尋問に立ち会うことに、彼らは薄々気づいていたんじゃないかと思う。それでも、誰もそんな素振りは見せなかった。双子だと僕らが名乗っても彼らは笑わず、そういうこともあるだろう、と頷いた。僕を姉の付属物扱いしなかったのも彼らだけだ。狂った悪夢の中の、唯一の正常な時間だった。

もっと親しくなりたかったのに、彼らはすぐに辞めてしまうのだった。不当な解雇ではなく、病気のせいだ。首都バグダッドでさえ、一般市民の居住区では停電や断水が当たり前で、疫病の発生も頻繁だった。彼らの暮らしを向上させる仕事を請け負う合衆国人の大半は、エアコンやシャワー、水洗トイレを享受していた。

ある日の夕方、パパは姉と室内プールでいちゃついていたところを電話で呼び出され、慌ただしく出て行った。朝まで帰ってこなければいいのに、という僕の期待を裏切って、二時間ばかりで戻ってきた。見たこともないほど怒り狂っていた。要塞が空になるほどの大部隊を率いて、あの刑務所へ向かった。僕らも一緒だ。車の中でパパは、姉に事情を説明した。裏切り者がいたんだ、と彼は言った。そいつが、刑務所の尋問を撮影した写真やビデオを人権団体の屑どもに売った。画像は、ネット上で公開された。

やっと終わるのだ、と僕は思ったよ。安堵と解放感で気が遠くなりかけた。わたしたち、どうなるの？　姉が尋ねた。大丈夫だよ、とパパは答えた。イラク内務省、の業務を請け負う企業が彼に約束してくれた。イラク政府が調査を行うことになったが、もちろん合衆国の企業に委託される。だから何も心配することはない。調査の開始は三日後まで引き延ばしてもらった。それまでに片付けを済ませとかなきゃならん。

刑務所の前には、バグダッド市民が詰め掛けていた。もう陽は落ちて辺りは暗かったけど、かなりの数だった。パパたちは彼らを高圧放水と威嚇射撃で追い散らし、門を潜ると固く扉を閉ざした。事務所の明かりが煌々と点り、忙しなく動き回っている人々が見えた。傭兵たちは車を降りて散開し、パパは数人の部下とイラク人通訳、そして僕らを引き連れて懲罰房へ直行した。通訳は拘束され、銃を突き付けられていた。すぐ近くで銃を乱射する音と悲鳴が聞こえ、僕は竦み上がった。これ以上の機密漏洩は防がねばならん、とパパは姉に向かって言った。三日で全部片付けて、死体も処理しなけりゃならん。

僕はその場に崩折れそうになった。収監者は六千人以上だ。銃の乱射と断末魔の叫びは、今や監房棟のあちこちから聞こえていた。あんたたちは狂ってる、と僕は叫んだ。こんなことをして何になるんだ、もう犯罪は明るみに出てるじゃないか。

パパたちは僕を無視して歩き続けた。姉は僕を振り返って肩を竦めると、彼らに付いていった。僕はなおも喚き、地団駄を踏んだけど、結局後を追うしかなかった。懲罰房の一つに入ると、そこにはすでに看守が数人いて、刑務所勤務のイラク人通訳たちを拷問していた。要塞から連れてこられた通訳も椅子に縛り付けられた。彼は悲鳴を上げて抗った。

何か聞き出せたか、とパパは尋ねた。いいえ、と看守たちは答えたが、通訳の一人が血塗れの顔を上げ、嗄(しゃが)れた声を振り絞って叫び始めた。わたしたちはデータに触れられません、辞めていったお仲間の誰かがやったに違いない。看守たちは動揺し、黙れと怒鳴り付けた。パパは素早く拳銃を抜くと、その通訳の頭を撃ち抜いた。銃を振り回し、真実を言え腐れアラブども、と喚いた。懲罰房の外では、殺戮の阿鼻叫喚が続いていた。僕は、女性看守の一人が呆然としているのに気づいた。

ほとんど何も考えないまま、飛び付いて拳銃を奪った。扱い方は、パパの射撃練習に付き合わされた時に教わっていた。壁を背に、両手でしっかり握ってパパに狙いを付けた。今すぐ虐殺を止めろ、と叫んだ。傭兵たちは色を作(な)したが、パパは怪訝な顔で姉に問い掛けた。おい、なんなんだこいつは。

彼女は無造作に進み出ると、僕とパパの間に入った。どけよ、と僕は叫んだ。声が裏返った。本気なんだからな。馬鹿ね、と姉は微笑んだ。あんたに人は殺せないわよ。

そんなことあるもんか、と僕は金切り声を上げた。彼女の背後でにやにや笑っている傭兵隊長が、心底憎かった。無知で粗暴で傲岸で残忍で、僕の姉さんを所有する男。姉は白い手を上げ、銃を握る僕の手にそっと重ねた。笑い声が上がった。恥辱に打ちひしがれ、僕は立ち尽くした。

このまま銃を手放すか、あるいは恥辱から逃れるために口に咥(くわ)えて引き金を引くか……パパたちは薄笑いを浮かべて成り行きを見守り、通訳たちは絶望して項垂(うなだ)れていた。だから換気口から流れ出てきた煙に、すぐに気づいた者はいなかった。

4

ひどい頭痛と吐き気とともに意識を取り戻したのは、半日以上後だった。そこはバグダッドの小さな診療所のベッドの上で、枕元には養父の友人たち……あの二人がいた。四人虐待の実態を暴露したのは、彼らとその仲間だったんだ。イラクにおける人権侵害を何年も前から調査していて、ついに内部告発者を得ることに成功した。写真その他のデータを提供した看守はとうに辞職し、彼らに保護されていた。

証拠隠滅を予期して、旧ソ連系警備会社の戦闘部隊を刑務所に向かわせたのも彼らだった。殺戮と破壊に夢中になっていたパパたちは、無力化ガスとゴム弾によって呆気なく制圧された。その時点で死体となっていた収監者は二百人ほど、と見積もられている。九割以上を救えたことになるが、旧ソ連製のガス兵器で中毒死した囚人も三十人以上に上った。このことは、後に非難を浴びる。

姉はどうしているのか、と僕は尋ねた。当分会えないだろう、という答えが返ってきた。なぜ、と問うと、公開された囚人虐待写真の一枚を見せられた。闇を背景に、全裸で傷だらけのイラク人男性が跪き、手錠を掛けられた手で性器を摑んでいる。その傍らには、例の露出の多い衣装を着た姉が、あどけない微笑みを浮かべて立つ。囚人は首輪を嵌められ、そこから伸びたリードは姉の手に握られていた。

刑務所内で起きた犯罪だけでなく、イラクで横行していた不正すべてを国際法廷で裁いてやる。そう彼らは宣言した。きみの姉さんのお蔭で、それも可能だろう。彼女の外見は、無垢な天使そのものだ。そんな少女が虐待に加担させられていたという事態は、虐待そのものよりも人々を憤激させる。

姉さんを利用したのか、と僕は憤った。公開された写真二十四点と動画五点のうち、姉が写っているのは写真七点と動画一点に及んでいた。彼女が法廷に引き出されることはない、と彼らは言った。我々の保護下にあるから安心したまえ。

ガスの後遺症が消えると、僕は彼ら二人に連れられ、メキシコに帰った。養父と最後に会ってから、半年が経っていた。イラクには四ヵ月以上いたことになる。そう知った時は驚いたけど、それが長かったからなのか短かったからなのかは、自分でも解らない。十三歳になっていたことも知らなかった。姉と一緒に誕生日を迎えたはずなのだが、彼女がそのことでコメントした憶えはない。

自分では気づいていなかったけど、僕は養父を動揺させるほどやつれていた。空港で出迎えた養父は彼らしくもなく絶句し、ぎこちなく手を伸ばして僕を抱き締めようとした。僕は無言で振り払った。娘が人体実験に供されたという母の疑いが単なる妄想ではないことを、養父は知っていた。なのに、僕には彼女がパラノイアだと吹き込んだんだ。僕の態度に彼は怯み、一言ぽつりと言った。家に帰ろう。

僕はPTSD治療を受けた。トラウマとなる記憶を情動から切り離すんだ。治療の効果の確認を兼ねて、あの二人を相手に証言を行った。彼らのことは信用していなかったけど、証言には積極的に協力した。非道を告発するためだけじゃなく、姉を庇うためだ。彼女のやったことを否認したりはしなかったけど、人を信じやすい性格だと繰り返し強調した。正義のためというプロパガンダを鵜呑みにしていたのだ、と。

我々は彼女のことを、ある意味ではきみよりも知っているよ、とあの二人は言った。ウカヤリ川の虐殺事件から、ずっと彼女を追い続けてきたのだからね。

イラク統治の民営化は、最初から不正と暴力が付きまとっていた。だが常態化していた腐敗に拍車が掛かったのは、一九九六年以降だ。ペルーの先住民虐殺を指揮した元海兵隊将校のバグダッド赴任と、時を同じくする。そしてまた九六年以降、同市では疫病が増加している。公共サービスを請け負う企業の不正が原因なのは言うまでもない。しかし疫病の幾つかは件の指揮官の社屋、すなわちパパの要塞に勤務していたイラク人たちが最初の罹患者だった可能性がある……

姉さんが厄病神か何かだと信じてるのか。そんな妄想で、彼女を監禁してるのか。

彼女は現在、身体機能の精査および精神鑑定を受けている、と彼らは答えた。きみの姉さんは、まるで自己というものを持たないかのようだ。自我の境界が曖昧で、他人の考えや感情に非常に影響されやすい。そのことと、彼女と接触した人々の異常な行動との関連については、とりあえず留保しておこう。一方、彼女の身体は予想どおり、臓器も細胞も無数の寄生体に巣食われている。だがそれらはウイルスから細菌、真菌、原虫に至るまで、増殖が制御されているばかりか、宿主である彼女と共生関係にあるように見える。危険な病原体までが、腸内常在菌のように協調的に振る舞っているらしいのだ。

無論、どんな人間の体内にも多数の寄生体が棲み付いている。それらのうち、有益もしくは単に無害な共生体と、有害な病原体との間に明確な区分はない。宿主と良好な関係を築いている共生体であっても、条件次第で害をもたらす。病原体と呼ばれる種も、必ずしも病気を引き起こすとは限らない。発病は、宿主と寄生体との相互作用の一つの側面に過ぎないんだよ。寄生する側の目的はあくまで、宿主を利用して増殖することだ。急激に増殖して宿主を傷つければ発病、宿主と協調してゆっくり穏やかに増殖すれば共生だ。ウイルスであれば後者の場合、宿主のゲノムに入り込み、その一部となって増殖を完全に委ねてしまう。そのような内在性ウイルスは、ヒトではゲノム全体の一割近くを占める。それらの中には胎盤の形成など、重要な機能を担うものさえある。寄生体と協調する能力自体は、誰もが本来持っているものなんだ。彼女のそれは、あまりにも特異的だが。

彼女の性格は、その特殊な免疫系と相補的な関係にあるのではないだろうか……と彼らは続けた。生化学的に自己と非自己を区別できずに感染を許してしまうだけでなく、他人の思考や感情にも簡単に染められてしまう。通常の免疫系も、その働きは神経系、ひいては性格や精神状態と密接な関係にあるんだよ。だから彼女に巣食う寄生体は、彼女の精神状態次第で病原性を取り戻すこともあるかもしれない。

馬鹿馬鹿しい、と僕は切って捨てた。陰謀論より馬鹿げた妄想だ。

そうだね、と彼らは応じた。たぶん偶然なんだろう、きみのお父さんの御両親が肺ペストで亡くなったのは。肺ペストは人から人へ直接感染するが、普通は鼠と蚤によって媒介される腺ペストの長期蔓延に伴うもので、単独の発生は極めて稀だ。七人が亡くなったが、最初に発病したのはお祖父さんで、その数日前に彼が十二歳くらいの金髪白皙の美少女と一緒にいるところを目撃されてるのも、単なる偶然なんだろう。それから、お母さんの癌はウイルス感染によるものだが、発症の数ヵ月前、彼女は会議のためにニューギニアの奥地から久しぶりに出て、オーストラリアへ行っている。白人観光客が大勢訪れる都市だ。九五年末のことで、姉さんはすでに例の警備会社によって救出されている。

言葉を失った僕に、彼らはさらに追い打ちを掛けた。伯父さん一家を殺した新型インフルエンザは、一つの宿主細胞の中で他種ウイルスとの遺伝子攪拌によって生まれた可能性が高いが、そのことにも意味はないんだろう。現在、彼女を保護している施設では、次から次へと感染症が発生している。それもきっと、偶然に違いないね。

僕は姉の居場所を突き止めようとした。だが養父も、その友人たちもPTSD治療の専門医たちも、誰も答えてはくれなかった。彼らは結託していた。だから僕はそれ以上の治療も証言も拒否し、家に籠った。学校へも行かなかった。メキシコに帰ってきて三ヵ月後、姉とは二度と会えない、と養父に告げられた。僕は彼と口を利くのをやめた。

——そんなことがあったのに、お姉さんを愛してたの？

もちろんだよ。今でも愛してる。

——あのね……お姉さんと、寝た？

難しい質問だな。僕は姉に欲情していたが、彼女と寝たい、彼女を抱きたいという望みを、意識の表層に上らせたことは一度もない。そして、あのイラクでの忌まわしい記憶の汚泥には、確かに彼女を抱き、貫いた記憶が沈んでいる。あまりに鮮明で生々しく、かえって現実味がない。その上、前後の記憶も欠落していてね……誤魔化すつもりはない。本当にわからないんだよ。

——そう……もしかして彼女は、あたしのお母さん？

……ああ、そうだよ。

＊＊＊

金髪碧眼の少女は小屋を出ると、腐りかけて軋む階段を軽やかに駆け下りた。彼女の父親のようにも見える金髪緑眼の男が、大きな荷物を背負って用心深く続く。最後に小屋の主の青年が、無造作な足取りで下りてきた。足を止めた青年に、来訪者たちは向き直った。

「世話になったな」努めて明るい口調で男は言った。「来年また来る。元気でいてくれ」

「きみたちもね」青年もまた気詰まりを感じているのかどうか、その穏やかな笑みからは窺えない。「任務の成功を祈るよ」

空疎な社交辞令に、少女がしかめ面をしてみせる。朝食の後、青年は次第に上の空になり、話し掛ける声も耳に届かなくなった。来訪者たちは実りのある対話を諦め、川岸で野営している部族の若者たちに携帯電話で連絡を取った。彼らが小屋の近くまで来るのにはまだ間があるが、青年に別れを惜しむ気がないと解っている以上、早々に辞去することにしたのだった。

「最後に訊きたいんだが」と少女は切り出した。「村人たちは、なぜきみを恐れているんだ？まさか、彼女の身内だと知られたのか」

単刀直入な問いに、傍で聞いていた男は顔を引き攣らせたが、青年は声を立てて笑い出した。

「それはないと思うよ」言葉を切り、肩越しに顧みた。「彼らが恐れているのは僕ではなく、あの木さ」

視線の先には、真紅の花を咲かせる大樹が聳える。来訪者たちは揃って怪訝な顔をした。どういう意味か、と揃って口を開きかけたが、青年の眼差しに捉えられ、言葉を飲み込んだ。緑がかった濃い灰色の瞳は暗く、底知れなかった。

「僕の姉は自我が確立されておらず、常に他人の精神状態の影響下にあった。そしてまた、彼女の体内に棲み付いた寄生体は、その病原性を彼女の精神状態に左右される……この仮説に従うならば、彼女の精神状態とはすなわち他人のそれ、ということになるね」

淡々と青年は述べた。一見脈絡のない話題の転換に来訪者たちは困惑したが、口を挟むのは控えた。暗い緑灰色の双眸が伏せられる。

「姉さんは誰からも愛されていた。それは彼女が己を持たず、愛すべき少女という虚像にいわば擬態していたからだ。そして例えば伯父たちは、その擬態に幻惑されはしたけれど、彼女の存在自体、つまり非白人一族の中の白人の取り替え子という存在への憎しみは、少しも解消されていなかったのかもしれない。その憎しみが姉さんの内の病原体を目覚めさせ、彼ら自身に跳ね返ったのだとしたら……

憎しみが、彼女に直接向けられたのではない場合もあったかもしれない。アマゾン諸部族は全般に、近隣の村同士、部族同士が常に潜在的な敵対関係にあってね。戦争のきっかけを常に欲している。最もうってつけなのは、共同体内に病人が出ることだ。適当な仮想敵が呪いを掛けたんだと信じ込むのさ。ウカヤリ川の部族も例に漏れず、くすぶる憎悪を抱え、激発のきっかけを欲していた」

「彼女自身には、あくまで罪がないと言うのか」

鋭く、少女は尋ねた。その華奢な肢体、縺れた金髪、白く滑らかな肌、長い睫毛に縁取られた大きな青い瞳を、青年は眺め下ろした。彼らの間を、オレンジ色に輝く巨大な蝶が、ゆっくりと横切って行く。

「イラクにいた時、なぜこんな酷いことをするのかと、繰り返し尋ねたよ」穏やかに青年は言った。「まともな答えなんか得られやしない。他人に吹き込まれた薄っぺらいお題目が繰り返されるだけだった。だけど一度だけ、いつもとまったく違う答えが返ってきたことがあったんだ」

風が吹き、彼らを囲む暗緑の森がざわめいた。陽光と樹影が揺れ、紅い花弁が舞う。

「誰かの苦しみは、他人にはほんのわずかしか伝わらない。特に、加害者には絶対伝わらない。どうしてなのか解る？　姉さんにそう問われて、解らない、としか僕は答えられなかった。彼女は、にっこりと笑って続けた……人間には、他人の苦しみを感じる器官がちゃんとある。だけど自分自身の苦しみを感じる器官に比べると、充分には発達してこなかった。個人差もあって、鈍感な人は平気で他人を苦しめる。

苦しんで苦しんで苦しんで死んでいった人の苦しみは、ずっと後まで残る、その人のことをみんなが忘れてしまっても……姉さんはそう言った。世界には、そうやって死んでしまった人の苦しみがどんどん溜まっていって、生きている人同士が苦しみを感じ合う器官を麻痺させてしまう。麻痺してしまった人は、さらに多くの苦しみを作り出す。でも大丈夫、彼らの苦しみは無駄にはならないから。いつか、世界はそれ以上の苦しみを容(い)れられなくなって、生と死を隔てる壁は崩れ落ちる……その日が来たら、もう二度と誰も苦しむことはないわ。そう言って、すごく幸せそうに微笑んだよ。人を苦しめる人はみんな、その日が来るのを早める手助けをしているのだ、とも」

青年は口を噤み、森の中の空き地には沈黙が落ちた。来訪者たちは、うそ寒い表情で立ち尽くした。男が、のろのろと言った。「そんな話は今まで一度も……」

「うん、誰にもしたことがないよ」青年は笑って頷いた。「当時の僕の記憶は相当混乱しているからね。本当に彼女がそう言ったのか、自信がなかったんだ。いつもの姉さんからすると、独創的すぎる意見だし」

「彼女がミラーニューロンについて知っていたとも思えないしな」少女はため息をつき、汗で張り付いた前髪をかき上げた。「確かに、人間の神経系はあまりにも発達しすぎて、肉体的にも精神的にも、不適応なまでに大きな苦痛を生み出す。大きすぎる苦痛は他者への共感能力を鈍らせ、麻痺させる。その結果、苦しみの再生産は続く」

「だが、もうそんなことはない」と男が言った。敢えて青年の目を見据えて言い切る。「きみの姉さんは、世界を救った」

「そう。人が人を苦しめることはもうない」目を逸らし、呟いた。「彼女の細胞から生み出された人工子宮をはじめとする技術の数々が、人間に代わって苦しみを負う存在……亜人を造り出したから。制限を掛けられた彼らの神経系は、大きすぎる苦しみを生み出すことはない。だけど、彼らが肩代わりした苦しみ……本当なら人間が負うはずだった苦しみが、この先も蓄積され続けていくとしたら」

少女は腰に手を当て、片眉を撥ね上げた。「話がオカルトじみてきたな。彼女を突き動かしていたのが死者たちの苦しみだと、比喩でなく本気で言ってるのか」

「彼女の精神は他者に容易く侵蝕されるが、同時に他者が抱える負の感情を増幅させる。それが彼らの異常な行動の原因だ……というあなたたちの説と、いい勝負だと思うよ」

「それは仮定に過ぎん」

「僕も仮定を述べているだけだよ」穏やかに反論した。「苦しみのうちに死んだ者たちの心は、どんな生者の心よりも強く、姉さんを支配しただろう。彼女が自らの意思を持ち得なかったのなら、その死は彼女自身が望んだものではあり得ない……僕と、あなたたちが望んだから、姉さんは死んだんだ。そして、彼女の最期の言葉……I never forgive you……彼女にそう言わせたのは誰だったのか。誰に向けられた言葉だったのか……」

「その言葉は……」

男が言い淀んだ。青年は頷いた。

「僕だけが耳にした言葉だ。だから、それもまた悪夢だったかもしれないと、長い間思っていた」来訪者たちに背を向け、小屋の向こうに聳える木を見上げた。そのままで続ける。「七年前、小屋も畑も完成して、ここで暮らしていく準備が整った後、一度だけ文明世界に戻ったんだ。姉さんの培養細胞を、分けてもらうために。彼女を埋葬してあげたくてね。畑の隅に埋めた時、僕の血も数滴垂らした……なんとなくの感傷だよ。それからしばらくして、そこから一本の木が生えてきた。僕はそれを、僕と姉さんの娘だと空想したりしたけど、特に変わったところのないアマゾンの高木だ。だけど、つい二、三ヵ月前から彼女……いや、それが話し掛けてくるようになってね」

　来訪者たちは、ぎょっとして目を見開いた。青年はわずかに振り返り、笑顔を見せた。

「もちろん、最初は幻聴だと思ったよ。とうとう頭がおかしくなったんだとね。でも、母の夢（ソムニウム・マトリス）に姉さんが現れるというニュースを知って、確信したんだ」

　言葉が途切れ、来訪者たちはその先を待った。青年は彼らに背を向けたまま、無言で佇（たたず）む。何をだ、と少女が焦（じ）れて尋ねた。明るく、笑声が上がった。

「村の人たちは、僕が声を聞くようになる何年も前から、あの木を恐れていた。さすが森の民、と言うべきかな」

　男の携帯電話が賑（にぎ）やかに鳴り出した。彼ばかりでなく少女も飛び上がらんばかりに驚き、顔をしかめて舌打ちをする。部族の若者たちだった。すぐ近くまで来ているという。

「じゃあ、さようなら。訪ねてきてくれて嬉しかったよ」

　有無を言わせぬ口調だった。すでに歩き出し、小屋の裏手へと向かっている。そこでは、見上げるほどの大樹が、真紅の花弁を風に散らす。来訪者たちは顔を見合わせた。少女は肩を竦めると、踵を返した。男は口の中で挨拶を呟き、その後を追った。

　歩きながら少女は、櫛を入れていない金髪に絡んだ、血の滴りのような細く紅い花弁に気づいた。摘み上げると、ハローキティのハンカチを取り出して丁寧に挟み、ポケットに仕舞った。男の訝しげな視線には構わず、最後に一度、振り返る。森の空き地は明るく深閑とし、人の気配もなかった。

＊＊＊

——彼女は、死んだのね。

　そうだよ……これから話すのは、その最期だ。

　年が明けても僕は部屋に籠り、養父とは顔を合わせるのも避けていた。何をする気も起きなかった。ある夜、通いの家政婦が帰った後、家の電話が鳴った。養父が電話に出て、それから外出するのを、僕はベッドの中で聞いた。いつの間にか眠っていたらしい。姉が僕を揺り起こして、さっさと着替えなさい、と言った。

　状況が理解できなくて、僕は彼女を見上げるだけだった。間違いなく、姉さんだった。安物のジーンズとパーカーという見慣れない服装で、髪はくしゃくしゃ。少し痩せて、顔色も悪かった。それでも相変わらず、夢から抜け出てきたように美しかった。何をぼけっとしてるのよ、と僕を叱り付けると、フードを深く被って髪と顔を隠した。僕は夢見心地のまま、質問すらせずに着替えると、彼女に付いて家を出た。

　家の前には、見知らぬ若い男が車に乗って待っていた。二人きりじゃないことに、僕は失望した。そいつも同じ考えなのは明らかだった。わたしの命の恩人よ、と姉は紹介した。僕らが乗り込むと、車は走り出した。どこへ行くの、と僕は尋ねた。合衆国よ、と姉は答えた。

　僕は駄目だよ、白人じゃないんだから。そう抗議したけど、大丈夫だと彼女は言った。わたしが守ってあげるから。運転席の男は、ちらちらとこちらを窺っていた。白人至上主義者が文句なしに合格点を付けそうな容姿に、僕は姉が彼を選んだ理由の一端を悟った。

　北へと向かう車の中で、姉は一人でぺらぺら喋っていた。彼女は、僕の家から数キロしか離れていない、とある施設に囚われていたのだった。悪の秘密組織の研究所よ、と彼女は目を輝かせて言った。悪漢どもは彼女を散々検査した挙句、処刑を決定した。彼女の細胞を使って世界征服を目論んでいるので、本人に生きていられては都合が悪いからだった。彼が助けてくれなかったら、今頃殺されてたわ。そう言って彼女が微笑み掛けても、その研究員は硬い表情で前を向いたままだった。後悔しているのではないか、と僕は思った。姉の浅薄さに、辟易しているようにも見えた。

　なおも続くお喋りを遮って、僕は質問した。伯父さんたちがインフルエンザに罹ったのは姉さんのせいだと聞いたけど、本当なの？

姉は、きょとんとして首を傾げた。いかにも無邪気そうに……重ねて、僕は尋ねた。父さんの両親や母さんの病気も、姉さんのせいなの？

いったい何を吹き込まれたのよ、と姉は戸惑った笑顔で返した。僕はさらに詰め寄った。お祖父さんや母さんに会ったのか？　姉の微笑みが深くなった……一度も会ったことないわ。嘘つき、と僕は声を張り上げた。嘘つき、嘘つき、嘘つき、嘘つき、嘘つき。

煩いぞ、と研究員が振り返らずに言った。対向車のヘッドライトが彼を照らし、黒っぽいシャツの袖口に付いた染みが見えた。車に乗る時もその染みを目にしたことを、唐突に思い出した。まだ濡れてるように見えたことも……僕は彼の横顔を見据え、奇妙なほど落ち着いた声で言った。僕の父さんを殺したな。

研究員は、ぎくりと身を強張らせた。何を言っているの、と言ったのは姉だった。あの人はお父さんなんかじゃないわ。

姉に向き直って答えた。僕の父さんは、あの人だけだ。言いながら、卒然と悟っていた。母は姉を捨てて僕を選んだけど、父は僕を捨てて姉を選んだのだと。もう一度言った。殺したんだな。

姉は肩を竦めた。呼び出して、ガレージでね。だって仕方ないじゃない、あんたを助け出すためだったんだから。あいつは、わたしを殺そうとした奴らの一味よ。あんたを閉じ込めて、再洗脳しようとしてたじゃないの。

黙れ、人殺し。そう叫んで、僕は泣き出した。姉はわざとらしくため息をついて、僕に構うのをやめた。研究員はしばらく無言で運転を続けていたけど、いきなりハンドルを切った。路肩に乱暴に停車すると、こちらに身を乗り出して怒鳴った。こんな餓鬼、足手まといになるだけだ。

　じゃあ、あんたはなんなんだよ、と僕は言い返した。その餓鬼の双子の姉貴に誑（たぶら）かされて仲間を裏切ったくせに。彼女が何者か知ってるんだろ。どんな人間にも病原体にも身体を明け渡す売女（ラ・プータ）だぞ。

　研究員は、怒りと悔恨が入り混じった凄まじい形相で絶句した。さらに挑発しようとした僕を、姉が手を伸ばして制止した。僕と彼の、どちらにともつかない口調で言った……わたしを信じなくてもいいのよ。憎んでも、軽蔑してもいい。それでもわたしたちは、どこまでも一緒よ。

　その言葉は、まるで呪いのように響いた。

　首都を出ると、幹線道路を避け、曲がりくねった山道を進んだ。真夜中過ぎにモーテルに入り、夜明け前に出発した。日中も碌に休憩を取らず、食事は車内で済ませた。三人とも、ほとんど喋らなかった。研究員は後悔に苛（さいな）まれている上に、疲労困憊しているようだった。山間（やまあい）の小さな町を通過しようとしていた時、彼は安宿の看板に目を留めた。まだ陽も高いのに部屋を取ると、僕らを放ってベッドに倒れ込んでしまった。夜、もう一つのベッドで一緒に寝ていた僕と姉は、彼の呻き声で目を覚ました。のたうち回って苦しんでいた。顔は蒼白で、汗に塗れていた。

　僕は人を呼びに行こうとした。部屋には電話もフロント呼び出しも付いてなかったんだ。ほっときなさいよ、と姉が引き留めた。ドアの前で揉めていると、彼が起き上がった。片手で壁に縋（すが）

って、もう片方の手にはサイレンサー付きの銃が握られていた。病気をうつしたな、とひどい息遣いの下で言った。助けてやったのに、用済みになったら殺すのか。

何を言っているのか解らないわ、と姉は答えた。化け物、と彼は呻き、銃口を向けた。咄嗟に僕は飛び出し、彼女を背に庇った。研究員は何か言いかけたが崩折れ、痙攣し、動かなくなった。ショックで凍り付いている僕には構わず、姉は近寄って屈み込んだ。死んだわ、と言った。吐いたり漏らしたりしなくてよかったとか、冬でよかったとか、そんなことも言った。僕を振り返ると、死体をベッドに寝かせて、と命じた。

どうして、と僕は尋ねた。こんな町でもバスは出てるわ、と姉は言った。朝になったら、こっそり抜け出してバスに乗るのよ。もうたくさんだ、と僕は思った。悪の秘密組織は、本当に姉さんを殺そうとしたの？　そう言ったじゃない、と彼女は答えた。僕は死体に歩み寄ると、銃を取り上げた……僕も、姉さんは生きてちゃいけないと思う。

変な子、と彼女は笑った。さっきはその銃からわたしを庇おうとしたのに。そう、それがあんたの望みなのね。そして僕は引き金を引いた……目を瞑って。

姉さんは小さな叫びを上げて倒れた。左肩から血を流していた。下手くそ、と罵った。あんたってほんと、何をやっても駄目ね。僕は銃を取り落として駆け寄った。止血の真似事をしたけど、なんの役にも立たなかった。血は流れ続け、彼女は気を失った。僕はドアを開けると、声を限りに助けを求めた。

僕があんなに取り乱さずに、養父の友人や同僚の連絡先を一つでも思い出せていたら、もう少し事態は早く動いていただろう。彼らが僕たちの居場所を突き止めたのは、翌日の昼近くになってからだった。軍の対生物兵器部隊が出動し、町を封鎖し終わったのは夕刻で、すでに何人もが発症していた。僕は彼らのトレーラーに隔離され、事態の説明をしてくれる人は誰もいなかった。さらに二日経ってようやく、あの二人がやって来て、僕を解放してくれた。射殺された養父の遺体がガレージで発見されたこと、撃たれた後の姉と接触した人たちは僕を除いてことごとくなんらかの病気に感染していること、などが告げられた。そして彼女は全身を病に蝕まれ、手の施しようがない、と。

会わないほうがいい、と言われた。たとえ病気が治っても彼女は殺されるんでしょう、と僕は言った。だったら、最後に一目会わせてください。トレーラーに隔離された彼女を、ガラスの窓越しに見た。防護服で身を固めた医師たちが付き添っていたけど、計器を見守っているだけだった。酸素マスクのせいで、小さな顔はほとんど隠れてた。皮膚は爛(ただ)れ、目蓋も腫れ上がっているのが判った。髪も短く刈られ、彼女の美しさはすっかり損なわれてしまっていた。

何時間も前から昏睡状態だとのことだった。だけど彼女は確かに、腫れた目蓋を薄く開けて僕を見た。酸素マスクと窓越しに、しわがれた声がはっきりと聞こえた……絶対赦さない(I never forgive you)。

その瞬間、目の前が真っ暗になった。意識を失っていたのは五分足らずだったんだけど、その間に彼女は死んでいた。遺体は直ちに首都に運ばれ、焼却された。あの小さな町では十八人が亡くなった。姉を感染源とする病気が直接の死因だと判っている人だけでね。僕が望んだから彼女は死に、彼らはその巻き添えになったんだ。

僕と姉さんの物語は、これで終わりだ。その後の僕の人生は、エピローグに過ぎない……僕が彼女の死に打ちのめされ、殻に閉じ籠っている間に、世界は急激に変化していった。そのすべてをもたらしたのは、彼女だった。

まず、囚人虐待に端を発する合衆国批判は、湾岸戦争時以上の高まりを見せていた。イラクでの合衆国系企業の腐敗はずっと以前からのことだったのに、否、それゆえに人々の関心を惹かなくなっていた。そこへ、虐待に加担する金髪美少女の画像という爆弾が投下されたんだ。途上国における合衆国系企業への外注問題、さらにそれらの企業と本国の政府や軍との癒着が次々と批判に晒された。最終的にそれは一九九九年秋、安全保障理事会における合衆国の常任理事からの降格、国連脱退にまで行き着くんだけど、たぶんいずれは再び無関心に還っていっただろう。他者の苦しみに共感し続けるのは困難だからだ……だけどその年の終わりに、亜人が登場した。

彼らは最初、画一的な外見のドワーフとして造られていた。能力も大幅に制限され、単純作業しかできなかった。少数の例外を除いて、誰もが便利な労働力として歓迎した。だけど彼らは、人間の意識に変革をもたらす存在だったんだ。一段亜（おと）った人間というものが造られたことによって初めて、人間は互いに平等であることを認識できるようになった。初めて、互いの苦しみに真に共感できるようになった。人間同士の暴力と差別が、潮が引くように消えていった。過去に他人を苦しめた人々は、心から悔い改めた。

まさに奇跡だった……僕の姉がいなかったら、実現しなかった奇跡だ。遺伝子操作技術は一九八〇年代後半以降、彼女の遺伝子の研究によって飛躍的に発展した。でも、それだけでは亜人は生まれなかった。金属やシリコンからできた機械を、生命を育む器……人工子宮とするには、異物を異物と認識しない彼女の細胞から成る内膜の開発が不可欠だった。

僕は組織の庇護下で、亜人誕生に至るまでの経緯を、少しずつ知っていった。姉の妄言……彼女の細胞を使って世界征服を目論む悪の秘密組織……はある意味、的を射ていた。組織は最初から、亜人を生み出し世界平和をもたらすことを目的に構成されたんだ。とはいえその全体像は、養父の友人たちが言っていたとおり、緩い紐帯で結ばれた雑多な団体に過ぎず、真の目的を知っていた成員はほんの一握りだった。父もその一人だったのかは不明だ。

組織の創始者たちが活動を始めたのは、二十世紀半ばだった。その時点でまだ二十代だったそうだから、老化防止や若返りなどによって今も健在のはずだ。姉の細胞を利用し目的を遂げたその彼らが、彼女本体は有害であるとして処刑を決定したのだった。

僕は創始者たちに会ったことはない。何年も後になって、彼らが直々に姉を審問した映像記録を見ることができただけだ。審問はモニターを通じて行われた。創始者たちは彼女に一切姿を見せず、声も加工して抑揚を消していたよ。姉さんは広い部屋でたった一人、質問を浴びせ掛けられた。質問自体は重要ではなく、明らかに反応を見るためのものだった。姿も見えなければ声から感情を読むこともできない相手に、彼女はどうしようもなく劣勢に追い込まれていた。あの抗いがたい魅力は色褪せ、そこにいるのは空疎な言葉とわざとらしい媚を撒き散らす無力な少女でしかなかった。目を背けたくなるほど痛ましかった。

ただ言い換えれば、彼女の影響力はそれほどまでに恐れられたんだ。会う者すべてを魅了し、彼らが抱える負の感情を増幅させる……ひととおりの検査が終了すると、創始者たちは彼女を隔離し、他者との接触を極力断とうとした。それにもかかわらず籠絡(ろうらく)されたあの研究員は、以前から上司や同僚と折り合いが悪かった。報告書は、僕についても言及している。彼女の影響力に耐性を持つ、例外的存在だそうだよ。それが正しいとしても、程度の問題でしかないし、適切な行動を取る役には立たなかったけどね。

姉さんにとって、僕はどんな存在だったんだろうか。彼らの見解どおり彼女が主体性を持たず、その振る舞いはすべて他者の反映に過ぎないとしたら、僕に対する態度も……

十三歳の少女を抹殺することには、創始者たちもさすがに躊躇(ためら)いがあったようだ。しかし障害の積極的排除は、組織がそれまでずっと行ってきたことだった。障害とは具体的には、遺伝子工学の発展を妨げる諸勢力だ。ソ連のルイセンコ主義、イスラムの原理主義科学、ヨーロッパの無神論的自然崇拝……彼らは基盤となる社会に浸透することで、これらのイデオロギーを骨抜きにし、力を削いできた。だけど、合衆国の創造論は手強かった。創造論との闘いは必然的に、自らの価値観を世界に押し付けようとするこの国との闘いとなった。母の一家が祖国を離れたのも、養父の友人のあの二人がウカヤリ川の虐殺事件を調査し姉を発見したのも、つまりはこの闘争の中に位置付けられるわけだ。

　亜人の誕生以降は、この人工生命体を拒絶する人々が組織の敵となった。意識の変革を拒絶し、それをもたらすのが亜人であると無意識に悟っていた人々だ。彼らの攻撃性はまず亜人に向けられ、次いで亜人を受容する多数派へも向けられた。けれどももはや、人間への暴力は許されなかった。亜人撲滅派は孤立し、追い詰められ、ついには自滅した。今では、亜人を締め出した小さなコミュニティが各地に残存するだけだ。

　組織は、人工子宮内膜の重要性を隠しはしなかった。ベースとなった細胞の提供者がいたことも公表した。彼女のゲノム情報は、簡単な手続きで閲覧することができる。しかしそれ以外の情報は、肖像画が一枚公開されているだけだ。降り注ぐ光を全身に浴びて立つ、十四、五歳の美しい少女。長い金髪と青い瞳、透き通るように白い肌。シンプルな白のドレスと、大きな青いショール……ムリーリョの名画〝無原罪懐胎〟のパロディだよ。だから彼女は、コンセプシオンと呼ばれるようになった。組織が広めた呼び名だろうけどね。

　無原罪懐胎（インマクラーダ・コンセプシオン）とはカトリックの教義だ。聖母マリアはその母の胎内に宿った時から原罪を免れているとする。コンセプシオンとはこれに由来するスペインの女性名だよ。人工子宮内膜の細胞提供者だから妊娠（コンセプシオン）なのはともかく、あらゆる非自己に寛容な彼女をして汚染されない（インマクラーダ）とは、ずいぶんな皮肉だよね。

イコンめいた肖像と象徴的な名前の陰に彼女自身は隠され、誰の関心も惹かない存在となった。肖像は本人の写真を基にしたCGで、かなりよく出来ている。発表されたのは二〇〇一年だけど、その三年前に世界を震撼させた囚人虐待画像の少女と結び付けた人は誰もいない。さらに少し前に話題になった訴訟事件ともね。どうやら人は皆、彼女を〝金髪碧眼の美少女〟という記号として認識するだけで、細かい特徴にまでは注意を向けないようなんだ。実際、僕ら姉弟の顔立ちが似ていることに気づく人は、皆無に近かったしね。

囚人虐待画像が公開された時、合衆国政府は例によって捏造だと主張した。そして同じ年頃の金髪碧眼の美少女たちが男をいたぶるSM画像を作成して、ネット上にばら撒いた。彼らもまた、〝金髪碧眼の美少女〟は個体識別されにくいと理解してたんじゃないかな。

それでもいつかは誰かが気が付くかもしれないのに、敢えて別人の肖像を使わなかった理由は解らない。創始者たちなりの敬意ということなのかな。なんにせよ彼らが姉さんを徹底的に、実体を持たない象徴としようとしているのは明らかだ。組織のエージェントのうち特に選ばれた要員は、十二歳前後の金髪碧眼の美少女に姿を変えて暗躍している。彼女たちはすでにある種の伝説的存在となっているようだよ。

姉さんの特異性は遺伝子改造の産物なのか。もしそうであれば、それは一企業の暴走などではなく、最初から人工子宮開発のための計画だったのではないか……ずっと突き止めようとしてきたけど、ついにはどうでもよくなった。たとえ証拠を得られても、僕はもうそれを信じられないかもしれないからだ。七年前にそう気づいて、この地に引き籠ることにした。あの二人が未だに僕を気に掛けてくれるのは、負い目ゆえさ。姉さんの危険性に最初に気づき、追跡してきたのは彼らだからね。もっとも、女の子のほうは僕の逃避を批判しもする。中身は相変わらず鋼のようなんだよ。

＊＊＊

猿か鳥を思わせる顔をした亜人たちが漕ぐ大型カヌーが、滑るように川を下る。金髪碧眼の少女は長袖長ズボンのスポーツウェアに帽子、サングラス、顔に巻いたスカーフという完全装備で、時々暑さに耐えかねて、スカーフの隙間から手で風を扇ぎ入れていた。頭上からの陽射しよりも、川面からの照り返しが強烈だ。唐突に振り返った。金髪緑眼の男が、同じような出で立ちでだらしなく手足を投げ出して座っている。その後ろでは先住民の若者たちが並んで座り、彼らの言葉で何やら話し込んでいた。

「休暇はあと何日だ？」

少女の問いに、男はだらけた姿勢のまま答えた。「今日も入れて四日。きついスケジュールだぜ」

「できる限り延ばしてくれ。どんな手を使ってでもだ」

男は座り直した。「今？」

今、と少女は頷き、さっさと前方へと向き直った。サングラスの奥で目を細め、呟く。「調べたいことがある」

やれやれ、と男は頭を振ると、携帯電話を手にした。

＊＊＊

――あたしは、なんなの？　彼女のことを憶えてる……思い出した……あなたが話してくれなかったことも。だけど、あたしの記憶じゃない。誰の記憶？　彼女……そして、あなた……？

きみはこの密林という胎内で育まれた、姉さんと僕の娘だよ。そして同時に、姉さん自身でもある……きみを愛してるよ。きみは、僕を……

――ええ、愛してる。生まれる前から、ずっと。

＊＊＊

小屋の前の狭い空き地に、男が苦労してヘリコプターを着陸させると、少女はエンジンが切られるのを待たずに扉を開けて飛び出した。転がるような勢いで、小屋の裏手へと駆けて行く。一週間前に満開だった真紅の花は、すでにほぼ散っていた。

　男がヘリから降り、指示されていたとおり小屋に向かいかけた時、少女が駆け戻ってきた。蒼褪めた顔に浮かぶのは、男には信じがたいことに恐怖の表情にしか見えなかった。無言で彼の手を掴むと、ぐいぐいと引っ張って駆け出そうとする。どうしたんだ、と尋ねても首を横に振るばかりだ。引っ張られるままに彼も足を速め、紅い花の大木まで走ることになった。少女は絡み合う太い根によじ登ると、足許を指差した。

　大蛇の群のような根に埋もれて、横たわる世捨て人がそこにいた。

　喘ぎとも叫びともつかない声を上げ、男は後退った。根に足を取られて体勢を崩し、かろうじて持ち堪（こた）える。少女が、血の気を失った唇を開閉させた。声も出なくなっているのだと、彼はようやく気が付いた。喉のつかえを飲み下すと、恐る恐る近寄って覗き込んだ。顔と上体の一部が垣間見えるだけだが、表情は穏やかで皮膚は瑞々しく、まるで眠っているかのようだった。数日分の髭が伸びている。男は息を詰めて目を凝らし、泥で汚れたシャツに包まれた胸が微かに上下しているのを認めた気がした。その時、閉ざされていた目蓋が開いた。

　少女と男は、同時に息を飲んだ。現れた瞳は緑がかった暗い灰色ではなく、深い青だった。ガラス玉のように虚ろで、彼らを捉えていながら、認識の徴（しるし）は一切ない。不意に足下の根が……あるいは大地が……大きくうねり、二人は折り重なるように投げ出された。先に跳ね起きたのは男で、這うようにして根の絡まりに駆け上がった。だがそこには、隙間なく閉じ合わさった根があるだけだった。咄嗟に、ベルトに装着したサバイバル・ナイフへと手を伸ばした。

「よせ」

少女が掠れ声で制止した。引き戻そうとする彼女の手を、男は振り払った。

「今のは一体なんだ」喘ぎ、身震いした。「幻覚でも見たのか、俺たちは」

「いいや」男を見上げ、少女は真顔で答えた。「我々は何も見なかった」

「何言ってるんだ、あんたが」先に見つけたんだろう……言いかけて、男は口を噤んだ。それほどまでに、少女の表情は真剣だった。男は額を押さえ、呻いた。「……彼女の目だった」

「だから、何も見なかったと言っているだろう」

素っ気なく少女は言い、先に地面に下りた。男は木を振り返りながら後に続いた。

国境を越えたブラジルの小さな都市で、少女は紅い花弁を調べたのだった。顕微鏡下では、それはなんの変哲もない植物細胞だった。細胞壁と葉緑体を持ち、中心体を持たない。ただ、染色体は二十三対の二倍体で塩基対の総数は約三十億、すなわち人間と等しかった。そして塩基配列は、明らかにヒト由来のものと植物由来のものが入り混じっていた。少女はヒト由来の遺伝子を幾つかランダムに選び出し、コンセプシオンとその弟の遺伝子と照合した……

「確かに、木が人間を飲み込むなんてことが起こるわけがない。こいつが」と男は木に指を突き付けた。「本当に彼女の培養細胞と弟の血、そこに偶々種を落とした木のハイブリッドだとしてもだ」

「コンセプシオンは肉体も精神も、自己と非自己の境界が曖昧だった」と少女は言った。すっかり落ち着きを取り戻しているが、頬はまだ蒼白い。「しかもその細胞は単純な操作で初期化し、全能性を持つ。初期化された細胞は事実上、不死だ。自己というものが曖昧な彼女にとって、個体としての己と、そこから切り離されて増殖を続ける細胞とに区別はあるのだろうか」

「やめてくれ」男は遮った。「彼女の魂だかなんだかが、培養細胞に宿ってるとか言うんじゃないだろうな。死人の残留思念がどうのって、あんたまで信じたのか」

少女は唇を歪め、その外見に似つかわしくない笑みを浮かべた。「信じたくはないね、あまりに恐ろしすぎて。I never forgive you……彼女の最期の言葉が、生者すべてに向けた死者たちの怨嗟だなんてことは……生命の誕生は、自己と非自己を隔てる膜の存在なしには起こり得なかった。それは生命と非生命を隔てる境界であり、生と死を隔てる境界でもあった。その境界が進化の果てに、孤絶した巨大な苦痛を抱える我々人間を生み出したんだ。コンセプシオンは、境界を取り払おうとしていたのかもしれない。我々が築こうとしている新たな世界では、人はもはや傷つけ合わず、独りで苦痛を抱えることもない。だがそれは、亜人という他者を犠牲にすることで、初めて実現し得るんだ。亜人と、彼らの母であるコンセプシオンを犠牲にした上で……そしてもちろん、過去の死者たちの苦痛は贖われないままだ。今のところ、彼女の細胞が他者の細胞と融合した例はほかにないが」言葉を切り、大樹を見上げた。「だけど普通の妊娠でも、胎盤を通じて母親の細胞が子供の体内にほんのわずか入り込むことがあるじゃないか。拒絶反応は起きず、子供は二種類の細胞を持つことになる」

再び、男は全身の血が引くのを感じた。今や人工子宮は亜人や食肉の生産に留まらず、人間への適用も急速に普及しつつある。出産はまだ不妊治療の延長の段階だが、移植用の臓器培養はすでに一般化していた。

「仮に彼女個人と切り離された細胞が区別されないとしたら、遺伝子の一部はどうなんだ？」呆然と呟く。「細胞の全能化蛋白質を生産するために、彼女の遺伝子を組み込まれたバクテリアは？」

ふ、と少女は吐息とともに肩の力を抜いた。「こんな話、誰も信じやしない……だから、彼らのことはそっとしておこう。彼は望んで、コンセプシオンの許へ赴(おもむ)いたんだ」

来訪者たちは無言で立ち去った。どのみち片割れである彼が彼女を鎮められなければ、残された我々にできることなど何もない……その言葉を少女は口にせず、男もそれ以上何も言わなかった。ヘリコプターの爆音が遠ざかると、密林は再び原初の静寂に還った。

The Show Must Go On !

1

大平原（グレートプレーンズ）の一角で、部族戦争が熾烈に展開中だった。槍や戦斧（トマホーク）で武装した騎馬戦士が、敵味方入り乱れて殺し合う。叫喚と打撃音、馬の嘶（いなな）きが混然となって煮えたぎり、青く高い秋空へと沸き返った。

戦士たちはことごとく漆黒の髪と赤銅の肌を持ち、衣服も革製の単純な裁断だ。それぞれの部族の特色（カラー）を出すのは髪形や被り物、装飾品、戦化粧（ウォー・ペインティング）などであり、同時に階級の差をも表していた。名もなき群小（モブ）といえども、ひとりとして同じ意匠（デザイン）はない。注意深くさえあれば、個々の識別も可能だった。

もちろん個性（キャラクター）は別格で、一目でそれと見分けられねばならない。選ばれし者、名だたる歴戦の勇者である彼らは、独自の登録商標（トレードマーク）を文字どおりその身に帯びていた――角や奇妙な形の耳、毛皮や羽毛、鱗などが、美々しい戦闘装束の一部を成す。あるいは、明らかに人間離れした骨格を持つ者も。外見だけでなく、能力の設計(デザイン)も特徴付け(キャラクタライズ)されていた。群小(モブ)たちが手にするそれよりも、遥かに大きく重い得物が軽々と振り回される。反応速度においても差は歴然だ。その乗馬もまた、奇怪な姿の被造物(クリーチャー)だった。乗り手の体格に応じて、華奢(きゃしゃ)だが強靭な軽量級もいれば、分厚い甲羅と相俟(あいま)って恐竜じみた重量級もいる。いずれも猛々しく嘶き咆哮し、自らも角や蹄(ひづめ)、牙で戦う。

地響きとともに疾駆する、ひときわ巨大な一騎があった。重く長大な戦斧(トマホーク)が、雷撃の如く打ち下ろされ薙(な)ぎ払われる。群小の敵を蹴散らし粉砕する、バッファローの角を生やした偉丈夫。いかつい顔をオレンジと黒が彩(いろど)る。初陣から五年と経ていない若き戦長(いくさおさ)、雷の如き一撃(クー・ライク・サンダー)だ。宿敵の名を呼ばわる――灰色の嵐(グレイ・ストーム)！　狂騒を圧するその大音声を耳にした老巧の――〝雷の如き一撃〟より六齢も上だ――戦長が白と青の鱗に半ば覆われた顔も険しく、槍を構え直す。驀進(ばくしん)するオレンジと黒の狂戦士から、彼らの戦長を守ろうと無謀にも試みた白と青の無名戦士たちは、ほとんど瞬時に骸(むくろ)と化した……

＊＊＊

――今死んだこいつ、昇格するぞ。

アキラのこの発言は、直ちに反響を呼んだ。らしくない断定はもとより、指し示された群小(モブ)が新兵（ルーキー）だったからだ。寄せられたコメントはいずれも驚きや疑念で、簡潔に記号（キャラクター）で感情だけを提示してくる者もいた。

　間違いないね。ことさら余裕たっぷりに、彼は応じた。実際に寛（くつろ）いだ体勢でもある。畳と障子の一室、カウチに横たわる痩せて小柄な極東型（タイプ）。成人以来の老化防止だけで若返りは一切受けていないが、のっぺりした細面は二十歳（はたち）前にしか見えない。細く吊り上がった両眼――薄い眉の下の生来（ナチュラル）の一組は閉ざされ、広い額を覆うバイザーに、等級（グレード）八の認証印（スティグマ）に囲まれたもう一組が透けている。こちらは余裕とは言いがたく、バイザー越しに、バイザーの内側に映し出される情報を食い入るように注視していた。

　視野には複数の画面が展開している。人工生命体（クリーチャー）たちが演じる、生と死のドラマ――その生中継（ライブ）をすべて隅に追い遣り、アキラは主画面（メイン）で編集作業に取り掛かった。バイザーのこめかみ部分に掲げられた両手指が、素早く軽やかに踊る。例の新兵（ルーキー）が戦闘開始から雷の如き一撃（クー・ライク・サンダー）に斃（たお）されるまで、わずか十七分。まるきり平均値の性能、多数を占める雄型（M）なのも凡庸さの一要素に数えられる。新兵らしく改造（カスタマイズ）は最小限、人間の十代半ばに相当する幼い肉体と顔は美しく均整が取れ、およそ特徴（キャラクター）に欠けていた。基盤人種がモンゴロイドであるため表情も乏しい。髪形や服装、小道具など後付けの意匠（デザイン）にも、目を惹くものはなかった。眼差しだけが、特別だった。

　未熟な兵士の損耗を抑えるため、今回のように明確な指揮系統の存在しない部隊でも、古参の群小（モブ）が適宜、彼らを指揮するようプログラムされている。かの新兵も一齢、二齢のモブ数体と共に、五齢の雌型に率いられていた。両の頬に青い星を描いた彼女を見詰める新兵の瞳には、本物の信頼と見紛うほどの熱意があった。信頼と、さらには憧れにすら似た光。それがアキラの目――第二の両眼――を惹いたのだ。

……〝雷の如き一撃〟に決死の突撃を掛けた青い星の女戦士を、少年は愕然と凝視する。彼女を目掛けて振り翳される、使い込まれた戦斧の分厚い刃。振り下ろされたそれは途中で軌道を変え、背後へと旋回した。回転しながら飛んできた小振りの戦斧を叩き落とす。幼い戦士は血の気を失った唇を噛むと、両刃の短剣を抜いた。馬の腹を蹴り、己の死へ向かって疾走する……

粗い仕事だったが、一分程度のダイジェストは望みどおりの反応を仲間たちから引き出した。トマホークの投擲を揶揄する二、三を除いて、誰もがその死にドラマ性を認め、幾人かはもの言いたげな黒い瞳に少なからぬ感銘を受けた。

なかなか印象的だ、と彼らは口々に述べた。

――まるで本当に感情があるみたいに見えるな。

――誰かの設計？　まさかね。

――そうか、アキラはこいつを担当したんだな。その時からマークしてたんだろ。

――俺みたいな下っ端が、ルーキーを任されるわけないだろ。ついさっきまで、こんな奴がいたことすら気づいてなかった。

――だけど、これだけで個性化に値すると視聴者が認めるかな。

俺は彼らの感性を信頼してるからね、とアキラは返した。語調に軽さを出すため、にやにや笑いの記号を幾つか貼り付ける。

――そうなったら、キミの感性も証明されるね。

発言したのは、同僚のレイチェル呉（ウー）だった。アニメ部門の脚本家である。全員が同業者、気の置けない仲間との内輪話専用の集まりだ。とはいえ、大口を叩きすぎないに越したことはない。第一、謙虚を美徳とする日本人、というアキラの個性（キャラクター）にもそぐわなかった。言葉を選んだ――すべては視聴者様次第さ。

戦闘は続き、すぐに皆の興味は死んだ新兵（ルーキー）から離れた。アキラもそれ以上、その話題を蒸し返しはしなかった。視野中央で、改めて十七分間を再生する――采配を仰ごうと青い星のF型を振り返る、そのひたむきな瞳。濃い褐色の虹彩は黒曜石のようだ。

右下のやや大きな副画面（サブ）には、戦場全体の俯瞰（ふかん）映像を展（ひろ）げてあった。当の新兵が現在、戦闘不能状態で転がる場所が、標識（マーカー）で示されている。今そこでは、ひときわ激戦が繰り広げられていた。完全死だろうと瀕死だろうと敵味方の蹄に踏み躙（にじ）られ、さらなる損壊を被（こうむ）っているだろう。アキラは二組の両眼の間の眉をひそめた。

コーヒーを淹れるよう、バイザーを介して命じる。数分後、静かに襖（ふすま）が開いて作務衣（さむえ）姿の小鬼が入ってきた。摺足で歩み寄り、カウチ脇の小テーブルに盆を置くと、無言のまま退室する。アキラはバイザーの情報に見入ったままカップを取り、一口啜（すす）った。

新兵のデータを、もう一度呼び出す。一覧の先頭に来るのは、七個のアルファベットと六個の数字から成る製造番号だ。伊万里のカップから唇を離し、ハリウッドの設計助手（アシスタント・デザイナー）は独りごちた。「さて、この名無し君（ジョン・ドウ）が俺にツキを運んでくれることになるか……」

＊　＊　＊

断固とした口調で、少年は言った。「戦争は廃止しなければなりません」

少女はせせら笑った。「つまり、あんたは人間性（ヒューマニズム）を否定するんだ」

ソファの端と端に座る彼らは、ことごとく対照的だった。十五歳という年齢だけが、唯一の共通点と言える。少年は典型的な北方コーカソイドの容貌で、一見して目に付くのは、等級（グレード）二の認証印（スティグマ）。この齢（とし）にしては珍しい。そして、顔の下半分を薄く覆う髭だ。前世紀に人種を問わずヒト本来の毛深さが嫌われたことから、現在では成人前に髭剃りが必要な男は稀だった。ほかに装飾改造（デコレーション）の跡が見られないことから、自然に生えたものでないと察せられる。年齢相応に幼い顔と髭の組み合わせは仮装じみて滑稽で、奇怪ですらあった。思い詰めた表情も地味なスーツにネクタイという服装も、大人に仮装した子供という印象を強めている。

一方、少女の額に描かれた蔓草紋様（アラベスク）は、遥かに複雑だった。等級五。十八歳未満では最高位だ。二十一世紀初頭様式の少女（ショージョ）ファッションは無音の賑々（にぎにぎ）しさで、どこまでが身体改造で、どこまでが化粧や装飾なのかも判然としない。

「暴力は人間性の一部だから、肯定すべきだって言いたいんですか」少年は頬を紅潮させて言い返した。「安っぽい虚無主義（ニヒリズム）だとは思いませんか」

「あんたのは安っぽい人道主義（ヒューマニズム）だね」

「まあまあ、二人とも」と司会が割って入った。極東型の男性、標準年齢の二十代後半から四十代前半までの幾つともとれる。等級は八。奇妙な髪形は頭骨変形を窺わせた。「議論と口喧嘩の区別はつけようね」

「はーい、わかってまーす。わかってない人もいるみたいだけど」

少年は押し黙った。蒼褪めたのは屈辱のためだろう。少女が、嵩（かさ）に掛かって続ける。

「暴力の原因は、突き詰めれば自尊心の欠如なわけよ。だけど人間はお互い平等で、最も優れた被造物（クリーチャー）だから、他人やほかの種や無生物を傷つけても、得られる自信は一時的なものでしかない。だから遺伝子管理局は、亜人（サブヒューマン）を造り出した。人間よりちょっとだけ亜（おと）った種を。人間に自尊心を与えるために、亜人は惨めな状態で居続ける必要がある。それも、奴隷労働だけじゃ間接的すぎて不充分なの。目に見える暴力がなくちゃ」

＊＊＊

戦闘は、一時間強で終了していた。部族戦争という形態に相応しく、戦長同士の一騎討ちで灰色の嵐が雷の如き一撃を破って決着したのだが、兵員の損耗は〝灰色の嵐〟側――すなわちアキラたちが請け負った陣営――が大きかった。しかしどのみち、真の勝敗は視聴者による投票で決まるのだ。明日から五日間、有権者は全成人。一方、個々の兵士の場合、その運命を決めるのは一握りの熱狂者であり、期間も戦闘終了一時間後から丸一日に限定されていた。

損壊が甚だしく、修復に数ヵ月、特に脳の再構築を要すると診断された個体は、とりあえず保存槽送りになる。票を得られなければ廃棄処分だ。比較的軽傷であれば直ちに修復に回されるが、その後の処遇を決めるのは、やはり有権者だった。群小であっても得票次第で、次回の動員には機能や外見が改良される。そうして地道に注目を集めながら幾つもの戦闘を生き延びていけば、いつか個性を認知され、名を与えられるだろう。初陣でいきなり昇格という例は、滅多にあることではなかった。キャラクターであれば一度の投票で生死が決まることはないものの、要求される票数の桁が違う。

等級八のアキラは、この二十四時間の投票権を持っていなかった。投票状況を即時で追う奉仕も受けられない。三時間後の最初の中間結果発表を待つ間、視聴者たちの戦闘評をひたすら読み漁った。誰か、彼の名無しに言及してはいまいかと――すべての新兵は個性化の可能性を秘めており、ゆえに注目度は高い。〝名無し〟の自己犠牲は着実に評価を集めていたが、他の新兵と比較して別段突出しているわけでもなかった。まして、あの黒曜の瞳に気づく者は皆無のようだ。

「これだから素人は……」つい、舌打ちが出た。

レイチェル呉（ウー）から映話があった時は、なんの用だと訝（いぶか）るよりも、ネットから離れられることを喜ぶ気持ちが先立った。バイザーを休止状態にし、その下の第二の両眼も休ませるために閉ざす。第一の両眼を開き、カウチの背凭（せもた）れごと上体を起こした。

壁面スクリーンに映し出された同僚は、私服姿だった。街のブースから掛けてきているのだ。先週会った時から、また配色を変えており、オパールの輝きを帯びた白く長い髪が小麦色の肌によく映えている。小さな顔の繊細な骨格はアキラと同じく極東型ならではだが、その眼は異様な大きさだった。眼球は瞳孔も白目もない深紅一色で、巨大な宝石のようだ。真ん中で分けた前髪から覗く認証印（スティグマ）は複雑すぎて一目で判別は困難だが、彼女の等級が九であることを、もちろんアキラは知っている。

おめでとう軍曹、と開口一番にアニメ脚本家は言った。落ち着いた低い声は、人形めいた容姿にはややそぐわない。「キャラ化決定だよ」

アキラは四つの眼を見開いた。すでに必要な票数の八割近くが集まっている、とレイチェルが説明する。喜びと安堵が込み上げてきたが、平静を装って応じた。

「ありがとう、呉（ウー）少尉。だけど、ちょっと気が早いんじゃないの」

「嬉しくてたまんないくせに」華奢な顎を上げて、ふふんと笑う。

肩を竦めかけ、寸前で思い止まった。直そうとしている癖だった。日本人らしくない仕草だからだ。「あれだけ言い切っておいて外したら、やっぱり気まずいからね」

「誤魔化さなくていいって。それで、キミのあの発言を上層部の耳に入れる役だけど、ボクが引き受けようか？　そこらじゅうで吹聴して回ってあげるよ」

観衆（オーディエンス）はその好むところの事物を指し示すことはできても、なぜ好むのかという理由までは往々にして自覚していない。それを酌むことができる鑑識眼は、スタジオが求める才能の一つだ。しかし自ら売り込むのは、アキラの個性（キャラクター）に反している。レイチェルの申し出は確かに好都合だった。等級九の彼女なら、ネット上での発言権も大きい。

深紅一色の巨大な双眸（そうぼう）は視線の方向が測りがたいが、アキラを注視しているのは間違いない。口許には笑み。顎骨と聴覚野への埋め込み（インプラント）で、彼女は電話に機器を要しなかった。テキスト送信も、同様に手軽だ。わざわざの映話は、あるいは反応を見たいがためだったかもしれないが、祝福の意の表れだと素直に解釈すべきだろう。宣伝役を買って出てくれたのも、同じく好意としてありがたく受け取ることにした。

「うん、是非そうしてもらいたい。恩に着るよ、少尉」


　翌日夕刻、スタジオから通達があった。師団長直筆の署名入りだ。まず、つい数時間前に新しく昇格した個性（キャラクター）一体が、六週間後の戦闘に急遽投入されることになった旨が告げられていた。モブも一体、準個性扱いで追加される。青い星の雛型（F）だ。そしてアキラはこの二体の設計者（デザイナー）として、准尉に二階級特進のうえ臨時召集を掛けられたのだった。

2

「歴史のおさらいを、どうもありがとう。亜人の殺し合いがどうしても必要だというなら、闘技だけで充分でしょう。観たい人だけが観ればいい。話し合いで解決する努力を放棄し、しかも全人類を投票というかたちで巻き込むのは、愚行でしかありません」

「話し合いで解決しないから、戦争するんじゃん。投票制度があるから公平性も保たれるし、世界中みんなが関心を持つ。それのどこが愚かだっての」

「暴力が人間性の一部だとしたら、抑制すべきです。亜人の犠牲なしでは平和と平等が実現できないのなら、せめて最小限にしなければなりません。何より、彼らの犠牲を娯楽にするのは恥ずべきことです」

「人間を喜ばせるのが亜人の生き甲斐なんだから、喜んであげなきゃ無駄死にじゃん。それにあんた、芸術の源を廃止しろっての?」

「芸術って、あなたが遊びで書いてる小説のことですか」

「あたしの小説を馬鹿にするのは、あたしの読者を馬鹿にするのと同じだからね。どうせ読んでもないのに……こっちから願い下げだけど」

「まあまあ、二人とも……」

＊＊＊

うっすらと雪に覆われた枯れ野で、青服と灰服の軍勢が激突する。青服は火力、兵員数とも灰服に勝り、歩兵のライフルも灰服が前装の単射式なのに対し後装の連射式だ。しかし灰服が立て籠る塹壕へと一列横隊で愚直に前進する青服は恰好の的であり、確実に数の優位を失っていく。

場面が切り替わった。森の中で先住民同士が交戦している。木を遮蔽物に激しく撃ち合う。一方は青い軍服、他方は灰色の軍服を纏(まと)うが、戦化粧や髪形、装飾品は各々の部族のものだ。戦斧(トマホーク)やナイフを帯び、モカシンを履く。どちらのライフルも旧式だが、装塡速度と狙いの精度は白人兵士を遥かに凌駕していた。砲撃の音が、近い。

畳と障子の部屋でアキラが視聴するのは、自社制作のドキュメンタリーだ。大量の火力と両軍併せて四千体余りが動員されたこの戦闘は、今年の北米大陸最大の作戦である。九時間に及ぶ長丁場で戦術も多面的、投入された蠅カメラは二千匹に及ぶ。アキラは中継は正味一時間ほどしか観なかったが、全体の展開は把握していた。先住民部隊同士の遭遇戦はこの後、灰服側が辛勝し、予定どおり青服側の補給部隊を襲う。その結果、青服は弾薬を撃ち尽くして敗退するのだ。アキラのスタジオの勝利である。

最終的な勝敗を決める投票は二日先だが、アキラは大して関心がなかった。彼が手掛けた二体は、すでにマニアたちの票を獲得しているのだ。中立のニュースと違い、ドキュメンタリーは自陣を魅力的に見せることに主眼が置かれている。アキラが気に掛けているのは、彼の二体の扱いだった。没頭している彼には聞こえないが、襖一枚隔てた隣室では召使が忙しく立ち働いている。明日からの長期出張のための荷造りだ。

森の中の戦闘は白兵戦に縺（もつ）れ込んでいた。跳ねる鹿（ジャンピング・ディア）が登場し、アキラは第二の両眼を見開いた。一体の群小（モブ）を斃（たお）したところだ。しなやかな肢体を灰服に包み、肩までの黒髪から小さな枝角と鹿の耳を覗かせている。背後から、青服の巨漢が襲い掛かった。モブだが、膂力（りょりょく）も経験値も少年戦士を圧倒している。銃声が轟き、トマホークを振り上げた巨漢の頭を撃ち抜いた。驚愕した〝跳ねる鹿〟の視線を追い、カメラも動く。五百ヤード向こう、硝煙の上がるライフルを手にするのは、左右の頰に青い星を描いた女戦士だ。〝跳ねる鹿〟の瞳が輝く。だが宵の星（イヴニング・スター）は目もくれず、すでに新たな敵に狙いを定めている。アキラは満足げに頷（うなず）いた。

記号（キャラクター）——通称〝キャラ〟とは、特殊カスタマイズされた戦闘種亜人、およびそのデザインの双方を指す。戦闘種以外の特注品（カスタムメイド）がキャラクターと呼ばれることはなく、一般の遺伝子設計者（デザイナー）がキャラクターを手掛けることもない。記号設計者（キャラクター・デザイナー）は遺伝子の設計（デザイン）だけでなく、服飾や髪形、装備など付属要素の意匠（デザイン）、さらには大まかにだが架空の身上（プロファイル）をも手掛けるのだ。多角的創造者（マルチ・クリエイター）と呼ばれる所以(ゆえん)である。

かつてキャラクターは、まずデザイン案ありきだった。キャラクター兵士は最初からの特別仕様であり、大量生産の規格品とは明確に区別されていた。しかしスタジオの予想どおりには人気が出ないこともある一方で、無個性なはずの量産品がしばしば視聴者に個性(キャラクター)を見出された。試行錯誤の末に現行のシステムが完成したのは、百年ほど前のことだ。兵士はすべて量産品すなわち群小(モブ)として製造され、表現型には多様性を持たせるが、性能はほぼ均等となる。以後は投票によって視聴者の意向を反映しつつ、スタジオは設計変更(カスタマイズ)を繰り返して各個体を育成していくのだ。

旧制では、記号(キャラクター)とそれを負う兵士は命運を共にしていた。つまり、人気が低迷すれば廃棄された。ある記号(キャラクター)がファンに見放されても、兵士本体は新たな別個のキャラクターとして生まれ変わることが可能となった現システムは、亜人保護の観点からも好ましかった。ただし、その価値があるとスタジオが判断した場合に限られるが。

その他大勢のモブしか扱ったことのない駆け出し設計者が、いきなりキャラクター設計(デザイン)に抜擢される――この幸運にアキラは当然、有頂天になった。しかし実際の現場では、すでに設計コンセプトは固められており、飛び入りが独自性を顕示できる余地はわずかだった。能力増強(エンハンス)も戦力均衡に影響が出ないよう、最低限に留めねばならなかった。

数少ない仕事の一つが、モブらしく無個性に整った造作を、多少崩して個性化(キャラクタライズ)することだった。宵の星(イヴニング・スター)はともかく、跳ねる鹿(ジャンピング・ディア)については細心の注意を払い、特に目許には一切手を付けなかった。戦闘種の中枢神経系は、一般種以上に強く制御を掛けられている。肉体と直結した原始的な反応として情動を生じはするが、より複雑で繊細な感情という段階へは至らない。無言の想いを訴えるかのようなあの眼差しは、パーツの形や配置、眼球の動き等によってそう見えるに過ぎなかった。遺伝子操作技術の粋をもってしても再現不可能であろう、偶然の産物だ。無名の新兵（ルーキー）としての最初で最後の戦闘では眼窩周囲を破損したため、アキラはずいぶん気を揉まされた。完治しても、微妙な変化で台無しになってしまうのではないかと。幸い杞憂だったが、今後も危惧は残る。

あの眼差しの稀少価値は、もはや万人が認めるところとなっていた。レイチェル呉（ウー）がアキラの発言として紹介して以来だ。撮影監督は繰り返しクローズアップし、アニメーターは表現に腐心する。

個性（キャラクター）昇格のもう一つの要因である、年上の女戦士を思慕する少年戦士という役柄（キャラクター）も、アキラは疎（おろそ）かにしなかった。新たな設定でも彼らは同族であり、〝跳ねる鹿〟は初陣で〝宵の星〟を守って重傷を負ったことにした。戦闘の間、彼らの互いへの反応は、〝跳ねる鹿〟が設定どおりだったのに対し、〝宵の星〟は冷淡なまでに素っ気なかった。これが通な熱狂者（マニア）にはかえって好評で、雌型（F）戦闘種ＥＳＴＨ１７２２ＭＳＦ６８は五齢にして昇格したのだった。

とはいえ彼らが組まされるのは、これきりだ。戦闘の記憶は毎回消されるが、接触のあった個体への好悪の情は皮質下に残るのだ。兵士同士の絆——設定ではなく本物の——は、彼らの精神を危うくしかねない。

スタジオはこの後も大規模な展開を計画しており、アニメだけでもそれぞれ異なるキャラクターを主人公に、数本が制作される予定だった。呉少尉も脚本を幾つか担当しており、そのうち一本は〝跳ねる鹿〟の物語だ。一方、司令部では常に新たな作戦が進行している。兵士たちも、メディア展開とはまったく関わることなく、一つの戦闘が終われば速やかに次の戦闘の準備に入る。所詮、彼らは血と肉でできた戦闘機械であり、与えられた個性（キャラクター）も記号（キャラクター）に過ぎないのだ。

亜人は、人間が賢く穏やかで在り続けるための犠牲（いけにえ）――賢く穏やかになったとはいえ、生きていく上でストレスと完全に無縁ではいられない。日常の底に少しずつ少しずつ沈澱していく鬱憤が、未だ潜在する攻撃性と結び付いて暴発することがないよう、亜人の血が大量に必要とされるのだった。それはまた、暴力の共有によって人間同士の絆を深める祝祭でもあり、旧人類文化の保存事業でもあった。暴力がヒトという種の本能であったとしても、戦争は文化的営為である。他のあらゆる旧人類文化と同じく、記憶され保存されなければならなかった。

しかし環境破壊は論外であり、戦闘の時間と場所、使用兵器は自ずと制限される。戦力均衡も、当然の前提だった。加えて、亜人は人間のふりをしてはならない。したがって絶対平和（アブソリュート・ピース）における戦争は、十九世紀以前の戦争をモデルとしつつも、忠実な再現には成り得なかった。たとえば北米大陸で死闘を繰り広げるのは、風貌や装いこそ先住民風だが、どの部族とも特定しかねる戦士たちで、互いに交わす言語は英語となる――語彙は非常に乏しいが。女が三分の一ほども占める騎馬軍団同士が、鋼鉄製の近接武器のみを使って戦う――本物の北米先住民は一度もしていない経験だ。しかもそのように戦った戦士たちが、数週間後には南北戦争的な作戦に遊撃部隊として加わっても、二十二世紀においてはなんの矛盾もないのだった。

斯（か）くして、戦争はアートの源泉となった。それ自体が技術（アート）と創意工夫を結集し、綿密な脚本に基づいて演出される芸術（アート）であり、さらにそこから夥（おびただ）しい数の公式派生作品（オフィシャル・スピンアウト）、アマチュアによる二次創作（ファンアート）と裾野を広げる。総合芸術としての戦争を産み出す制作所（プロダクション）が、スタジオだった。戦争請負から派生作品の創造までを一手に担う巨大複合企業（コングロマリット）。無数の小スタジオと関連産業が統合を繰り返した結果、現在はわずか五社が世界に聳（そび）え立つ。

なお、人間が亜人のふりをすることも違法である。ただし派生（スピンオフ）アニメ等で声優が登場人物（キャラクター）の声を当てることはその限りではなく、さまざまな機会に行われる扮装遊戯（コスプレ）も同様だった。演じられるのは亜人ではなく、亜人に宛（あて）がわれた役柄（キャラクター）、役割（ロール）だからだ。

戦争文化の保存には、軍隊という組織の保存も欠かせない。その役割を演じるのにスタジオ以上に相応しい組織はなく、また実際、旧時代の軍隊はスタジオの前身の一つである。この絶対平和の軍隊においては、兵士はすべて亜人だった。各戦闘での階級は、その場限りの役割に過ぎない。実際の下士官と将校は、人間である社員の占有するところとなる。

アキラは少尉に昇進し、五大湖地方の作戦に召集された。戦闘実施日は、雪融けを待って三ヵ月後の予定だ。主任設計者のコンセプトに準じるのはこれまでどおりで、人気キャラクターを任されることもないが、正式な班員としてそれなりに裁量は大きい。跳ねる鹿(ジャンピング・ディア)も宵の星(イヴニング・スター)も動員されていないのは、予期したとおりだった。持ちキャラ問題は、いつでも厄介なのだ。大御所ならばともかく、駆け出しに許されるはずもなかった。

〝跳ねる鹿〟はそれより二ヵ月早く、南西部に出征する。一八七〇年代のアパッチ戦争を模した作戦だ。戦争当事者はどちらも地元の自治体であり、アパッチ族や騎兵隊と別段縁が深いわけではない。戦争の原因も、土壌に残留する汚染物資の処理を巡る軋轢(あつれき)だった。

戦争は、地域主義を原則とする。つまり揉め事が起きた現地を戦場とし、かつてその一帯で実際に行われた戦争をモデルとするのだ。しかし過去の戦争と現在の当事者との関係は、まったくとは言わないまでも、ほとんど気に掛けられることはない。過去の侵略者の役割(ロール)を、蹂躙(じゅうりん)された側の子孫が選択することすらあり、逆もまた然(しか)りだった。賢く穏やかな新人類は、その父祖たちの過ちからは解放されているのだ。それにどのみち、実際に役を演じるのは亜人だった。

＊＊＊

「この公開討論の目的は解っています。偏った考えを持つ未成年同士に泥仕合をさせて、見世物にするのでしょう」

「だったらなんで応募したのよ」

「僕の意見を広く知ってもらうためです。だけど、ここまでひどいとは予想できませんでした。目立ちたいためだけに極論を弄する女子(ジョシ)と同列にされて、非常に不愉快です」

「なんか、また喧嘩を売られてるみたいなんだけど」

「きみたち、ちょっといいかな……」

「僕のほうを、より笑いものにする魂胆でしょう。司会のあなたからしてが、彼女の味方なんだから」

「おや、そうなのか？」

「先生(センセイ)が当代きっての天才設計者(デザイナー)で、あたしがアマチュア創造者(クリエイター)だから、勝手に疎外感を抱いてるんだと思いまーす。でも、ほんとにセンセイに味方してもらえたら、あたし、嬉しくて死んじゃう」

「ハハハ、じゃあ味方しないでおくよ……ここで一つ、方向修正のための質問なんだけど、創造(クリエイション)は旧人類的行為だという意見について、きみたちはどう思う？」

「もちろん！　創造の源泉となるのは怒り、憎しみ、嫉妬、劣等感から自己顕示欲まで、ありとあらゆる旧人類的感情。だから人類は、創造性を失いつつあるんでしょ」

「抑制に欠けた人の言い訳ですね。僕に言わせれば、旧人類的感情を持たなければ創造を行い得ないという言説、それに暴力と暗い想念に満ちた古典芸術の過大評価が、新たな創造性の芽を摘んでしまっているのです」

「じゃ、あんたはどろどろした旧人類的感情とは無縁で、どろどろした旧人類芸術も鑑賞しないってわけね。で、新たな創造性は？」

＊＊＊

テーブル状の赤い岩山を縫う峡谷を、黄色いスカーフの騎兵隊が進む。突如、乾いた空気が唸りを上げ、矢の雨が彼らを襲う。銃声も轟き、指揮官が倒れる。混乱に陥った白人たちを、赤い肌の先住民たちは岩陰から狙い撃ちにする。銃は旧式で数も少ないが、速射される矢の威力はそれを補って余りある。

跳ねる鹿（ジャンピング・ディア）は立ち上がると、戦斧（トマホーク）を振り翳し急斜面を駆け下った。騎兵たちが一斉に銃口を向けるが、雷光のようなジグザグの疾走に狙いを付けることができない。若鹿の戦士は長身で逞しく、見事な枝角を振り立て、剥き出しの腕と背中には褐色の毛がびっしりと生えている。頬と胸には戦化粧、双眸は険しく張り出した額の陰になり、よく見えない。猛々しい雄叫びとともに岩肌を蹴って跳び、一騎の頭上に戦斧を打ち下ろした……

＊＊＊

投票結果は散々だった。このマッチョな設計（デザイン）を行った主任設計者（チーフ・デザイナー）は業界屈指のベテランで、この兵種では最高位の大佐である。御大もそろそろ焼きが回ったかと囁かれる中、アキラは独り、自分に対する嫌がらせを疑っていた。たかが新人相手に自らの戦歴（キャリア）を傷つけかねないリスクを冒すのは不合理だが、創造者（クリエイター）らしい行動ではある。

ともあれ戦闘が終わっても、作戦は続く。後方では大佐の設計（デザイン）を尊重しつつ、微修正で元の設計――アキラによる――に近づけようと大わらわだ、と楽しそうに教えてくれたのは、今回は傍観者のレイチェル呉（ウー）だった。一緒に笑う余裕がアキラにないことは承知の上である。

初陣で昇格した稀有（レア）な記号（キャラクター）として、跳ねる鹿（ジャンピング・ディア）は大いに注目されている。その失速に、スタジオは対症療法だけで済ませはしなかった。トロント支部で、人気挽回の大役を仰せつかったアキラは考え込んだ。現在従事中の作戦は七年戦争のフランス側で、彼の担当は灰色の嵐（グレイ・ストーム）麾下（きか）の先住民部隊である。だが初々しい少年戦士というデザインを繰り返すのでは、おもしろみがない――――それを期待されているのは明らかだが。そこで、まず言質を取った。すべて自分に一任するように、と。

＊＊＊

広大な湖に臨む丘陵地帯で、戦いは最終局面を迎えていた。陣形はとうに崩れ、騎兵はサーベル、歩兵は銃剣で殺し合っている。銃は先込め式であり、再装塡の余裕はなかった。軍服の色は一方は緋、他方は空の青。泥に汚れながらもなお鮮やかで、草木の新緑に映えて美しい。倒れ伏す屍（しかばね）ですら。

黒衣の少年騎士ヨーゼフ・フォン・ダンネッカーは、すでに鞍に装着した二挺、胸とベルトの四挺、計六挺のピストルを撃ち尽くしていた。残るは四挺。蒼白い額に乱れ掛かる黒髪、緑の瞳は憂愁と金属光沢を帯びる。華奢な身体つきだが筋肉は強靭で、両脚だけで馬を操り、全身に帯びた装塡済みのピストルを抜き放っては緋色の敵を屠（ほふ）っていく。用済みになった武器で敵を殴り付け、襲い来るサーベルの刃を受け止め、最後には投擲する。ついにすべての銃を撃ち尽くすと、背負っていたサーベルを……

3

ドイツですか、とアキラは二組の両眼をしばたいて訊き返した。支部長は頷き、耳まで裂けそうな笑顔を見せた。

「そう、三十年戦争だ」

二十世紀の軍隊、特に陸軍の基本編成が各国共通だったように、五大スタジオ（ビッグ・ファイブ）の組織は概（おおむ）ね似通っている。世界各地に置かれた支部は一般に大隊または連隊級であり、師団級は各社とも十指に満たない――香港、ボリウッド、カイロ、チネチッタ……そして言うまでもなくハリウッド。メルロード・アヴェニュー、一九四〇年代様式の豪奢なオフィスで、アキラと支部長――師団長は帝政ロシア風の軍服を着用して向かい合っていた。軍服の意匠（デザイン）は数年ごとに改められ、前回は清朝紛いだった。

「先方がきみを指名してきてね。三十年戦争でヨーゼフ・フォン・ダンネッカーを活躍させることを条件に、主任（チーフ）を務めてもらいたいと」

「しかし」とアキラは慎重な口調で答えた。「わたしは少尉に過ぎませんが」

「向こうに着くまでに処理させる。作戦の規模からして、大尉ぐらいが妥当だろう」

ちょっと簡単すぎるんじゃないか。そうアキラは思ったが、口には出さなかった。支部長は再び牙を光らせ頷いた。中将の階級章も燦然と輝く。思慮深い眼差しの人狼で、軍服は特別誂（あつら）えだ。等級（グレード）九の認証印（スティグマ）はその部分だけ黒く無毛で、烙印（スティグマ）めいていた。おもむろに発した言葉は、アキラを身構えさせた。

「統合参謀本部は」外見に相応しく、支部長の声はしわがれて重々しい。発声器官は外見ほど人間離れしていないので、口調は滑らかだった。「本日付けでダンネッカーの本体をきみの専属とする。キャラクターではなく、本体を専属とするのだ。毎回必ず主任というわけにもいかないが、必要な権限は与えよう」

設計者（デザイナー）が特定の兵士を専属とした前例はあるが、一個体一記号（キャラクター）制時代のことだ。反応の鈍い表情筋こそほとんど動かなかったものの、驚きと興奮で鼓動は高まり、頬には血が昇った。「なぜ、そんな試みを……それも、なぜこのわたしに？」

「視聴者がそう望んでいるからだ。我々としても、慣習を尊重しはするが変化を忌避するわけではない。きみは若く大胆で、独創的だ。その資質を伸ばすに吝（やぶさ）かではないよ」

恐縮のポーズで俯（うつむ）きながら、アキラは微かに苦笑した。スタジオや視聴者の予想を裏切ったのは確かに賭けだったが、充分な勝算あってのことであり、彼としては大胆さよりむしろ周到さを評価してもらいたかった。設計変更（カスタマイズ）が失敗する最大の原因は、設計者（デザイナー）が本体の個性（キャラクター）を把握していないことにある。アパッチ戦争の主任設計者も、案外本気で大胆な改変を図ったのかもしれないが、いずれにせよ本体すなわち名無し（ジョン・ドウ）の特性を考慮しなかったことには変わりない。

真っ直ぐな眼をした先住民戦士跳ねる鹿（ジャンピング・ディア）から、伏し目がちの傭兵騎士ヨーゼフ・フォン・ダンネッカーへの変身は、技術的には大した手間ではなかった。亜人の容姿は、多かれ少なかれ人種混淆なのだ。〝名無し〟の彫りの深い造作は、色素を明るくするだけで充分コーカソイドらしくなる。四肢の長い華奢な体軀に合わせて頬骨や鰓（えら）の張りを幾分和らげたのには、それなりに慎重さを要したが、最も思い切った改変は虹彩を黒褐色から緑金にしたことだった。結果は、なんの問題もなかった。色みくらいで、あの眼差しは揺らがないのだ。

「無論、あの〝名無し〟との組み合わせが、きみの真価を発揮する足掛かりに過ぎないことは承知している」荘重な声が告げる。「我々が期待するのは、偉大な日本人創造者（クリエイター）の新たな誕生なのだよ」

アキラは顔を上げ、硬い笑みを浮かべた。師団長は灰色の剛毛に覆われた手を、デスクの上の小箱へと伸ばしたところだった。見てほしいものがある、と告げてから、取り出した葉巻を咥(くわ)える。間を置かず、アキラの内耳埋め込み(インプラント)が小さく着信音を奏でた。

「夏以降になるがね」

金色の瞳でアキラを見詰めながら、支部長は言った。埋め込み(インプラント)を介して、その脳裏には大量のデータが鮮明に浮かび上がっているのだろう。アキラも送り付けられた資料を開きはしたが、会話を続けながらでは事項の拾い読みがせいぜいだ――依頼主はテキサスの企業、メキシコ湾の生態系回復計画に絡んでフロリダの企業から宣戦布告される。網膜埋め込みで額の両眼をバイザー表示情報の読み取りに特化しているものの、素脳(スアタマ)では等級九の情報処理能力に追いつけるはずもなかった。

「場所柄、ダンネッカーの登場には無理があるから、新キャラクターが必要となる」太い葉巻ごと、にやりと笑う。「マリアッチはどうだ」

「マリアッチ?」なんでまた。二組の両眼を二度瞬いた。

「そのほうがピストル騎士より、さらにロバート・ロドリゲス的だろう」

得意げな声音に、アキラはため息をこらえた。ロドリゲスへのオマージュは、ドイツ人騎士という外連(けれん)だから意義があるのであって、マリアッチとは芸がないにも程がある。どう言えば理解してもらえるかと思案を巡らせた時、資料に目が留まった。メキシコ湾——四つの眼を見開き、身を乗り出した。

「閣下、今思い出したのですが、北米先住民が海賊になった例があるのを御存じですか」


つまるところ、すべてはデザインが肝心なのだった。

十九世紀半ばの開国以来、日本趣味(ジャパニズム)は欧米文化における一つの潮流であり続けた。日本文化は途轍もなく独特(ユニーク)で神秘的だった——北斎(ホクサイ)や茶の湯(チャノユ)、禅(ゼン)から春画(シュンガ)に芸者(ゲイシャ・ガール)、侍(サムライ)そして忍者(ニンジャ)。その一方で、日本の現代文化が顧みられることはなかった。日本人は勤勉で手先が器用で模倣に長けるが、個性と独創性を欠く民族であると定義された。これは一見、伝統文化の評価と矛盾するが、しかし過去の独創性も結局は中国の模倣に過ぎないと片付けられるか、あるいは個人ではなく民族としての独自性だと解されたのだった。

第二次大戦後、日本の工業製品が世界を席捲した。それは何にも増してデザインの勝利であったが、またしても民族的勤勉さと器用さに帰(き)され、創造性の発露と受け取られることはなかった。いずれにせよ日本文化は、魅惑的であろうとなかろうと、外人(ガイジン)にとってどこまでも異質で理解不能であり続けた。当の日本人も、この見解を共有していた——優越感と劣等感を綯(な)い交ぜにして。

ごく目立たない変化が、日本産カートゥーン——動画(アニメ)と漫画(マンガ)によって始まっていた。一九七〇年代以降、世界中の子供たちがアニメを観て育った。ただし彼らは、それがどこの産かを知ることはなかった。八〇年代の欧米とアジアでは、マンガが熱狂的なファンを獲得した。しかしそれも、限定された現象だった。日本国内においてさえ、マンガやアニメは低級文化の地位に甘んじていた。

事態が大きく動いたのは、世紀末の十年間である。一九九一年、湾岸戦争の独断専行によって全世界から非難の集中砲火を浴びた西の超大国は、排外主義に走って孤立した。国内の思想統制は赤狩り以上と言われるまでに強化され、芸術活動もその標的とされた。外国人ばかりでなく国民も、自由を求めて続々と脱出した。亡命者（エグザイル）の群にはハリウッドに代表されるこの国の文化産業の担い手が数多く含まれていた。

この拡散（ディアスポラ）――才能、技術、ノウハウ、人脈の――が、まったく新しい巨大な潮流を作り出したのだった。それは世界規模の文化混淆だったが、一極化や均質化ではなく、より一層の多様化だった。超大国は亡命者たちを裏切り者と呼び、この国境なき新たな文化を締め出そうとしたが、ネットの急速な発展を前にしては虚しい努力でしかなかった。そして新文化の筆頭となったのが、ほかならぬ日本のポップカルチャーだった。マンガ、アニメは元よりゲーム、ファッション、ポップソング、そして記号商品（キャラクター）。新たな世代にとってそれらは、わくわくするほどエキゾチックであると同時に心地よく親しみやすいものだった。すべてに共通するのはデザインの魅力であることを否定する者は、もはやいなかった。もっとも、それすらも外国文化の模倣、没個性の産物であると言い立てる向きもありはしたが。

より反射的な非難は、文化帝国主義、というものだった。しかし少なくとも、この文化侵略を推し進めたのは日本人自身ではなかった。日本政府がその戦略的価値に気づいて動き出したのは、ようやく九〇年代も末になってからだ。その頃には遺伝子管理局が、すっかり準備を整えていたのだった。

一連の流れを遺伝子管理局が促進していたことは間違いない。どこまで関与していたかについては諸説あるにしても。彼らはあらゆる方面から超大国の覇権を切り崩そうと暗躍しており、文化もその例外ではなかったのだ。そうして生まれた新日本文化は、新秩序の構築に利用された。それはまず、亜人のデザインから始まった。

妖精と呼ばれた初期型（プロトタイプ）は単純労働限定で、一律にずんぐりした子供のような外見だった。可愛らしいと言えなくはないが、後に鳴り物入りで起用された日本人創造者（クリエイター）たちによる洗練されたデザインに比べ、甚だ魅力に欠けることは否めない。一説によれば、実はこれも日本人によるデザインなのだった。魅力的であることは、時に罪深さと結び付けられる。聖書原理主義者でなくても、遺伝子工学を罪悪と見做す勢力は未だ根強かった。彼らを徒（いたずら）に刺激せぬよう、故意に魅力に乏しいデザインにしたのだという。

亜人撲滅を叫んだ人々のうち、この人工生命体を心底忌み嫌っていたのはほんの一握りだった。大半は無知から来る闇雲な恐怖と嫌悪に囚（とら）われていただけであり、自尊心を取り戻すとともに固着から解放され、新たに登場した種々の高機能型には素直に魅了された。だが亜人の奉仕（サービス）だけでは、己の人間としての優位を確信できない者は少なくなかった。彼らは目に見える直截な暴力を密かに楽しんだ。自ら手を下す者は次第に減少したものの、亜人を殺し合わせる地下闘技場はむしろ興隆し、世界中で当局とのいたちごっこが続いた。

　同時期、戦争はその様態を変えようとしていた。人間は賢く穏やかになりつつあり、戦争の原因たり得るあらゆる負の感情を克服しつつあった。それでも、過去に流された血、抱え込まれてきた憎悪は、なんらかの形で贖(あがな)いと浄化(カタルシス)が必要だった。亜人による代理戦争は、その解答だった。重要なのは勝敗ではなく、大量の血と苦痛だった。必然的に詳細な報道が望まれ、そのための技術が発展した。人間と環境を傷つけぬよう、さまざまな規制も設けられた。食料生産の工業化に伴って、不要となった広大な農地を森林や草原に戻す計画が進行しており、そうした土地の一部が戦場に指定された。

　過去の愚行が残した負債は、亜人の血と苦痛によって着実に贖われていった。だが代理戦争自体は、問題の早期解決手段としてむしろ頻繁に行われるようになった。問題とはたとえば、新秩序の構築を巡る意見の相違だ。人々が賢明になり、我欲が抑えられたといっても、何が最善であるかの答えが常に出せるとは限らない。話し合いで時を浪費するより、一種の賭けとして亜人を戦わせ、勝敗を決めるのだ。

　戦争は世界中の人々の耳目を集め、評価の対象となった。戦いでは勝ったのに、世論の支持を得られず勝敗が覆されることすら起きた。勝ち負けではなく、如何(いか)に戦うかが重視された。規制の遵守や公正さの監視だと評価される一方、観衆（オーディエンス）は争点となる問題には関心がなく、ただ闘技と同じように流血を楽しんでいるだけだ、とも批判された。いや、そもそも争点自体からして亜人に殺し合いをさせる口実に過ぎない、との見方もあった。しかし、もはや流れは止まらなかった。そしてここでも、肝心なのはデザインだった。戦術のデザイン、部隊のデザイン、兵士のデザイン――またしても活躍したのは日本人デザイナーとその追随者（エピゴーネン）たちだった。

　戦争が興行（サーカス）と化したのを受けて、闘技場を合法化する動きが起こった。記号（キャラクター）兵士に倣って闘奴も記号化（キャラクタライズ）され、イメージ向上に大いに貢献した。国際亜人法が制定された二〇〇七年までには、戦争と闘技は必要悪だという見解が主流となっていた。これもまた、すべて遺伝子管理局の目論見どおりであったと伝えられる。

＊＊＊

　荷を満載した商船は足が遅く、たちまち距離を詰められた。波を蹴立てて追走するスループ船のマストには、海賊旗（ジョリー・ロジャー）が翻る。逃げ切れないと悟った獲物は、徹底抗戦の構えを取った。砲手たちは持ち場に就き、手の空いている者は銃を取る。操舵手が舵を切り、右舷を敵に向けようとした。強風を切り裂いて飛来した矢が、その喉を射抜いた。

陽気（ジョリー）に歯を剥き出す髑髏（どくろ）の旗の下、見張り台に立った黒玉の犬（ジェット・ドッグ）は揺れも風ものともせず、すでに二の矢を放っている。指示を叫んでいた船長が右眼に矢を受けて倒れ……

＊　＊　＊

レッドカーペットにて。

「やあ、レイチェル」

「わっ、久し振りアキラ。ずいぶんメラニンを増量したんだね」

「紫外線対策だよ」

「意外に似合ってるじゃん。精悍ていうか、ちょっと侍（サムライ）っぽいね」

アキラは苦笑した。象牙色だった皮膚を浅黒くし、それに合わせて筋肉をいくらか増やし頬の輪郭を削いだのは、もう半年余り前、メキシコ湾で黒玉の犬（ジェット・ドッグ）を海賊船に乗り組ませた際のことだ。レイチェルとは、その前にドイツから帰って来て以来顔を合わせていなかった。派生（スピンオフ）アニメの脚本を担当した彼女が、〝黒玉の犬〟は跳ねる鹿（ジャンピング・ディア）と同一キャラクターなのかと問い合わせてきたのも、映話ではなく電話だった。

カメラマンが一人近づいてきて、お二人で一枚、と言った。レイチェルはその場でカメラに背を向け、肩越しに振り返ってしなを作った。黒い旗袍（チーパオ）風ドレスは前面こそスリットから覗く右脚以外、微かに紫がかった白い肌をすっかり覆っているが、背中は完全に剥き出しだ。肩甲骨からは小さな蝙蝠（こうもり）の翼、尾骶骨からは悪魔の尻尾が生えていた。黒紫の髪は右肩から胸に垂らしてある。アキラは慎ましく一歩退がった。彼の衣装は、裁断がいくらか着物（キモノ）風という以外は衒（てら）いのないタキシードだ。

「お愛想の一枚ってとこだよね」

礼を述べて立ち去るカメラマンを見送って、レイチェルが鼻を鳴らす。アキラは再び苦笑した。早春の陽射しの下、授賞式会場へと続く緋色のカーペットを見渡せば、カメラに囲まれているのは主に声優だった。大半が自らの役柄（キャラクター）に扮している。一方、制作陣（スタッフ）は軍服または礼服だが、それも扮装遊戯（コスプレ）には変わりなかった。服装以前に、報道関係者を含めて等級（グレード）七以下はほとんどおらず、改変に改変を重ねた肉体がひしめくさまは壮観だ。

左右のスタンド席へも視線を巡らせた。出席者の入退場を見物するためだけに、世界中から集まった戦争ファンたち。抽選の応募条件は等級四以上であることだけだが、やはり高等級（ハイグレード）が多い。彼らもまた思い思いのコスプレを楽しんでいるが、衣装や化粧だけから徹底した装飾改造（デコレーション）までとその度合いはさまざまだった。

「ほら、彼らは俺たちを見てるよ」こめかみに手を遣り、今撮影した画像を送る。スタンドの一角、等級五のお上りさんらしいその三人組は、揃って海賊の扮装だった。

「ボクたちじゃなくて、キミをだよ、大尉」とレイチェル呉（ウー）少尉は拗ねた口調で唇を尖らせるが、白目も瞳孔もない巨大な両眼は相変わらず感情が読めない。小さな顔と不自然に長い手脚も、以前のままだった。古典的なアニメキャラクターを体現した比率（プロポーション）なのだが、画像ならまだしも実際目の当たりにすると、深紅一色の双眸もあっていささか昆虫じみている。もちろん承知の上であり、創造者（クリエイター）にありがちな悪趣味（バッドテイスト）だ。

「次はアラビア半島だって？　大活躍じゃん」

「うん、ベドウィンだ」やっかみは聞き流すことにした。どうせ本気ではない。

「やっぱ〝黒玉の犬〟は無理だったんだね」

まあね、とアキラは頷いた。気分の上では肩を竦めている。カリブの海賊は、彼とスタジオの予想を超えてヒットした――ヒットしすぎた。その後数ヵ月で、水上戦の申請が世界中で激増したのだ。海や河川での戦闘は陸上よりも制御が困難で環境への影響が予測しがたいため、回数も規模も制限されている。にもかかわらず無思慮な申請が相次いだのは、〝黒玉の犬〟の好ましからざる影響である――と見做されてしまった。十一月のキューバ沿岸での作戦は予定どおり遂行できたが、それを最後にこのキャラクターは当分自粛せざるを得なかった。斯くして年明けにベネスエラ沿岸を荒らすはずだった海賊団は、黄金郷（エルドラド）探索のドイツ人傭兵部隊として平原（リャノス）の先住民と戦った。そして来月、インド洋に進出したカリブの海賊対イスラム商人の激闘は、沙漠の部族抗争に変更されたのである。

「海賊の戦闘は船上の白兵戦が中心で、砲撃は威嚇程度でしかないんだけどな」

記号設計（キャラクター・デザイン）賞は、記号（キャラクター）の創造に対して贈られる。つまり、他人のキャラクターの再設計（リデザイン）では賞の対象にはならない。昨年一年間でアキラは名無し（ジョン・ドウ）以外の兵士からもキャラクターを幾つか創出したのだが、ノミネートされたのはヨーゼフ・フォン・ダンネッカーのみだった。それも〝黒玉の犬〟の件や、アキラを特別扱いするスタジオのやり方が批判されていることから、オスカーは無理だと考えたほうがいい。レイチェルも脚本賞にノミネートされているが、その作戦にアキラは関わっていなかった。

「ってことは、まったくの新キャラになるわけ？」

ハイヒールを履いたレイチェルは、アキラより頭半分高い。二組の両眼を上目遣いして、彼はにやりと笑ってみせた。

「そう、ベドウィン戦士ジャマル・ウッディーン。だけど裏設定では改宗者なんだ。十八世紀だし」

「解釈は任せる、ってか」レイチェルは頭を振り、〝黒玉の犬〟についてのアキラの答えを呟いた。「その後の予定は？」

「しばらく〝名無し〟は休眠だ。あんまり出ずっぱりじゃ、飽きられるからね。きみは最近どう？」

「特に変わりなし」言葉を切り、愛らしい唇を歪める笑い方をした。「また、キミのキャラを書かせてもらえるといいけどね」

アキラが口を開きかけた時、よく通る声で挨拶が投げ掛けられた。振り返ると、ヨーゼフ・フォン・ダンネッカーが微笑んでいた――〝黒玉の犬〟と跳ねる鹿(ジャンピング・ディア)の声も当てているのだが、当然ながらノミネートされた役に扮している。造作はよく似せているが外見年齢は二十代半ば、上背もあるので成長したダンネッカーといったところだ。とはいえ白皙(はくせき)に浮かぶ表情の豊かさ、細やかさは人間以外にはあり得ないものだった。社交辞令を応酬している間に、スターが発するオーラに惹かれて人が集まってきた。

　ついでのように声を掛けてくる人波を、バイザーの助けを借りてどうにか捌(さば)く。気が付くと、レイチェルの姿が見当たらなかった。ネット上の奇妙な噂について彼女に尋ねるつもりだったと、遅まきながら思い出す――彼女が、数年前に消えたアマチュア小説家と同一人物だという噂だ。

　世界中の十五歳からたった二人の少年少女を選んで討論させる、毎年恒例の企画。ちょうど十年前、アキラは数ヵ月遅く生まれたことを身悶えせんばかりに悔しがっていた。その年の司会者は、彼が熱烈に崇拝する記号設計者(キャラクター・デザイナー)だったのだ。選ばれた二人への嫉妬は、自分でも驚くほど激しかった。そして当日、討論の中継を視聴して、空疎な正論を振り翳す少年に対しては冷ややかな軽蔑を覚えたのみだったが、もう一人の論者に対して抱いたのは臓腑を焼く憎悪だった。

　これ見よがしにエキセントリックな言動と装飾(デコレーション)。アキラにとって――多くの凡庸なファンにとって――神の如き設計者(インテリジェント・デザイナー)である司会者への馴れ馴れしさ。それらのすべてが、非凡さへの自負に基づいていた。大人にも高く評価されている彼女の二次小説を、アキラはくだらないと決め付けて一切読まなかった。読めなかったのだ――嫉妬と、自らの凡庸を思い知らされる惧(おそ)れから。

殺意に近い感情を抱いたのは、後にも先にもこの少女に対してだけだ。

　ネットを飛び交う憶測に、レイチェルが気づいていないはずはない。だがアキラが知る限り、それに対する彼女のリアクションは一切なかった。

4

「別にどうでもいいけどね、あんたの創造性なんて。ところでさあ、もちろん先生(センセイ)の物語論は知ってるよね」

「知りません」

「何それ、信じられない！　センセイが司会だって前もって判ってたんだから、読んでくるのが礼儀ってもんでしょ」

「そんな必要があるとは思いません」

「うん、彼の言うとおりだよ。これはきみたちの討論なんだからね」

「よかったね、センセイが優しい大人(オトナ)で。いい？　あんたのために説明してあげるから、ちゃんと聞きなさいよ……間違ってるとこがあったら訂正してくださいね、センセイ。

　あのね、旧時代様式(スタイル)の物語が廃れたのは、穏やかで賢い新人類が物語になり得ないっていうのもあるけど、人間をキャラクターにするのが如何(いか)に非人道的かってことに、みんなが気づいたからなの。だから亜人をキャラクターにした物語が発展した。あたしたちは、戦争や闘技で亜人が実際に苦しむところを観て楽しむだけじゃなくて、彼らを記号化（キャラクタライズ）して、そのキャラがまるで人間みたいに高等な精神と戦場以外の生活を持ってる物語を創造しては消費する。でもキャラが本当は人間じゃなくて亜人なんだっていう前提があるから、安心して楽しめるの。本物の精神と本物の人生を持った人間に対してだったら、酷（ひど）すぎる仕打ちだよね。ノンフィクションはもちろん、フィクションだって。異世界や異星の住人、擬人化動物に人工生命体でさえもね。彼らは亜人じゃないんだから……っていうことですよね、センセイ」

「的確な要約だね。きみは？　今ので解った？」

「解りません。どうしてただの空想や過去の出来事の物語が、亜人同士を実際に殺し合わせるより残酷になるんですか」

「誰か他人の不幸や私生活や心理を微に入り細を穿って空想して喜ぶなんて、どっかおかしいんじゃないの？」

「そういったものを一切扱わない物語なら、問題ないと思います」

「じゃ、あんたがそういうの創れば」

「……ノンフィクションについては、感情や名誉を傷つけかねないというのは理解できます——

——」

「都合の悪い質問は無視するし」

「――しかし覗き見的な好奇心を満足させるためではなく、感動を求めるのはよいことでしょう。亜人キャラクターの物語には興味ありませんが、旧人類の努力や献身や愛情を活き活きと描いた古典には何度となく感動してきました。それのどこがいけないんですか」

「あんたの言う感動って、その努力やら献身やら愛情やらで催される排泄（カタルシス）じゃん。そんなふうに人間を搾取するなんて、恥を知れよ恥を」

「歪んだ考え方ですね。おかしいのはあなたでしょう」

「だってさ、センセイ」

「古典の物語に感動するのは僕だけではありません。誰もそれが悪いことだとは思っていないようですが」

「まず何より、それが古典だからだろうね。スタイルや時代背景、旧人類の奇妙な心理や行動を学ぶことが先立つんだ」

「学びを言い訳に、後ろめたさが誤魔化せるってわけよ」

＊＊＊

記号設計（キャラクター・デザイン）は、遺伝子設計という職能の一カテゴリーである。人間や他種生物、そして亜人一般種を対象とする設計と比してより創造的だという理由で別格扱いされているが、遺伝子設計という技術自体に違いはない。すなわち設計の対象は蛋白質をコードする遺伝子だけであり、そのままでは設計どおりに形質が発現するとは限らない。大量生産品ならば発現不良を生じぬよう、たとえ生じても不具合がないようゲノムは完全に規格化されているが、個別の設計――人間および特注品は発現の制御(コントロール)が必須だった。

この地味で根気のいる作業に従事する発現制御士(コントローラー)は、高度な技術を有する専門職として広く尊敬されている。創造性が問われることはないが、そもそも一般社会において創造性は必ずしも重視されていないのだ。

戦争および闘技の世界では事情が異なる。記号(キャラクター)を専門に扱うスタジオ所属の発現制御士たちの仕事に、一部の熱狂者(マニア)は作家性を見出していた。仕上がりに個性があると主張し、原型師(ゲンケイシ)の呼び名を奉る。原型(ゲンケイ)とはある記号に対するその本体のことだが、単に本体と呼ぶ時との区別はなんとも説明しがたく微妙で、極めて日本的だとされる。

記号専門の制御士たちは、原型師の呼び名こそ受け入れているものの、創造者(クリエイター)とは決して名乗らず、あくまで技術者に徹していた。マニアたちによれば、その奥ゆかしさもまた師匠(マスター)の称号に相応しいということになる。

ドバイの原型師は、ミストレスだった。

「わたしの仕事に不満があるなら遠慮なく仰ってください、先生(アル・ウスターズ)」

スタジオの廊下でアキラを呼び止めた原型師は、ほとんど前置きもなしにそう切り出した。アキラは戸惑い、少し高い位置にある相手の顔を見上げた。強いアラビア語訛りに、聞き間違いをしたのかとも思うが、そこにあるのは明らかに怒りの表情だ。

「不満なんてとんでもない。素晴らしい仕上がりです。あなたは――」

「日本的辞令は結構」くっきりとした黒い眉を撥ね上げ、言い放つ。「確かに、最初は喜んでいただけたかと思いました。でも途中からだんだん不機嫌になられたでしょう」

「そんな態度を取っていましたか」赤面し、口籠った。「申し訳ありませんでした。どう説明したものか……わたしの設計(デザイン)を基に、あなたは完璧な人形(フィギュア)を作られた。形(フィギュア)の完璧さがぎくしゃくした動きによって台無しになってしまうのを見るのは、嫌なものです」

　原型師はやや肩の力を抜き、苦笑した。「無理を言いますね。この段階の原型(ゲンケイ)は、新たな動作プログラムに身体が馴染んでいないのに」

　アキラは頷いた。「そう、誰のせいでもないのです。だから不快感は押し隠しているつもりだったのですが……」ころころと笑う声に、口を噤(つぐ)んだ。

「高等級(ハイグレード)の人たちが相手なら、巧く隠せてるでしょうね」

　きつめの顔立ちが、笑うとずいぶん印象が和らぐ。等級(グレード)五を示す額の蔓草紋様(アラベスク)は褐色の肌と鮮やかな対比を成す朱色で、頰の辺りにまで伸び広がっていた。ロマノフ朝風軍服の上着は着用せず、捲(まく)り上げたシャツの袖から覗く両腕にも、朱の蔓草は描かれていた。その生い茂る葉の間にちりばめられているのは、彼女の名である真珠(ルウルウ)だ。

「戦争は、記号（キャラクター）への——群小（モブ）もですが、命を吹き込む行為（アニメーション）です」言葉の選択に苦労しながら、アキラは述べた。「本体である兵士は素材の一部に過ぎません。プログラムによって動く、中身が空っぽの木偶（でく）だ。もちろん戦闘種が亜人としてもお粗末な精神しか与えられていないのは、慈悲ゆえだということは承知していますが」

「戦う時にだけ命が吹き込まれる、ということ？」

「いいえ、兵士はあくまでも兵士、戦闘もまた素材です。アニメをはじめとする派生作品（スピンオフ）が創られて、ようやく記号（キャラクター）は命を得るのです……そのようにわたしは考えています」

「興味深い考え方ね」

強い視線が居心地悪く、アキラは軽く天井を仰いだ。「日本人特有のアニミズムと解釈してくださって構いませんよ」

渦を巻いて流れ落ちる黒髪を揺らし、一神教徒の原型師は再び楽しげに笑った。アキラもつられて頬を緩めた。

「非礼のお詫びは、後日改めてさせてください」

では、と立ち去りかけたところへ、お詫びってどんな？　と問い掛けられる。

「えーと、何か贈り物でも……御迷惑でなければ」

「それよりも」悪戯（いたずら）っぽい笑顔に、ちりばめられた小さな真珠が艶めいた。「何か御馳走してほしいな。後日と言わず、今晩にでも」

細く吊り上がった二組の両眼を精一杯見開き、ルウルウを凝視した。等級の低さから、てっきり保守派だと思っていたのだが。「ええ、喜んで。お気に入りの店を教えていただけますか」

「旧市街の店でよければね」とルウルウは言い、認証印（スティグマ）を指し示した。「等級五が新市街で受けられる奉仕（サービス）には、限りがあるでしょ」

アキラは小首を傾げた。「ひょっとして、わたしに興味がおありですか」

「もちろんよ、新進気鋭の日本人設計者（デザイナー）さん。あなたは、わたしに興味はないの？」

くすくすと笑う原型師は、公開している実年齢より十歳は若い外見だ。しかし少なくともここ数年、若返りは受けていないことを、遺伝子設計者の眼でアキラは見て取っていた。日頃、鏡に映る自身も含め、高等級（ハイグレード）とばかり顔を突き合わせているため、五級の肉体は驚くほどシンプルで……無防備で剝き出しに見える。

「当然ありますよ。たとえば、なぜこの業界にいながら、そんなに等級が低いのだろう、とかね」

等級からして、彼女の住まいは旧市街に違いなかった。軍服に隠された部分の皮膚にも、真珠層は形成されているのだろうか——そんな疑問が胸を過（よぎ）った。

＊＊＊

ある意味で、すべての亜人は刻印記号（キャラクター）である。その個性（キャラクター）は外見の特徴も性格も、遺伝子レベルで類型化され、記号化されている。対人用機種の中には特注で細やかな機微を与えられるものもあるが、所詮程度の問題でしかない。培養期間は量産品ならわずか一年、特注でも二年以内。肉体が十代半ばまで高速成長する間、用途別に情報の注入と固定が行われる。こうして人工子宮（コンセプシオン）から産み落とされる時には、一個の人格（キャラクター）が完成しているのだ――経験に裏打ちされていない、薄っぺらな紛い物。

情報の注入および固定は、刻み込み（キャラクタライズ）と呼ばれる。ニューロンを電気的、化学的に刺激して回路を形成し、情報を長期記憶として定着させるのだ。その際には報酬系を含む情動回路も刺激され、連合が形成される。

このように亜人の脳に深々と物理的に刻み込まれる情報群、それらの根幹となるのは、言うまでもなく人間への絶対服従だ。これに人間の体臭が服従フェロモンとして働く人工遺伝子（デザイナー・ジーン）が組み合わさって、奉仕（サービス）は亜人に喜びや安らぎをもたらすのである。不服従は、実際の行動どころか思い浮かべただけでも激しい恐怖と嫌悪を引き起こす。

強制労働は非効率的である。劣悪な環境で意欲もなしに働いたところで、効率が上がろうはずもない。その点、亜人の奉仕は強制労働ではなかった。それは彼らの存在意義であり、喜悦である。奉仕のかたちはさまざまだが、究極と言えるのは戦争と闘技だろう。戦闘種――兵士と闘奴は人間のために互いに殺し合い、最終的には自らの命をも捧げるのだ。そこでは、恍惚へと至る回路が働いている。人間が大義のために他者をも自己をも犠牲にする時、もたらされる強烈な陶酔。その神経的、遺伝的基盤は二十世紀末には解明されており、戦闘種に組み込まれたのだった。

戦いのたびに、戦闘種たちはその陶酔を報酬として与えられる。損傷は苦痛として知覚されるが、恐怖などの負の情動を喚起しないため、平常状態でもさほどストレスとならない。戦闘時にはさらに、大量放出されるアドレナリンとドーパミンがすべてを洗い流す。強化された肉体と高度な医療技術により、理論上はどんな損傷も修復可能だ——一個の細胞から、あるいは保存されたゲノム情報からの再生すら。もっとも、人気と修復コストは毎回天秤に掛けられ、後者が勝れば廃棄決定となるのだが。

その時が来るまで、彼らは繰り返し歓喜のうちに殺し合う。心的外傷（トラウマ）を残さぬよう戦闘終了後には記憶を消され、次の作戦に向けて新たな情報が書き込まれる——戦闘に必要な知識と技能、そして設定だ。身上（プロファイル）は細部も奥行きも欠いた作り物に過ぎないが、情動によって刻み込まれるため、彼らにとっては現実の経験に基づく確かな記憶となるのだ。記号（キャラクター）変更ともなれば、人格（キャラクター）ごと書き換えられる——繰り返し、繰り返し。

5

「だから、戦争と闘技はどんなかたちでも人間を傷つけない、まさに新人類（ニュータイプ）の芸術なんだけどね。

あらゆる様式（ジャンル）を派生（スピンオフ）させる芸術の源で、まだまだ発展の余地はあるだろうけど、でもやっぱり創造性は衰退に向かってるとあたしは思うわけ。だって今の時代の芸術って——工芸とか建築とかファッションとかも含めて、本当の意味での独創（オリジナル）は一個もないじゃん。創造って呼ばれてるものは、古典のアレンジでしかない。パロディ、パスティーシュ、オマージュ、コラージュ、引用……呼び方はいろいろあるけどさ。あとは古典の再現だけ。それも、正確で忠実なほどいいとされてるでしょ」

「その問題は新時代に始まったことじゃないよ。結局、表現のパターンは有限だからね。それに独創性は必ずしも至上とされたわけでもない。先行作品のアレンジは様式として立派に成立してて、たとえばタランティーノは旧時代でも非常に評価が高かった」

「創造性はじわじわと衰退しつつあったのが、進化の階梯を一段昇ったことで、さらに加速されたってことですね」

「それは、創造性が旧人類的形質だから？」

「そう、進歩と同じ、悪しき性向。だから先生（センセイ）やあたしは滅びゆく人種で、そっちの男子（ダンシ）はより進化してるんですよ、たぶん」

＊　＊　＊

喫茶所はほぼ満席のうえ、アキラ自身も刷り込み酔い(インプリンティング)が残った状態だったが、バイザーに頼ることなくルウルウを見つけることができた。それだけで、なんとはなしに幸せな気分になる。刷り込み後特有の雲を踏む足取りで歩み寄る彼に、ルウルウも気づいて手を振った。外衣(アバーヤ)を着込んではいるが、軽やかな白い紗は豊かな黒髪と華やかな民族衣装を霞(かすみ)のように取り巻いているだけだ。

「お疲れ様。気分はどう？」

「少し頭痛がする。一度にこんなに詰め込んだのは初めてだから」

　どさりと腰を下ろして頭を抱えた。ルウルウが金属製のポットと小さなカップを取り上げたが、身振りで断った。カフェインなら、すでに大量に摂取している。フランス外人部隊や十九世紀アルジェについて、ぺらぺら捲(まく)し立てたい衝動を遣り過ごすため、無理やり周囲に注意を向けた。第一の両眼は閉じたまま、バイザーで情報を捉える。

　ドバイ旧市街の刷り込み施術院(インプリンティング・クリニック)は伝統的なイスラム建築で、中庭を備えている。タイルで舗装され、鉢植えの木々の配置から中央の水盤の煌(きらめ)きに至るまで完璧に計算された、ミニチュアの楽園(パラダイス)。日除けの下に並べられたテーブルで思い思いに珈琲(カフワ)や紅茶(シャイ)を、あるいは水煙管を楽しむ客たちは、長衣に頭巾や外衣といった服装の等級五か六が中心だ。その中で、高等級(ハイグレード)の極東型――それも着流し姿――のアキラは独り異質だが、特に注目を浴びるわけでもない。

　放心するか軽い興奮状態で喋り続けている連中は刷り込み後で、注意力散漫になっている彼らの帰宅には付き添いが必要だ。それが友人や恋人なのは、旧市街ならではだった。人間関係が希薄な新市街であれば、召使で済ませるところだ。

「話相手(コンパニオン)リストに、ジャマルの両性具有版がいたよ」ふと思い出して、そう言った。

ルウルウが目を丸くする。アキラは笑い、妖魔(ジン)型の給仕を呼んでオレンジジュースを注文した。

記号設計者(キャラクター・デザイナー)は、流行の発信者でもある。ドバイに限らず旧市街の住民は流行に左右されることを良しとしないが、今や世界中どこでも、新市街では少なからぬ人間と亜人が、ヨーゼフ・フォン・ダンネッカーや黒玉の犬(ジェット・ドッグ)の意匠(デザイン)を服飾や身体に取り入れていた――もちろん、あの瞳は別だが。地域によっては跳ねる鹿(ジャンピング・ディア)やジャマル・ウッディーンも見掛ける。そのたびに誇らしさよりも困惑が先立つが、昨夜、リストにあの顔を見つけた時には、ただ啞然とするしかなかった。

ベリーダンサーの衣装に厚化粧で婀娜(あだ)っぽく微笑む八齢のその個体は、豊かに張り出した乳房と腰、そして逞しい腹筋と上腕二頭筋を持っていた。好奇心を覚えなくもなかったが、学習に悪影響がありそうな気がして考え直したのだった。

「で、結局どんな相手を選んだの」

「ドゥニヤザード」

「聞き上手の妹ね」

刷り込み(インプリンティング)の技術は基本的には刻み込み(キャラクタライズ)と同じだが、施術中、情動回路への刺激は一切遮断される。人間にそれを行うことは禁じられているのだ。学習を完了するには、施術後に会話を主体とした想起が必要である。そのため施術院(クリニック)には、コンパニオンと呼ばれる高機能型亜人が備えられていた。刷り込まれた情報量にもよるが、想起には数時間から半日を要する。コンパニオンはその間、客の集中力を持続させるあらゆる手練手管を心得ているのだ。それでも想起から漏れた情報が、ずっと後になって何かの拍子にフラッシュバックすることは珍しくないのだが。

　ドゥニヤザード型は専ら聞き役に回る、褐色(ブルネット)の可憐な女奴隷(オダリスク)だった。姉のシェヘラザードもおり、こちらはより主導的である。

「シェヘラザードが金髪白皙(ブロンド)なのはコンセプシオンがモデルだからって話、本当かな」イスラム圏では、人工子宮内膜(コンセプシオン)の細胞提供者はなぜかこの名で呼ばれている。

　さあね、と無関心にルウルウは応じた。「ところで気づいてる？　さっきからフランス語で話してるんだけど」

　えっ、と声を上げ、アキラは絶句した。まるで自覚がなかったのだ。意識した途端、言葉が何も出てこなくなる。ドゥニヤザードや施術師たち相手には、何語を使っていたのだろうか。無意味に口を開閉させる若い設計者(デザイナー)を、原型師(ゲンケイシ)は興味深げに見守った。

「参ったな」

　やっとのことで出てきたのは、成人以来ほとんど使っていなかった日本語だった。問題ない、と言うようにルウルウが頷く。

「昇級しようかと思うんだ」言葉の内容に意識を集中させながら続けた。「情報処理のこれ以上の外部化には、抵抗あるんだけどね。そろそろ、いろいろ限界で……元等級（グレード）九として、何か意見は？」

「格段に便利になるのは確かね」いつもどおりの業界語（ジャーゴン）で、ルウルウは答えた。

「でも、勘みたいなのは鈍くなるんだろ。だから降級したんだろ」

「わたしはね。そんなことないって言う人も多いし、個人差でしょ」

「こうしてますます廃人（ハイジン）になるわけか」

　勘定のために、給仕を呼んだ。素早く参上した女妖魔（ジンニーヤ）に、二人一緒で、と告げる。読み取り機がアキラの額に翳（かざ）され、付属のパネルに支払額と今月分の残高が表示される。バイザーの視界には、所有信用貨（クレジット）の残高全額が示された。ありがとう、とルウルウが澄まして言い、どういたしまして、と彼は答えた。贈与——勘定を持つことも含めて——という行為は相手との関係を非対称にするため、儀礼の範疇に留めておくのが良識とされている。特に男が女に対して無闇にそれを行うのは、支配欲の表れとして顰蹙（ひんしゅく）を買う。今回は付き添いへの礼なので、問題はない。

　クリニックを出て、入り組んだ路地を歩いた。左右に続くのは殺風景な煉瓦の壁で、その内部がタイルと絨毯で飾られたお伽話のように美しい家々だとは、なかなか想像できるものではない。ロスのアパートメントを引き払って二ヵ月になるが、アキラは未だにバイザーの補助なしには一人でこの街を歩けなかった。

　ゆっくり散策する時間が取れない、という事情もある。沙漠の部族戦争に続いてモスクワ近郊でナポレオンと戦い、今度はアルジェだ。これがよほどの不首尾に終わらない限り、しばらくは外人部隊ものが続くことになる。休眠中の名無し(ジョン・ドウ)も再び動員されるだろう。

少し開けた場所へ出るたびに、新市街の摩天楼群が目に入る。旧時代末期の景観保存地区だ。名前とは逆に旧市街では、建築物のうち二十世紀半ば以前の本物はごく一部に過ぎない。残りは二十一世紀の再開発計画による復元だった。これが、絶対平和における都市の在りようだ。

新人類の文化――その特徴は一言で述べるなら、懐古趣味である。より具体的には、かつて一度も実在しなかった理想化(アルカディア)された過去を現出させようとする試みだ。進歩は、是とされない。技術の革新は続いているが、いずれもこの試みに沿うものだった。必然的に新しい芸術様式は求められず、過去の模倣と応用に徹することとなる。

虚構(フィクション)の過去だけでなく、過去の空想(フィクション)の具現化も行われていた。主に高等級(ハイグレード)を対象とした多種多様な製品が、二十世紀のＳＦやファンタジーから意匠(デザイン)を借用している。人間および亜人の装飾改造(デコレーション)や能力増強(エンハンス)も、それらを手本としていた。もちろん人間の場合は安全性の問題から、身体改造の度合いは等級の高さに比例する。埋め込み(インプラント)や交換など機械の侵襲的装着は遺伝子改造よりもリスクが高く、高等級(ハイグレード)にしか許可されていなかった。中枢神経系への埋め込みは等級九からだ。

昇級についてはレイチェルにも相談すべきだろう、とアキラは思う。なんと言っても現在、等級九の友人知己の中では一番親しいのだ。しかし彼女とは、アカデミー賞授賞式で会ったきりだった。アキラだけでなく共通の友人たちとも疎遠になっており、ネット上にも現れない。その代わり、名前だけはよく見掛ける。

　レイチェル呉（ウー）少尉は、かつての人気アマチュア小説家か？　その議論が、未だに続いているのだった。公開討論出席者の個人情報は何年経とうが非公開の上、あの少女は派手な装飾改造（デコレーション）と化粧で人種の特定すらできない。討論で使用されていたのは現代ラテン語で、頻繁に混じる俗語も業界ジャーゴンだった。あれから三年ほどで予告なしに創作活動を停止し、そのまま音沙汰不明である。レイチェルに関しても、公開されている情報は四年前の入社以降のもので、その中に年齢は含まれていなかった。つまり本人――あるいは本人たち――が出てこない限り決着の付きようがない問題なのだが、無意味な熱意と真面目腐ったお遊びはネット界の伝統である。検証サイトまで作られ、レイチェルの脚本と少女の二次創作を詳細に比較分析している。アキラも目を通したが、こじつけ以外の何ものでもなかった。

　この過程で、あの少女の作品も二、三読んでみた。十年を経て、ようやくその余裕ができたと言うべきか。原作（オリジナル）についてよく憶えていないせいもあって、確かに非凡な早熟さはあるものの、所詮若書きだとしか思えなかった――それとも、これも僻（ひが）みなのだろうか。

　もしあの少女が本当にレイチェルだったとしたら、自分は彼女に対し、どのような感情を持つのだろうか。十年前のように、激しい妬みと劣等感に苛まれることはあるまい。もう何年もそんな感情とは無縁だし、今や彼も創造者（クリエイター）としてレイチェルと対等、否、むしろより成功しているのだ。畑違いの彼女に優越感を抱いているつもりはないが、あの少女に対してはどうだろうか。勝ち誇り、侮蔑するのだろうか。

　そのような醜く旧人類的な感情を抱きかねないことへの懸念と同時に、創造者なら斯く在るべきだとの思いもあった。さらにまた、レイチェルの奇妙な沈黙が覗き見をしているような後ろめたさを抱かせている。錯綜する迷いが、彼女への接触を躊躇わせているのだった。

　すべての人間が番号登録され、認証なしでは如何なる奉仕（サービス）も利用できない社会において、完全な匿名はあり得ない。それゆえにこそ、プライヴァシーの保障は完璧である。二級以上であれば年齢を問わず、仮人格（ペルソナ）を使うこともできた。その際にも認証は必要だが、ネット上で別人になりきったり二次創作を行ったりするのに利用されている。

　実生活でも同様だ。身上（プロファイル）詐称は許されないが非公開にはできる。成人は名前を変えるのも自由であり、等級を上げれば容姿も年齢も性別すらも思いのままだ。ドバイのような大都市では住民の七割から八割が外国人で、理想化された〝伝統的生活〟を楽しむ旧市街の人々も、生まれ育ったのはまったく異なる文化圏であったりする。ルウルウも、先祖代々のアラブ系ムスリムではあるが、自身の故郷は南米だ。

　ことに戦争業界では、自らの人格（キャラクター）を念入りに作り込む者が多かった。レイチェルはその典型と言えるだろう。結局、アキラは彼女のことを、その演じるところの役柄（キャラクター）として知っているに過ぎないのだ。無論、彼自身も例外ではない。容姿、ファッションから言動に至るまで日本人らしさを強調し、名前も、旧時代末期に日本産カートゥーンの代名詞だった作品のタイトルロールから採っている。日本人で記号設計者（キャラクター・デザイナー）である以上、偉大な先人たちのことは自他ともに意識せざるを得ない。いっそ過剰に意識したキャラクターを演じたほうが楽なのだ。

名の由来となった漫画（マンガ）は、一九九九年に実写映画化された。秋葉原とハリウッドと香港の才能が融合した最高傑作として、歴史に刻まれている。また、後に戦争業界とその周辺の共通語となる混成語（ジャーゴン）を多用した史上初の映画としても名を残していた。

一九九〇年代初めに登場した言語学習ツールは、マンガや動画（アニメ）を原語で鑑賞したい外国人の間で急速に普及し、改良も重ねられた。ただし聞く、読むのはともかく、話す、書くのは運動技能でもあり、訓練が必要である。そのためか文化のグローバル化に伴い、共通語として日本語ベースの混成語が短期間で形成された。

この学習ツールが、刷り込み（インプリンティング）の原型である。当初から刻み込み（キャラクタライズ）技術の開発が主目的だったことは、言うまでもない。

＊＊＊

邪悪な蛇（イヴィル・スネーク）はモカシンを履いた足で踊るように円形闘技場の砂を踏み、鷲の尾羽で飾った槍を繰り出した。怪物（クリーチャー）が咆哮し、サーベルめいた巨大な鉤爪を振るう。後肢で立ち上がると、四メートルにもなる巨体。頭から背中にかけて、鋭く長い刺が鬣（たてがみ）状に生えている。蟻食（ありくい）と樹懶（なまけもの）の共通先祖に豪猪（やまあらし）を掛け合わせたような姿だが、捕食者の牙と獰猛さを備えていた。腹部は骨質の装甲板で保護される。槍が女戦士の手から跳ね飛ばされ、穂先を煌かせながら高く飛んだ。鉤爪が再び振り上げられ、振り下ろされる。〝邪悪な蛇〟は跳び退（すさ）った。二度、三度と鉤爪を躱（かわ）し、地面を転がって槍を拾い、跳ね起きる。六万人の歓声が沸き起こった。女戦士の額が切り裂かれている。浅手だが、鮮血が顔の右半分を染め、胸に滴り落ちる。

　最前列の特等席で、アキラは固唾（かたず）を飲んでいた。これほど大きな闘技場での観戦は初めてで、熱気に当てられ目が眩む。視覚の増強（エンハンス）や望遠機器の使用を嫌う観客のために設置された大スクリーンに、厳しい表情の〝邪悪な蛇〟が映し出されている。黒い鱗で縁取られた両眼は縦に長い瞳孔を持つが、右目は血で塞がれていた。鱗が刺青のように紋様を描く赤銅色の四肢も、血に汚れている。

　宵の星（イヴニング・スター）はアキラが最初に手掛けた記号（キャラクター）の一つだが、残念ながらその後の人気は振るわなかった。ぎりぎりの票数で昇格し、その時点ですでに五齢だったこの個体に、スタジオも大して投資しなかったのは事実だ。それから二年、一度は新たな記号も与えられはしたが、打開には繋がらなかった。悪評ならば悪役（ヒール）という活路もあるが、彼女の場合、単に視聴者の関心を惹かなかったのだ。闘奴への用途変更（ジョブ・チェンジ）は、いわば最後のチャンスだった。

　闘技場はスタジオの一部門ではあるものの半ば別個の組織であり、戦争ビジネスには組み込まれていない。興行師たちはスタジオの作戦に差し障らない限り、独自に路線を決定できる。ただしそれが戦争のトレンドに影響されがちであるのに対し、逆はほぼなかった。またキャラクター兵士が闘奴に身を堕とすことはあっても、逆は皆無だ。

　つまり同じく亜人の殺し合いを見世物とするにもかかわらず、闘技は格下の位置付けなのだ。戦争は政治の延長であり旧人類文化の保存事業でもあるが、闘技はそうした大義名分を持たない。起源が非合法だったことも、いかがわしさの一因だろう。

　闘奴は個人戦が基本であり、すべての個体は最初からキャラクターとして設計（デザイン）される。文化保存の建前（タテマエ）がないお蔭で、設計の自由度は遥かに高かった。サイボーグ戦士すら登場するキッチュさ、B級性の愛好者は少なくない。より純粋な娯楽（エンターテインメント）だとして評価されてもいた。戦争ほど裾野は広くないが、派生（スピンオフ）や二次創作も盛んだ。

　宵の星（ES）の不人気は、戦闘種の基準からしても情動の発露が乏しいことが主たる原因だった。しかし一方でその個性（キャラクター）は、確実にニッチを獲得してもいたのだ。それを活かせなかったのはスタジオの怠慢だ。降格に伴う記号変更にはアキラが起用され、サンディエゴ市でのデビュー戦は大々的に宣伝された。戦闘種を使い捨てにはしない、というスタジオの身振り（ポーズ）である。

　邪悪な蛇（ES）は単純な悪役ではない。冷めた心で一族の滅亡をも受け入れる、孤高の殺し屋だ。キャラクター兵士のそれよりも一層大雑把な身上設定（プロファイル）に、アキラは可能な限り個性（キャラクター）を詰め込んだ。

すでに怪物は右腕の腱を断たれ、左腕だけで闘っている。歓声は止まないが、必ずしも〝邪悪な蛇〟を応援するものではなかった。ＥＳのファンもおそらく来場しているが、ほんの一握りなのは間違いない。観衆（オーディエンス）は血を欲しているだけだ。アキラは敢えてバイザーには頼らず、闘いを見守り続ける。〝邪悪な蛇〟が跳躍した。鉤爪を掻い潜り、飛び込むようにしてその腭（あぎと）に槍を深く突き刺した。

　砂埃を上げて横倒しになった怪物の頭に足を掛け、〝邪悪な蛇〟は槍を引き抜いた。歓呼を上げる観衆を見回すが、その態度は冷然として不遜さすら感じられる。悪くない。アキラは詰めていた息を吐き出した。

　あとは興行師たちがこの個性（キャラクター）を活かせるかどうかだ。今後、闘技部門へも活動域を広げるという考えを、アキラはしばし検討した。記号（キャラクター）に対する権限がより大きいから口出しもできるし、時代考証に縛られない完全に架空の記号を設計するのもなかなか楽しいものだ。〝邪悪な蛇〟の意匠（デザイン）は平原インディアン風だが、バックスキンの衣装は露出度が高い。これも闘技ならではだった。Ｂ級設計者（デザイナー）のレッテルを貼られる可能性もなくはないが、大したリスクではない。

　自らの血溜まりの中で、怪物（クリーチャー）が息絶えようとしている。二十一世紀初頭、非合法の闘技場では、非合法の遺伝子改造獣と亜人の闘いも催されていた。人間の暴力性が薄れるにつれて動物虐待も忌避されるようになったが、猛獣は闘技場（コロッセウム）に欠かせない。戦場での乗用獣も必要だった。そこで亜人法制定の際、枠が広げられた。ヒト体細胞ベースであれば、ヒト型をしていなくてもよくなったのである。

彼ら怪物もまた人間への服従に安寧を得、増強された闘争本能によって歓喜のうちに死ぬまで闘い続ける。使い捨てにはされず、修復され記憶も消される。しかし死やその概念が報酬系を活性化させることはない。そこまで高等な脳を持っていないのだ。この報酬の欠如は、亜人保護活動家でも首を突っ込もうとしない微妙な問題である。だからアキラも、瀕死の怪物から注意深く目を逸らしたのだった。

6

「等級制の目的が旧人類的形質の廃絶だなんていう陰謀説、信じてるんですか」

「信じてるも何も、事実じゃん。高等級（ハイグレード）は物欲が強くて、常に刺激に飢えてる。だから親になる資格がない」

「どのみち、まだせいぜい五世代しか経ってないから遺伝子に変化はありませんけど」

「そんなの解ってますー。あんたこそ、進化の階梯がどうのって比喩で言ってるのが、まさか解らないとか？」

「まあまあ、二人とも……」

「はーい、先生（センセイ）。今のところ人類は、心理面で変化しただけですよね。亜人がいなくなったら元に戻っちゃう。賢く穏やかな遺伝形質が定着するには、四十世代くらい必要でしょう。ドミトリ・ベリャーエフの狐もそのくらいだったし。つまり真の意味で新人類になるのは……オメガ点に達するのは当分先で、創造性が完全に失われるのも当分先ってことになりますね。それまであたしたちは、烙印（スティグマ）を押された賤民でいるんです」

「本心では選民だと思ってるんでしょう。高等級はみんなそうだ。優れているから妬まれ、差別されるんだとね。誰も嫉妬も差別もしてない。好きなように身体を弄（いじ）って贅沢をして、何が不満なんですか」

「羨（うらや）ましいなら、あんたも昇級すればいいじゃん」

「羨んでなんかいません。僕は素朴で健全な暮らしをしたいんだ。なのに未成年だからって理由で、住む場所や等級まで決められて……二級で町に住むのはとても不便です。昇級しろという圧力を絶えず掛けられ続けている。僕のような志向の人間こそ差別されているんだ。確かに親になれるのは等級三以下のみだけど、その前に一度は五級以上を体験しなければいけない。そんな堕落に耐えられなかったら、遺伝子プールから締め出される」

＊　＊　＊

ルウルウの真珠は、朱い蔓草紋様（アラベスク）の間にだけ生じる。皮膚を朱に染める蛋白質が、その付近に真珠層形成を誘発する働きも兼ねているのだ。おおむね円形を成し、直径一センチくらいまで育った後、徐々に皮膚に戻っていく。その間にも別の場所では新たな真珠が生まれつつあり、一週間も経てば配置はすっかり変わってしまうのだった。それを確認するのが、アキラの習慣となっていた。一緒にいられる間は、毎日のように行う。

真珠をちりばめた朱の蔓草は、手の甲から腕を這い上り、胸の上部と肩甲骨で左右が出会う。一方、脚では腿の半ばで止まっている。それ以上、身体の中心部へと伸び広がることはないのだった。一度、アキラはそのことで不平を洩らし、ルウルウを憤慨させた――これだから高等級（ハイグレード）は！

今、ルウルウは絨毯の上に並べたクッションに横たわり、アキラはその上に屈み込んで真珠を一つ一つ、つま先から、肉眼と指だけを使って確認していく。ごつごつしたバイザーは外し、それ無しではほとんど視力のない額の両眼も閉じていた。彼女の肌は、シナモンやカルダモンのような匂いがする。化粧品なのか、遺伝子操作なのか、自然（ナチュラル）な体臭なのかは判らない。

あなたは勇気がある、と不意にルウルウは言った。「降級以来、高等級の男は近寄ってこなくなったから」

「どうして？」彼女の右脚を持ち上げたまま尋ねた。

「結婚を迫られるのを怖がってるのよ」

「低等級（ローグレード）がみんな、結婚願望があるわけじゃないだろ」

その言葉に、彼女は微笑むだけだ。アキラは身を起こした。

「きみはあるの？」

原型師は大いに笑った。「ないわよ、当分は。この仕事が好きだもの。だから安心なさい」

安心ってなんだよ、とアキラはぶつぶつ呟いた。ルウルウはまだくすくす笑いながら、手を伸ばして彼を引き寄せた。

絶対平和（アブソリュート・ピース）は、全人類規模の徹底した管理社会である。そのことは移行期の段階から明らかだったが、抵抗したのは亜人拒絶派だけだった。コミュニティに引き籠った彼らをよそに、等級制の導入は速やかに進行した。

等級（グレード）とはすなわち、性向に基づく生活様式の区分である。等級が低い――数字が小さいほど、その生活は伝統的かつ自然なものとなる。逆に等級が高い――数字が大きいほど工業化の度合いを高めるのだ。等級を含めた個人情報は、亜人と同様に額の皮下に記された番号によって登録されるが、外見からも区別が付けられるよう額の認証印（スティグマ）と装飾改造（デコレーション）が義務付けられている。そのような制度がオーウェルあるいはハクスリー流の悪夢ではなく楽しい遊戯として歓迎されたのは、等級選択が完全な自由意思であることに加え、新日本文化に負うところが大きかった。すでに老いも若きも、大都市生活者から狩猟採集民に至るまで、アニメやゲームを通じて、段階（レベル）に応じて設計（デザイン）――能力や装備、利用できるシステム、さらには外見もが変わるという概念、およびそれらの意匠（デザイン）に慣れ親しんでいたのだ。制度の設計（デザイン）および装飾改造の意匠（デザイン）に、日本人の創造者（クリエイター）たちが大いに腕を振るったのは言うまでもない。

低等級（ローグレード）ほど自然（ナチユラル）で人間（ヒユーマニスト）らしいということになるのだが、これはあくまで建前（タテマエ）である。生まれたまま（ナチユラル）である等級零、通称無印（ムジルシ）でさえ、その遺伝子は配偶子の段階で選別と修正を受けている。村（ムラ）または非定住民の群（ムラ）における素朴な暮らしも、実際には亜人の奉仕（サービス）と現代科学に支えられた見せ掛けであり、伝統とされるものも理想化された虚構の過去だ。また度を越した禁欲は抑圧や非寛容、さらには狂信と結び付きやすく、貪欲と同様に廃絶すべき形質である。最終的に自壊した亜人拒絶派のコミュニティは、端的な実例だった。

しかし概して高等級（ハイグレード）ほど旧人類的形質を多く残し、その生活もエネルギー消費量が大きい。それは信用貨（クレジット）の使用額というかたちで明示される。にもかかわらず制度が破綻しないのは、高等級を望む者がごくわずかだからだった。七級以上の高等級に三年以上留まる者は全成人の二パーセント、十級となるとさらにその一パーセントに過ぎないと言われる。高等級は時に己を廃人（ハイジン）と称し、時に己こそ人間（ヒユーマニスト）らしいと嘯（うそぶ）きながら、少数者（マイノリティ）としての屈折した優越感を低等級（ローグレード）に対して抱いている。

無論、制度が安定している最大の理由は、悪用の恐れが皆無であることだ。

朱の蔓草と真珠で飾られた褐色の肌は汗に濡れ、東方（オリエント）のスパイスはいよいよ深く香る。高等級（ハイグレード）

あるいは亜人との交わりにはない生々しさは、未だにアキラをたじろがせたが、一方で加工された肉体にはない、どこか懐かしくもある安らぎをもたらしていた。それでいて彼女は彼と同じ戦争屋、賢く穏やかになった人類がなお捨てがたく抱える業（ごう）の具象化に従事するのだ。多くを分かち合える、得がたい存在だった。

＊＊＊

「要するにあれね、あんたも他人と違う自分でいたい人なわけね。だけど創造力もなければ、再現芸術やスポーツを極める才能も根性もない。お手軽に清教徒（ピューリタン）なキャラを演じてるわけね」

「侮辱するのもいい加減にしろ！」

「あ、やっと地が出た？」

「えーと、それじゃあ今度は、未成年の権利について意見を交わそうか……」

「あたしは現状になんの不満もありませーん。未成年は脳が未発達な半人前（デミヒューマン）なんだから、権利を制限されて当然でしょ」

「その理由は、抑圧の正当化として誇張されすぎていると思います。子供には、もっと権利を与えると同時に、自分の行動に責任を取らせるべきです」

「馬鹿をしたり考えたりするのも、思春期なんだから仕方ないよねー。脳の発達が最終段階に入るしホルモンバランスも変化するしで、より旧人類的になっちゃうんだから。それもこれも成人までには落ち着くはずで、あたしの創造力も今だけなのかもね……ねえセンセイ、いずれ創造性は思春期の子供だけのものになるかもしれませんね」

「そうだね、それは若さの特権であり、最後に残された高貴な蛮性——」

「もうたくさんだ！」

「は……？」

「人間の本性が悪で、ただ亜人（サブヒューマン）の犠牲によって抑えられてるなんて出鱈目だ！　歴史が証明してるって言うけど、それが捏造じゃない証拠なんて、どこにもないじゃないか——」

「ちょっとちょっと……」

「亜人なんかいなくたって、人間は平和に素朴に暮らしていけるんだ。現体制は一部の異常者の欲望を叶えるためのもので、大多数の無欲な人々は子供の頃から洗脳され、堕落を強制されてるんだ——」

「いや、あのね……」

「建前（タテマエ）とか本音（ホンネ）とか、二重思考（ダブルシンク）もうんざりだ。真実は唯一無二だから真実なんだ。何もかも遺伝子管理局の陰謀だ！」

「……あーあ、言っちゃったよ、この人……」

＊＊＊

遺伝子管理局とは、遺伝子工学によって人類支配を目論む悪の秘密結社である。神と自然の摂理を守っていた東西超大国を滅ぼし、亜人を生み出してその労働力で世界を手中にした。しかし彼らの真の目的は、遺伝子改造による人類の奴隷化、家畜化であり、亜人はその試作型（プロトタイプ）なのだ……

以上は、亜人拒絶派が唱えた陰謀論である。もちろん遺伝子管理局などという組織が未だかつて存在したことはない。確かに亜人を創造した者たちの目的は、世界の改革だった。しかしその組織は、新体制の成立過程で速やかに解体し消滅している。彼らの活動があまりにも込み入りすぎ、多岐にわたりすぎていたため誰にも把握できず、総括する便利な通称として遺伝子管理局の名が使われているに過ぎない。ただし遺伝子管理局の最終目的を人類の奴隷化だとする拒絶派の主張に従うならば、それはまだ果たされておらず、陰謀は続行中だということになる。〝遺伝子管理局の陰謀〟は、世界共通の古典的冗談だった。

冗談だとは考えない者もいる。思春期の子供たちだ。

なぜ成人が人間と亜人を見分けられるのかは、解明されていない謎の一つだ。元来、人間は己と同じ人種に属する者と属さない者とを即座に見分けることができる。人種差別の神経的基盤であるこの能力は、先史時代においては生存に有利だったのだろう。人間と亜人の見分けにも、脳の同じ部位が使われていることが解っている。機械が外見だけで亜人を人間と区別する判断材料は、無印（ムジルシ）の額と改変された肉体の組み合わせである。無印の人間であれば身体改造は一切施されていないのだ。人間の成人ならば額が見えない状態でも、肉眼で近い距離なら完璧、遠目や映像でも十中八九見分けられる。

幼い子供は、この見れば判る能力が一様に低い。思春期に入ると急激に向上するが、同時に少なからぬ者が亜人を嫌悪するようになる。あるいは、過剰な同情を抱く。どちらの場合も絶対平和に疑問を抱き、それをこじらせると陰謀論に走るのだ。

子供はまた未熟さゆえに、本音（ホンネ）と建前（タテマエ）の使い分けもできない。思春期の子供の一部は、亜人拒絶派がこれを二重思考（ダブルシンク）と呼んで忌み嫌ったように、大人の欺瞞だとして激しく憎む。現体制が管理社会であることに今さらながら気づくのも、この頃である。

志向と嗜好に沿って自由に等級を選べる権利は成人のもので、未成年は年齢ごとに等級の上限と下限が定められている。等級零として村（ムラ）または群（ムラ）に生まれ、十二歳までそこで育つ。十五歳までは町で教育を受け、その後は選択の幅が増えるものの、完全な自由は二十歳まで待たなくてはならない。目覚めた子供たちは、まずこれらの制限に反発する。次いで等級制そのものが、優生思想に基づいて人間を選別する忌まわしい機構なのだと気づく。そんなことは大人は百も承知なのだと知り、愕然とする。この世界はディストピアで、自分は包囲されているのだと悟る。

刷り込み（インプリンティング）した知識と技能を討論と実技によって磨き上げることが、現代の中心的な教育法だ。

洗脳を恐れて刷り込みを拒否するまでに重症化した子供はカウンセリングを受けさせられるが、効果はあまりない。討論の場で暴走するのも珍しいことではなかった。大人は、ただ苦笑して見守る。多かれ少なかれ身に覚えがあるからだ。二十歳で成人を迎えるまでには皆、憑き物が落ちたように安定する。

アキラは陰謀論には嵌(は)まらずに済んだ。脇目も振らず記号設計者を目指していたお蔭だろう。だが遺伝子設計の勉強はともかく、記号設計となると己の才能に絶望することもしばしばだった。あの少女の言葉――大人になれば創造力が枯渇するかもしれない――は、彼に不安を通り越して恐怖を抱かせた。野心や劣等感、嫉妬といった旧人類的感情が空回りして、創造の原動力どころか足枷となっていたのだと、今となっては解る。

信仰と科学の折り合いを付けるモデルとして採用された日本の二重原理――本音(ホンネ)と建前(タテマエ)――は、今や絶対平和の精神基盤となっている。人々は、進化とは神――あるいは神々や大いなる精霊に近づくことだという祝福された進化論(ブレスド・エヴォリューショニズム)を奉じるが、進化が無目的であることは承知の上だ。旧時代以来伝統と呼ばれてきたものが虚構に過ぎないことを知りながら、それらを重んじる。ホンネが真実で、タテマエが嘘というわけではないのだ。二重どころか何重もの原理が交錯するのが戦争であり、それに首まで浸かっているのが戦争屋たちだった。パスティーシュを創造と呼び、軍隊ごっこに過ぎないスタジオの階級制度に汲々とする。非理性的な行動を取りがちなのは、生来の旧人類的性向ゆえなのか、創造者とはそうしたものだという定型(ステレオ・タイプ)をなぞっているだけなのか、本人にも判らなくなっている。

　それでもいずれ、たいていの者は――戦争屋も戦争ファンも一般人も、やりたいことをやり尽くし、子供の養育という最後の仕事に取り掛かるのだ。生殖年齢の上限は大幅に引き上げられたとはいえ、誰もが子を持つわけではない。一組の夫婦が儲ける子供は三人から五人だが、そのうち親となるのは一人か二人だ。村／群（ムラ）や町の成員は皆、なんらかのかたちで未成年の成育に携わる。半人前（デミヒューマン）たる子供を保護監督し、導き矯（た）めることこそ、人類に残された最後の創造的活動であるかもしれなかった。

＊　＊　＊

　投石機の腕木が跳ね上がり、巨石が唸りを上げて放たれる。城壁に激突して砕け、あるいは城内に落下して人や建物を押し潰す。その間にも数基の攻城塔が休むことなく前進し、城壁上の敵に向かって激しく矢を射掛ける。屋根付きの破城槌はすでに城門に達し、梯子も次々と立て掛けられていた。籠城側も死に物狂いで、攻城塔と破城槌に火矢を放ち、梯子に群がり登る兵士には煮えたぎる瀝青（れきせい）を浴びせる。城壁に据え付けられた投石機からは、可燃性物質の入った壺が投じられ、敵の戦列に着弾しては激しく炎を噴き上げる……

再び、レッドカーペットにて。

「やあアキラ、昇級したんだね。四つ眼じゃないきみを見るのは久し振りだなあ。その設計（デザイン）は自分で？　あれ？　あのドバイの真珠は一緒じゃないのかい」

「ああ、彼女は低等級（ローグレード）だから――」

「そりゃ残念だ。そうそう、ノミネートおめでとう。今年は受賞確実だろ」

「ありがとう。ところで、レイチェルを見なかったか」

「彼女は来ないよ。ノミネートされてないから」

……円形の楯と槍を手に、鎧で身を固めた歩兵たちの密集方陣（ファランクス）同士が、真正面からぶつかり合う。それは二基の巨大な機械の激突だ。最前列の兵たちは、兜から覗く相手の血走った眼、食い縛った歯を見詰め、楯で押し槍で突き、倒れた者を踏み越えて一歩でも前へ進もうと……

「されてなくたって出席はするだろ」

「いや、彼女は最近こういうイベントは避けてるんだよ、もうじき引退するから」

「えっ、なんで？」

「さあね、飽きたんじゃないの。とりあえず五級まで降りて町に住むってさ。いずれは村に引っ込む気だろうね」

「そんな……まだそんな齢（とし）じゃないだろ」

「なんだ、知らなかったのか。まあ、彼女も隠してるわけじゃないからいいか。もう充分、そんな齢なんだよ」

「てっきり同年代だと思ってたよ」

「確かに脚本家としては若手だけどね、この業界は長いんだよ。きみの齢じゃ知らないだろうけど、参謀本部では伝説的存在さ」


……朦々たる砂塵とともに、白い長衣の騎馬戦士たちが砂丘を駆け降りる。白いピケ帽の兵士たちは陣形を組んで待ち構え、一斉に発砲。だが命中率が低く再装填に時間が掛かるマスケット銃では、押し寄せる人馬の波を食い止めることはできない。疾走する馬上から、美しく象嵌（ぞうがん）された銃が構えられ……


「じゃあ、彼女が同人（ドージン）作家だったっていう噂は……」

「あれか。レイチェルが黙ってるからって、ちょっと調子に乗り過ぎだよな。そろそろ誰も相手にしなくなってるから、消えるだろ。彼女は最初から気にしてなかったけどね」

「誰が、なんのためにやってるんだろう」

「そりゃ、あの同人作家の昔のファンだろ。あるいは本人だったりしてね……」

異形の人群(ひとむれ)の中、彼は言葉を失い立ち尽くす。今、己がどんな感情を抱いているのか、探ってみるが鈍い困惑のほかは何も見つからない。そこで、己の個性(キャラクター)に相応しい反応を考え出そうとする。記号設計者(キャラクター・デザイナー)アキラの役柄(キャラクター)に相応しい反応を。

……矢と投槍が空を暗くするほど飛び交い、衝角が敵の船腹に突き刺さって兵士たちを海に投げ出す。朱塗りの楼門を背後に鎧武者が刀(カタナ)で斬り結び、鉄の砲弾が歩兵の隊列に飛び込んで手足や頭を刈り取り、薄暗い密林を裸の戦士たちが敵に追い縋ってその頭蓋を棍棒で叩き割り、血と脳漿を撒き散らす。戦象が人と馬を蹴散らし踏み潰し、重装騎士の突撃に農民たちは長槍を構え、両輪に大鎌を装着した四頭立て戦車が野を駆ける。素手で殴り、ひしぎ、喉を締め上げ眼球に指を突き込んで抉り出し鉤爪で引き裂き牙で食いちぎり………

The Show Must Go On, and...

1

黒い鉄製の扇風機が小さな唸りを上げながら、暑熱と湿気をはらんだ空気を重たげにかき回し続けている。縁側から見渡せる庭は、よく手入れされてはいるが洗練と個性に欠けていた。典型的な田舎の庭として、そのように設計（デザイン）されたに違いない、とアキラが気づいたのは、家を出てから何年も経った後だ。その何年も何十年も昔から、目の前の光景はほとんど変わらずここに在った。

視線を転じれば、庭の脇の土蔵と納屋の間で、大量の洗濯物がそよいでいる。ポンプ付き井戸の傍らに小さな三輪車が横倒しになっているのも、意図したデザインであるかのようだった。

胡瓜や茄子に先端を切り落としたマッチ棒を刺し、精霊馬（しょうりょううま）をこしらえていく。畳を踏む軽い足音に手を止めた。充分に近づくのを待ってから、ゆっくりと振り返る。襖（ふすま）をすべて取り払い、だだっ広い一続きの空間となった座敷は陽が射し込まずひどく暗かったが、人工眼球は一瞬で対象物に焦点を合わせた。小さな身体を凍り付かせて立ち竦(すく)むのは、今年三歳になる甥だった。顔立ちは整って愛らしく、手足の形もよい。両親の遺伝子から優良なものを選び出し、そうでないものは修正して、最適なかたちで発現するよう調整された子供。黒々とした巻き毛とどこか異国的な顔立ちは父親譲りだ。丸い額には、もちろん何も印されていない。甚平(じんべい)の蜻蛉柄(とんぼがら)は、アキラが着ている特別仕立ての浴衣とおそろいだった。

　手招きしようと、アキラは片手を上げかけた。子供は甲高い悲鳴を上げると、一目散に逃げ出した。転がるように駆けていく後ろ姿を、アキラは苦笑して見送った。

「たーくんは叔父さんに興味津々ねえ」

　台所から出てきた姉が、笑いながら言った。西瓜と麦茶を載せた盆を手にしている。簡素なワンピースに、顔も身体も能力増強(エンハンス)や装飾改造(デコレーション)どころか化粧すら施されていない。額は息子と同じく無印(ムジルシ)。去年までは中央の細長い種子から小さな蔓を芽吹かせた等級(グレード)二だったのだが。太一・ラヴィは母親の脚にしがみ付くと、幼児語で何やら訴え始めた。立ち上がったアキラに再び悲鳴を上げ、ワンピースの陰に隠れたが、それ以上逃げようとはしなかった。

「もっとしょっちゅう遊びに来てれば、怖がられることもないのよ」

「そうだね、覗きもなくなる」とアキラは肩越しに山茶花(さざんか)の生垣を指し示した。「ついさっきね。村の子供の半分は来てたんじゃないかな」

　衝撃のデビュー戦から十年——今や世界屈指の記号設計者(キャラクター・デザイナー)となったアキラは、その肩書きに相応(ふさわ)しく額の蔓草紋様が示す等級は九。鳥を象(かたど)った仮面のような顔、細く長い四肢。それらを覆う滑らかな皮膚も羽毛状の頭髪と眉も、鮮やかでとりどりの色彩だ。眦(まなじり)が鋭く切れ上がった両眼は、鈍(にび)色の合金である。彼の到着はせいぜい一時間前だというのに、噂が広まる速さには毎度のことながら感心させられる。

「こんなこと、姐(ねえ)やにさせればいいのに」

　アキラは盆を受け取り、縁側に戻った。姉は積んであった座布団を一枚取ると、横座りした。腹はまだほとんど目立たない。

「家事は適度な運動になるのよ。あんたこそ、お客様なんだから……たーくん、暑いからくっつかないで。お兄ちゃんになるのに、そんな甘えんぼでどうするの」

　村は、日本海に面した平野のど真ん中に位置する。江戸時代以前からの集落だそうだが、並木や雑木林のほかは視界を遮(さえぎ)るものとてない長閑(のどか)な田園風景は、百五十年以上前に遡(さかのぼ)るものではなかった。この暑いのに両親と義兄は畑に出ており、家の中は静まり返っている。台所では姐や――家事専用の雌型(F)亜人たちが忙しく立ち働いているはずだが、物音は届いてこない。麦茶のグラスと同じように、アキラもしきりと汗をかいていた。埋め込み(インプラント)による自律神経制御はサプリメントより効果が高いが、時差はともかくこの蒸し暑さに慣れるには、十日の滞在では足りそうもない。軟弱になったものだ、と廃人(ハイジン)は慨嘆する。

　妊娠はどんな改造よりも驚異的な体験だ、と興奮気味に語る姉の声に耳を傾けながら、アキラは西瓜の種を飛ばした。変形した口腔と唇のせいか、一メートルと飛ばずに落ちる。姉は声を上げて笑うと、唇を窄め、アキラが狙った庭石にきれいに命中させた。あらかじめ種を取った西瓜を食べていた太一が、真似をしたがってむずかる。生垣の向こうから、賑やかな話し声と砂利を踏む音が聞こえてきた。おきゃくさま、と太一が西瓜を忘れてはしゃぎ出す。

アキラの一族は先祖代々、この村で田んぼを耕してきたのだが、一九七〇年代には土地を売り払って都会へ出て行ってしまった。地元の習俗に則って家の裏庭にあった墓も、その際にどこかの霊園に移された。二十一世紀半ばにアキラの曽祖父が一応本家筋ということで帰村し、割り当てられた土地に家を建てたのだった。墓も再建されている。

末子のアキラが十八になった年に、両親はそれぞれ村を出た。祖父母が数年のうちに相次いで亡くなった後、上の姉が結婚目的で帰村した。太一が生まれ、両親が戻ってきて、再び三世代揃った理想的な家庭が構築されたのである。

姉が身重だから今年は集まりが悪いだろう、というアキラの予想に反して、仏壇の前に吊るされた回り灯籠に灯が入れられる頃までに十数人が到着していた。三分の二が年若のいとこや又いとこである。未成年はもちろん成人したばかりの若者は、何かと気が回らない。この年頃は親族一同の集いなど避けるのが普通だが、彼らは戦場の巨匠に会いにきたのだった。

「アキラさん、どうぞ」

大人たちは彼を幼名で呼ぶが、若い世代にとってはアキラの名で呼ぶことに意義がある。ビール瓶を手に小首を傾げたのは、等級四の認証印(スティグマ)を持つ十四歳の少女だった。人形のような顔にもミニドレスから露出した細い手足にも、痛々しい縫合痕が走っている。

「弥生ちゃん、子供はそんなことしなくていいんだよ」

苦笑混じりにアキラは応じた。彼が設計(デザイン)した記号(キャラクター)の扮装遊戯(コスプレ)は、四級にしてはよくできている。それはいいが、先刻も彼女はそのキャラクターの名を模した仮人格名(ペルソナネーム)で呼ぶようアキラに要求し、ほかのいとこたちから窘(たしな)められたばかりだ。

並べた座卓を囲んで、一同は大いに飲み食いし、喧噪に負けじとさらに声を張り上げた。二体の姐やだけでは手が足りず、普段は座敷に上がらない作男も駆り出され、小山のような身体を竦めるようにして給仕している。

アキラの隣という特等席に陣取る弥生は、むう、と紫の唇を尖らせた。「アキラさんでも、そんなこと言うんだ」わざわざ業界語(ジャーゴン)を使うのは、そのほうが洗練されているとでも信じているからだろう。いかにも中学生らしい。しかし元来が日本語を基盤とした混成語である。ことさらに強調された差異が、少々鼻に付く。

「言うよ。俺がどんな奴だと思ってるの」無論、アキラは親族を相手に業界語を使ったりはしない。

「それはもちろん……」級友たちに人気があるという新進設計者(デザイナー)を引き合いに出してアキラを持ち上げようとする従妹に、彼は辟易し始めた。もう少し年上の子供たちに話を振ったが、弥生はすかさず割り込んでくる。

「どうして大佐になっちゃわないんですか？　アキラさんが大佐にならないなんて、間違ってます」

「そうだ、さっさと大佐にでも大将にでもなっちまえ」

節くれ立った手が少女の肩越しにビール瓶を摑み、アキラのグラスに乱暴に注いだ。最長老の出現に、子供たちはそそくさと逃げ出した。

「おまえ、中佐になって何年だ」さっきまで弥生が座っていた場所にどかりと腰を下ろし、大叔父は据わった目で尋ねた。とうに百を超えているが、外見は矍鑠（かくしゃく）たる七十代といったところだ。皮膚と体毛以外の組織はさらに若く設定してあるはずだった。独身を通し、今は町で書道塾を開いている。認証印は五級。

「六年です」

「調子がよかったのはそこまでか。いつまで同じ場所で足踏みしてるつもりだ？　せめてこの俺は超えんとな」

老人がパラマウント社の情報局に所属していたのは、同スタジオにアキラが入隊する三十年も前のことである。退役時の階級は大佐だった。

「憶えておいででしょうが、記号設計者（キャラクター・デザイナー）は将官には——」

「んなもん、おまえが第一号になりゃいいだけの話じゃねえか」

「やめなさいよ、叔父さん」

いつの間にか傍で聞いていた叔母が、笑いながら口を挟んだ。「仕方ないじゃない、この子は中佐になるまでが速すぎたんだから。昇進には年功序列の要素もあることを、忘れたわけじゃないでしょ」

老人自身が昇進に要した年数はもちろん、軍の階級は所詮ごっこ遊びだなどとは、わざわざ指摘しない。大佐殿は鼻を鳴らすと立ち上がり、しっかりした足取りで歩み去った。アルコール分解能の強化と依存症因子の除去により、新人類は泥酔とはほぼ無縁である。絡み上戸の老人という役柄（キャラクター）は作為だろう。退役後も戦争屋の習い性から逃れられない因果——あるいは、それすらも見せ掛けかもしれなかった。

叔母が肩を竦めてみせる。濃い褐色の肌に朱のドレッドヘア、等級七の認証印は銀色。左右の首筋から生えた蒼白いレース状の鰓（ひだ）は呼吸や発声に同調して優雅に揺らめくが、単なる装飾以上のものではない。手足の水搔きもさして実用性があるとは思えず、むしろ邪魔になることのほうが多いだろう。しかし心肺をはじめ各身体機能は、海洋保護監視官（レンジャー）という職業に相応しく、長時間の水中活動に耐え得るよう強化されている。「ところで、また彼女と別れたんだって？」

感謝を込めて下げかけた頭を、アキラは横に振って嘆息した。「なんでそんなこと知ってるんですか」

「そりゃ、あんたは一族最大の有名人。陸（おか）のゴシップは、数少ない楽しみの一つなの。原型師（ゲンケイシ）とは結構続いたのに、あれからもう三人？　四人？」

「ほっといてください」

「別に責めちゃいないよ。若いうちは思い切り遊んでおくものだ」

「そういうことは、身を固めた人が言ってください」

「いいんだよ、あたしの遺伝子は甥や姪にちゃんと受け継がれてんだから」大叔父そっくりに鼻を鳴らす。「子供たちのために環境を守るのも大事な務めさ」

「お蔭で安心して子育てに専念できます」太一の手を引いて、おやすみなさいの挨拶をさせて回っていた姉がそう言った。もう一方の手で腹をそっと撫でている。

　どうも芝居掛かってるな、とアキラは胸中で呟いた。旧時代の映像作品で幾度もお目に掛かった仕草だ。だが口幅ったいことは言うまい。妊娠出産は、姉にとって生涯最大の事件（イベント）となるだろう。等級を二つ降りた上に、肉体年齢も二十代前半に設定し直して準備万端だ。第一子の太一は人工子宮生まれだった。ヒトも亜人も食肉をも産み出す巨大な金属の卵がいかに普及しようと、腹を痛めることこそが自然であり、自然は人工に優る、というのが建前（タテマエ）である。そのタテマエを一度は実行する母親は、いつでもどの地域でも一定数存在してきた。とはいえ二度以上体験する者はごく稀である。アキラらの母も祖母たちも、生涯体験せず仕舞いだった。

「新型インフルエンザ、どうでした」姉と太一が二階へ上がるのを待って、アキラは斜め向かいに座る義兄に尋ねた。「この村でも感染者が出たと聞きましたが」

「ああ、一人だけ」

義兄はインド系英国人である。肌の色が明るいのは、白人との混血に加え、二十世紀末の先祖がイングランドの乏しい日照量への対策として色素遺伝子を改変した結果だ。

「鶏を飼っていた家の子供です。数日で回復しましたよ」

「風邪に毛が生えた程度の軽症で、人から人への感染はなし。でも、範囲の広さが気になるね」

叔母の言葉どおり、この春に出現した新種のウイルスは東アジア全域に拡大している。義兄は頷いた。

「野鳥が媒介していますからね。念のため、村で飼われていた家禽はすべて処分されました。ペットの小鳥も、という意見も出ましたが、そこまでする必要はないだろう、と。子供たちが泣いて、大変でした」

「ねえ、それってやっぱり同時多発の一つですよね」声を上げたのは、等級六の青年だ。「遺伝子の叛乱って、ほんとだと思います?」

なんであんた嬉しそうなのよ、と叔母が顔をしかめる。青年は意に介さなかった。ここ二、三年で人や動物への感染が確認された新種の病原体を指折り挙げ始める。堪りかねた彼の父親が隅へと引っ張っていき、何事か耳打ちした。妊娠中の感染が胎児に及ぼす危険について思い出させたのだろう。青年はばつが悪そうに身を竦め、こちらに背を向けたまま若い連中の輪に加わった。

「微生物は常に変異し続けてきたし、これからもそうだ」青年の父親は戻ってくるなり、苦々しげに言った。「新手の病原体が出現しても、絶対平和は適切に対処してきた。その努力に目を向けもせんと、同時多発変異だの遺伝子の叛乱だのと不安を煽って喜ぶ馬鹿どもがいる。それに喜んで乗せられる馬鹿もな」

「昨今、新種への対処が後手に回っているのは事実です」とアキラの兄が述べた。関西にある疫学研究所の所長だ。「変異の過程が、妙に把握しにくくて。感染拡大を防げなかったのは、一つにはそのせいです」

大人たちは互いに目を見交わした。子供たちがどこかから引っ張り出してきた年代物のボードゲームに興じる声が、にわかに響き渡る。

アキラの父が口を開いた。「注意すべきは、むしろ人の目が届かない場所での変異だろう。微生物の大部分は海や土の中に棲んどって、碌に研究されとらん。ヨーロッパでは土が腐り始めたとか、中米ではジャングルが枯れ始めたとかいうが、氷山の一角に過ぎんのかもしれん。アマゾンで有毒植物が異常繁殖しとるという話は、少々眉唾だがな。おまえのところはどうだ、猛毒プランクトン騒ぎはどうなった」

叔母は朱色の眉を片方吊り上げてから答えた。「日本周辺では幸い、まだ報告はないけどね。太平洋諸島地域では、魚介類を食べる鳥や哺乳類の大量死も出てるって」

「そう言えば、この前のフィリピンの戦争も、それが原因じゃなかったか」

話を振られ、アキラは首肯した。休暇前に片づけてきた仕事だ。猛毒藍藻の大量発生があったのは、ミンダナオ島南東部の湾だった。現代の漁は生業（なりわい）としてではなく文化保存活動として行われているだけであり、地元の漁民たちは一時的に休漁して人工食料に切り替えればいい。しかし自然回復をただ待つには、生態系への損害があまりに大きすぎた。沿岸地域の自治体が浄化計画を進める中、湾の富栄養化は注ぎ込む河川の上中流域住民にも責任があるという声が上がり始めたのだった。

　生態系のアンバランス化を原因とする戦争が、ここのところ確実に増加している。そしてその背後にあるのが、変異し続ける微生物たちだった。

2

　絶対平和（アブソリュート・ピース）の下、環境保護のため人間の移動は著しく制限されている。成人はどこに住むのも自由だが、登録された住所以外での起居や短期間での転居は禁止だ。これは定住民の場合だが、非定住民であっても移動の範囲は定められている。

　目的地と滞在期間、移動の距離と手段にも、等級ごとの制限がある。短距離ならば比較的自由に行き来できるが、長距離に関しては、身内の不幸など緊急と認められる場合を除き、原則として私用の移動は禁じられていた。距離の長短の尺度は、文化によって異なる。

　その一方で、人は六歳に達すると毎年、異文化や自然を体験することが義務付けられていた。

期間は年十日から三十日。実質的な観光であるのは言うまでもないが、体験学習の建前(タテマエ)は守る必要がある。また行き先を自由に選べるのは、定住の村(ムラ)または非定住の群(ムラ)で暮らす成人だけだった。その他の者は最低でも三年に一度、村(ム)／群(ラ)の暮らしを体験しなければならない。ムラでの生活こそが、自然であり理想とされているのだ。ムラであれば、どの国のどの地域でもかまわない。アキラの義兄のように、偶々(たまたま)選んだ滞在先を気に入って永(なが)の住処(すみか)とする者は珍しくなかった。

ムラの生活は、それ自体が文化保存活動だ。等級零から三までの大人と子供が、低工業化時代の伝統的な暮らしを営んでいる。農耕や牧畜、狩猟採集などによる自給自足——というのはタテマエに過ぎない。労働の過酷な部分は亜人に担わせるから、後は趣味のようなものだ。不足する物資は支給してもらえばいい。また一口に低工業化といっても、その度合いは共同体ごとにさまざまだった。

日本は、全国一律で昭和三十年代を選択していた。かつて一度も実在しなかった、理想化された昭和三十年代である。町や都市旧市街もこの時代を基調とするが、地区によっては江戸から昭和初期の街並も復元されている。

記号設計者(キャラクター・デザイナー)に昇進して以来、アキラはこのムラ体験を里帰りで代用してきた。義務であるにもかかわらず私用扱いとなるため、飛行機の利用は認められていない。帰路の船内で彼が最初に行ったのは、個室に閉じ籠って報告書に脳内で目を通すことだった。スケジュールは何ヵ月も前から調整してあり、有能な部下たちと特注品(カスタムメイド)の秘書も一体いる。何も問題は起きていないことを確認すると、続いて完成したばかりの動画（アニメ）の試写に取り掛かった。ミンダナオ島における作戦の、派生作品（スピンオフ）第一弾だ。

……百足（むかで）のように多数の櫂を蠢（うごめ）かせながら、細長く喫水の浅い船が巨大な蒸気船に群がっている。獰猛な顔つきの男たちは、西洋の大砲に小型の真鍮砲で対抗しながら接近し、聳（そび）える船体を鉤縄を使って攀（よ）じ登り始めた。マスケット銃の射撃に対しては、長い竹筒を唇にあてがい、毒矢を放つ。

船縁に跪（ひざまず）き再装填していた兵士の頭上を、速い影が奔（はし）った。反射的に振り向くのと、眼前に一人の人間が砲弾の如く落ちてきたのは同時だった。人ならざる脚力で船腹を駆け上がり、最後に高く跳んで甲板に躍り出たのだ。驚愕の叫びを上げる兵士に、曲刃の長剣が振り下ろされる。緋色の軍服をさらに赤く染めた骸（むくろ）が崩折れるより速く、直刃の短剣が立ち竦む兵士の喉を掻き切る。

現地民の海賊たちが袖なしのぴったりしたシャツに腰布を纏（まと）い、髪を布で包んでいるのに対し、その男、江刀光（ジャン・ダオグアン）は前をはだけたシャツに細身のズボン、頭には長い辮髪（べんぱつ）を翻（ひるがえ）す。日焼けにもかかわらず肌の色はより薄く、顔立ちも明らかに違っていた。次々と敵を斬り伏せながら疾駆するその先に立つのは、長身痩軀の若い女。プラチナの髪が陽光に燃え上がる。袖を通さず羽織っていた緋（あか）いジャケットを撥ね退けると、現れた四本の白い腕にはそれぞれ異なる得物が握られ

……

江刀光は、数年前にアキラが手掛けた記号（キャラクター）である。その時は十八世紀末の広東（カントン）を支配した大海賊団の一員だったが、十六世紀半ばのいわゆる倭寇や十七世紀後半の鄭成功（ジャン・チャンゴン）軍にも加わっている。この程度の時代錯誤は、誤差の範囲内だ。ヴェトナムやマラッカ海峡でも活動してきたが、今回モデルとなった史実は十九世紀半ば、英国海軍によるフィリピンの海賊討伐だった。

両陣の戦争当事者とスタジオ合同による作戦協議は、宣戦布告をされた側が有利に進められる。今回それはパラマウントの依頼主である沿岸地域側だった。彼らは海賊の役柄（ロール）を選んだ。史実では奴隷狩りが主目的の悪逆非道な連中であり、敵側のスタジオはその点を大いに喧伝した。それでも、勝利したのはパラマウントの設計（デザイン）――戦術とキャラクターのデザインだった。

しかし、まさかこいつがここまで生き延びるとはな。極彩色の異形を寝台に横たえ、アキラは感慨に浸った。名無し（ジョン・ドウ）――彼が一介の助手（アシスタント）から記号設計者（キャラクター・デザイナー）に昇進する契機となった兵士は、この秋で初陣から十一年めを迎える。

亜人はすべて――戦闘種も一般種も特注品も量産品も等しく、人間で十代半ば相当まで促成培養される。設定された寿命は約十五年。その時が近づき、定期検査等で老いの兆候が発見されると、直ちに終末の家（ターミナル・ホーム）へと送られ数週間の余生を過ごす。急速に進む老化に応じた軽作業とはいえ最期まで働かせるのは、人間への奉仕（サービス）こそが彼らの生の喜びだからだ。

ただし、未だかつて寿命で死んだ戦闘種は存在しない。その前に戦死、より正確には再生コストに見合う人気が得られなくなり廃棄されるのだ。十齢を超えて生き永らえる戦闘種は極めて稀だった。あと数年生き永らえることができれば、〝名無し〟は史上初めて老衰死する戦闘種となるかもしれなかった。

　亜人には禁じられている能力増強（エンハンス）や装飾改造（デコレーション）のうち、若返りと老化防止処理はその代表であろう。それは最も優れた被造物（クリーチャー）たる人間だけに許された特権だ。しかし通常、記号（キャラクター）兵士は年に何ヵ月かは休眠状態に置かれる。露出しすぎれば飽きられるのも早いため、出陣は年三回程度とされているのだ。休眠中の代謝は最低限に抑えられる。普通より記号（キャラクタライズ）化が早かった〝名無し〟は、それだけ老化も遅く、標準年齢の二十代半ばより幾らか若く見えた。基盤人種がモンゴロイドであるのも、若い外見の一因かもしれない。

　人間の等級制に準じ、亜人の能力増強は装飾改造に比例させられる。戦闘種の場合、単純に強ければいいというものではなく、容姿の変化は人気低下に繋がりかねない。したがって改造（カスタマイズ）は、観衆（オーディエンス）の反応を見ながら進められた。能力が低ければ死亡率は上がるものの、人気が続く限りは何度でも復活できる。〝名無し〟は記号（キャラクター）昇格間もない頃、大幅な設計変更がブーイングを浴びて以来、改造は中程度に留められてきた。今日まで生き延びてこられたのは、偏（ひとえ）に人気の賜物と言って過言ではない。あの独特の眼差しゆえであり、それを活かしたアキラの設計（デザイン）ゆえであるが、さらにもう一つ、この個体の情の深さを挙げることができる。

　設定された身上（プロファイル）の如何（いかん）にかかわらず、〝名無し〟には身を危険に晒してまで味方を守ろうとする傾向が常に認められた。そればかりか敵が若齢もしくは雌型（F）であれば、手加減しさえする――

―おそらくは無意識に。今回も例外ではなかった。総合的な戦闘能力では江刀光(ジャン・ダオグアン)は四本腕の女提督に劣っていたものの、敏捷性は上。何より経験値、すなわち大脳皮質運動野および小脳に刻み込まれた戦闘の記憶は、如何(いか)なる兵士の追随をも許さない。にもかかわらず、一瞬の躊躇(ためら)いによって勝機を逃した。

脳裏を流れる動画(アニメ)に、アキラは注意を戻した。実際に行われた戦いでは斬り伏せられ戦闘不能となった刀光が、包帯だらけとはいえ元気いっぱい、英国軍艦の甲板で女提督の尋問を受けている。脚本家によって書かれ、声優によって演じられる軽妙な遣り取りが続く。

〝名無し〟の、戦闘種にあるまじき人間味は当然、死亡率を高めるが、得票率を高めもする。機械のように敵を屠(ほふ)るだけの兵士に比べ、視聴者(オーディエンス)の共感を喚起するというだけではない。敵味方双方との関係性を生み出すことにより、派生作品(スピンオフ)を展開し易くしているのだ。

生化学的要因については、早い段階から解明されていた。バソプレシンおよびオキシトシンの血中濃度の高さである。規格化され大量生産される兵士だが、個性化(キャラクタライズ)を促進すべく、戦闘能力とは直接関係ない遺伝子多型がランダムに組み込まれている。だがそれだけではない、というのがアキラの見立てだ。宵の星(ＥＳ)――〝名無し〟が初陣で守ろうとしたＦ型。その後もう一度共闘したきり、彼らが再び見(まみ)えることはなかった。

ＥＳが廃棄されてすでに数年になることを、〝名無し〟は知らない。彼女のことを憶えてさえいない。しかしそれは、意識の上でのことだ。戦闘種に施される記憶消去は、正確には長期増強と想起とを阻害する処置である。これにより思い出せなくなるのは一回ごとの戦闘とその訓練、上書きされた設定や情報だが、それら陳述記憶の構成要素は、ばらばらの状態とはいえ皮質に残されている。皮質下の記憶にいたっては手つかずだ。かつて名も無き少年戦士は、ホルモンに促されるまま身を挺して仲間を守ろうとし、その結果を見届けずに死んだ。脳に埋もれたその記憶は、死と再生をいくたび繰り返そうと、彼を突き動かし続けているのかもしれなかった。

＊＊＊

ダウンタウンは隣接するハリウッド地区同様、ＬＡの新市街であり、二十一世紀初頭の街並がほぼそのまま保存されている。とはいえ、往年の猥雑なまでの活気は望むべくもなかった。賑（にぎ）わいは確かにあるが、人々の歩みはゆったりとして車の往来も少ない。街路も建物も清潔そのものだ。夜の一人歩きでも、用心は一切必要なかった。ネオンサインの輝きは当時のままだとしても、もはや広告というよりは煌（きら）びやかな装飾でしかない。

それでもさすがに、紅い電飾で照らし出された紅い城門のけばけばしさは強烈だった。視覚的な喧（やかま）しさでは、香港や上海の新市街にも劣らない。建物の壁面は漢字の看板で埋め尽くされ、頭上には紅い提灯が揺れている。

一軒の餐廳（レストラン）の前で、アキラは足を止めた。入口の読み取りパネルの前に立つと、すぐに扉が開いて兎耳の女給が出てきた。

「ようこそいらっしゃいました。お連れ様がお待ちです」

纏足をちょこまかと動かし、個室へと案内する。すでに料理の並ぶ食卓に着いていたランギ・アテア中佐は、大声の挨拶とともに立ち上がると、右手を差し出してきた。アキラは慇懃に頭を下げた。

「ああ、なるほど。握手はしない習慣なんだね」

パラマウント社ハリウッド師団の参謀長は、二メートル近い長身を分厚い筋肉と皮下脂肪で覆ったポリネシア型の偉丈夫だった。衣服は丈の長い腰布一枚。肌は明るい緑色だが、顔も腕も胸も——おそらく下肢も含めた全身が、黒い幾何学的な紋様に覆われていた。細かく縮れた頭髪は青味がかった白で、ところどころに赤や黄の羽毛が交じっている。虹彩はオレンジ色だ。

「ランギと呼んでくれ」挨拶を返そうとしたアキラを遮って言った。厚い唇は黒く、舌や歯茎も黒で、歯の白さが際立つ。重々しい声は容貌に似つかわしいが、口調は妙に軽かった。「アテアでもいいよ。どちらが姓でどちらが個人名というわけでもないからね」

ランギ・アテアとは、ポリネシアの父なる天空神の名だ。アキラは頷き、向かいの席に腰を下ろした。ランギは中断していた食事を再開すると同時に、料理を論評し出した。

「失礼ですがランギ中佐、今日はどういった御用件でしょうか」放っておくといつまでも本題に入りそうもないと判断したアキラは、単刀直入に尋ねた。

ふむ、とランギは居住まいを正した。その途端、緑の肌を覆う黒い彩文が、ざわりと動いた。アキラがたじろいだのを見逃さず、歯列の異様な白さを見せて笑う。刺青様（いれずみよう）の彩文は、先刻まではわずかに異なるパターンに変わっていた。等級（グレード）九にしては装飾改造（デコレーション）が軽微すぎると思ったら、こういうことか——とアキラは得心した。道理で見掛けるたびに模様が違っていたわけだ。ハリウッドを離れることの多い彼は、今年就任したばかりの師団参謀長とは、碌（ろく）に言葉を交わしたこともなかった。それが一昨日、スタジオの工房をいきなり訪ねてきたのだった。

「言っただろ、きみと話がしたいんだよ」屈託なく答える。「現在、業界を覆う暗雲についてね。いや、世界を覆う暗雲と言ったほうがいいかな……投票率が低下してる問題だよ」

物言いは大袈裟だが、事実ではあった。戦争の勝敗を決める全成人による投票も、熱狂者（マニア）による記号（キャラクター）の人気投票も、棄権者がじりじりと増加しつつあるのだ。アキラは嘆息した。

「そう仰られましても、微力を尽くす以外にわたしにできることはありませんが」

「本音（ホンネ）で話そうよ、アキラ君。それともまさか、きみ独りの努力でどうこうできるなんて思い上がってるの？　これは、きみだけの問題でも、パラマウント一社だけの問題でもない。業界全体の地盤沈下だよ。そしてその背景には、絶対平和（アブソリュート・ピース）の動揺がある」

言いながら、ランギは酒瓶を手に取った。グラスに注ぎ、無言で突き出す。恐ろしく甘ったるい酒を一口啜（すす）り、アキラは尋ねた。

「何が原因だとお考えですか」

「同時多発変異と総称されている多数の災害、その一つ一つはそれほど深刻でもないんだよね、実は。まだ誰も死んでないし。もっと大きな被害を出した天災や事故なら、絶対平和の下でも何度も起きてる。しかしその都度、人類は一丸となって立ち向かい、勝利を収めてきた。真の共感能力を獲得した僕たち新人類は、旧人類とは違って他者の苦しみに無関心ではいられない――そのはずだった。

一連の災害の特徴は、二つ。まず、そのどれもがウイルスを含む微生物の変異が原因だってこと。それから、人類はそのどれにも勝てていないってこと。勝手に終息してくれた幾つかを除けば、どれも何ヵ月も、長いのだと二、三年は経つのに一向に解決しない。しかも世界同時多発だからさ、その結果どうなったかと言うと、みんな自分には直接関係のない災害には関心を失いつつある。まるで旧人類みたいにね。昨今の戦争も、多かれ少なかれ同時多発変異が原因だから、やっぱり地元住民以外は関心を持ってくれない」

ここでランギは言葉を切り、グラスを一気に煽った。そして胸焼けした様子もなく、再び桂花陳酒をなみなみと注いだ。アキラは首を横に振って勧めを断わった。

「同時多発変異そのものは、僕たち戦争屋の手に負えることじゃない。だけど戦争への関心を取り戻させることができれば、延いては他者の苦しみへの関心も取り戻させることができるんじゃないかな」

「具体的には、どのようにして？」

緑の巨人は、アキラを見下ろして笑った。黒い彩文が再び蠢動（しゅんどう）し、形状を変える。「もちろん、亜人のさらなる犠牲によってさ」

無言の記号設計者（キャラクター・デザイナー）に、師団参謀長はしたり顔で頷いた。鳥めいた異相にはなんの反応も現れなかったはずだから、勝手に胸中を推し量ったのだろう。

「現に、それは求められているんだよ。ほら、こないだ何人も逮捕されたよね」

アキラは首肯した。犯罪自体が稀な世界において、それは紛れもなく悪質な事件だった。全成人に開かれた巨大な円形闘技場（コロシアム）ではなく、等級九以上の会員だけが入ることのできる密室で催される特殊闘技。凄まじく残虐だと噂されるその見世物は、非会員の目に触れさせることがない限りは合法である。だが一部の会員が、撮影した映像を多数の非会員に販売した。購入者には、八級以下の成人のみならず未成年も含まれていた。

「一番人気の記号（キャラ）がいてね。今、画像を送るよ。いや、ただの立ち姿だから大丈夫」

どうやって入手したのかは訊かないことにして、アキラは送り付けられたファイルを視覚野で開いた。コンクリートの壁を背景に、一人の男が立っている。痩せて血色が悪く、どちらかと言えば貧相な中年だ。服装はジーンズとチェックの開襟シャツ。静止画では闘奴どころか亜人にすら見えない。一見して旧時代末期の中流白人だった――ただ一点を除いて。

手袋を嵌（は）めた両手に握られているのは、身の丈ほどもある金属の棒だった。一方の端が鋭く尖っているが、槍の代わりにするには随分太く、片手が回り切らない。添付された短い資料に目を通した。記号名（キャラクター）はＶＴ、製造番号はＶＴＫＲ３３……

　アキラは羽毛の眉をひそめた。アルファベットと数字から成る製造番号は、個々の亜人の名でもある。頭の二文字か三文字を取って通称とするのが慣例であり、家庭用や接客用の機種などはそこからさらに愛称が作られることも多かった。戦闘種のキャラクター名も同様にして捻り出される。ＥＳＴＨ……からは宵の星（イヴニング・スター）や邪悪な蛇（イヴィル・スネーク）、ＱＬＴＺ……からは雷の如き一撃（クー・ライク・サンダー）、ＪＤＮＷ……からは跳ねる鹿（ジャンピング・ディア）やヨーゼフ・フォン・ダンネッカーや江刀光（ジャン・ダオグアン）、といった具合に。

　敢えてアルファベットをそのまま記号名としたのには、何か理由があるのだろうか。武器としては扱いづらそうな金属棒にもう一度目を遣った瞬間、閃いた。「ＶＴ……ヴラド串刺し公（ツェペシュ）だ。それもワラキアの君主じゃなくて、亜人撲滅派の指導者ですね」

「お見事、正解だ」両手を広げ、ランギは感嘆してみせた。「よく解ったね、本物のＶＴは青白くむくんだ薄毛の中年だってのに。まずこのキャラ名ありきで、頭文字がＶＴの個体を探し出して改造したんだろう。ちなみに設計者（デザイナー）は無名の新人だよ。取るに足らない」

「ファンは、これをあのＶＴだと認識しているのですか」

「もちろん。その鉄の杭を振り回して戦うんだが、とどめはいつも串刺しだ。さすがにあの処刑法は無理だろうけどね」

　アキラは顔をしかめて箸を置いた。参謀長は平然と豚の角煮を口に運んでいる。改めて、アキラは画像を眺めた。髪と瞳の色、不健康そうな顔色以外、あのテロリストと似たところはない。

額がやや後退しているものの、髪の量も充分だ。添付資料を再確認した。身長は百八十センチ弱。筋力、敏捷性、持久力などの値が突出しているほかは平均値。特殊能力も付与されていない。力押し一辺倒というわけか、と考えて、さらに気分が悪くなった。

「見たところ、装飾改造（デコレーション）は加齢だけのようですが、違法ではないのですか」

「ああ、実は背中にもう一本腕がある。死体のを縫い付けたんだってさ」取って付けた設定だねえと笑ってから、表情を改めた。幾何学紋様が、また少し動く。「兵士や闘奴のモデルとされた歴史上の人物は少なくないし、その中には大量殺人者だっている。だけど、ＶＴは全然別物だ。しかもヒーロー扱いだよ。事態の深刻さを、きみなら理解してくれるね」

「そのつもりですが」ＶＴが歴史に名を留めるのは、数十万体に及ぶ亜人の殺害を指揮し、自らも残虐極まりない方法で千体以上と言われる亜人を処刑したからだけではない。彼は、最後の殺人者でもあった。そのような人物を、他者を苦しめ傷つけることなどできないはずの新人類が英雄視するというのは、確かに尋常ならざる事態だと言えた。「しかしそれに対抗して、さらなる暴力を提供するというのは……」

「ちょっと違うんだな。僕は視聴者（オーディエンス）に、暴力の真実を見せつけてやりたいんだ。殺戮を爽快な見世物だと勘違いしてる連中に、真の暴力がどれほど惨（むご）たらしく醜いものかということをね」オレンジ色の瞳が、瞬きもせずアキラを見詰める。「機関銃を使うんだよ」

アキラは言葉を失った。いかつい顔に黒い彩文を渦巻かせ波打たせ、口調だけはどこまでも軽やかに師団参謀長は続ける。

「法で定められているのは、大量破壊兵器の禁止だけだよね。大量破壊兵器の具体的な定義は為されてない。十九世紀までの戦争をモデルにするのも、南北戦争時代には登場していた機関銃を使用しないのも、単なる慣行さ」

どうにか気を取り直し、反論した。「確かに成文法ではありませんが、これまで良識で判断されてきたことです」

「その良識が、変容しつつあるんだ。崩壊しつつあると言うべきかもね」

目の前の人物に対して抱いていた違和感は、今や反感に変わろうとしていた。「……少なくとも我が社では、そのような提案は受け入れられないでしょう」

「うん、駄目だった」

再び絶句し、アキラは同僚を凝視した。パラマウント・スタジオでは、九つある師団級支部の参謀は統合参謀本部の成員である。意思決定には直接関われないものの、作戦会議において発言権を持つ。アキラの視線に、ランギは笑顔で頷き返した。

「いいんですか、そんなことを喋って」参謀の守秘義務には詳しくないが、気軽に吹聴してよいわけがあるまい。

「きみだから話すんだよ。ま、僕の提案があっさり却下された、って話でしかないしね」巨大な手で器用に箸を操りながら、ランギは分厚い肩を竦めた。見目よく盛り付けられた料理が、次々と黒い口腔に放り込まれ、白い歯で咀嚼（そしゃく）されていく。「それはともかく、きみはどう思う？　非常識だっていう以外の意見を聞かせてほしいなあ」

ひとまず反感は脇へ押し遣って、アキラは考え込んだ。なぜ現代戦で大量破壊兵器が禁じられているのか。挙げられるのは環境と亜人の保護だが、それはいわば万人向けの理由である。戦争業界の都合だけを述べるなら、大量破壊兵器は文字どおり破壊しか生まないからだった。どれだけ能力増強（エンハンス）しようと、生身の肉体は一方的に粉砕されるのみだ。攻守の駆け引きも英雄的行為も生まれない――物語が、生まれない。芸術の源としての戦争が立ち行かなくなるのだ。その観点からすれば、機関銃は紛れもなく大量破壊兵器だった。

「あなたが仰る暴力の真実は、きっと視聴者に途轍もない衝撃を与えるでしょう。しかしそれは最初だけです。ある人は目を背けて二度と顧（かえり）みず、またある人はすぐに慣れて娯楽として消費するようになるでしょう。中間はない」第一、そんな手段で惹き付けられた視聴者が、戦争の原因である災害にまで関心を持つようになるとは、到底思えなかった。

ランギは頭と箸を振って嘆息した。「きみも、御老体たちと同じことを言うんだねえ。根拠にしてるのは旧時代の事例だろ。新人類からは、もっと有意義な反応が得られるとは思わないの」

望みもせぬ対話が平行線に終わることを予感し、アキラはより根本的な問いを発した。「そもそも、なぜわたしにこのようなお話を？」

「それはもちろん、きみが我が社の、いや現代最高の創造者（クリエイター）だからさ」と緑の巨人は即答した。

「それに知ってるかもしれないが、僕らは同い年なんだ。同じ時代を生きてきた者同士、より理解し合えるだろ」

アキラは困惑し、はあ、とだけ答えた。

3

ランギ・アテアが、熱弁を振るっている。

「……今は変革の時なのです。我々は自らを変えねばならない」

会議室は、天井も壁も床も照明も柔らかな白で統一されていた。余計な装飾どころかテーブルすら置かれていない。十数名の出席者は、車座に椅子を並べていた。ひとり起立するランギは煽動演説でもしているかのように声を張り上げ、太く逞しい腕を振り回している。プロシア風軍服のズボンと長靴(ちょうか)だけを着用し、上半身は裸だった。装飾改造(デコレーション)の目的は、額の認証印(スティグマ)だけでは識別が困難な等級(グレード)を明示することにある。そのため殊に七級以上の高等級(ハイグレード)は、その改変された肉体を誇示すべしとされていた。公序良俗の範囲内でだが。ハリウッド師団参謀長が言葉を強調して声を大にし腕を振るたび、緑の皮膚の上で黒い刺青が流動するのを、隣に座るアキラは興味深く眺めた。

「すでに一線は越えられたのです」と緑の巨人は咆哮した。「迅速な対応のみが、我々を救います」

「一線というのは、機関銃使用の提案を言っているのかね。そんなもの、こちらが応じなければいいだけだ」

音楽的な合成音声でそう述べたのは、タンクトップとミニのタイトスカートから豊かな胸の谷間と筋骨逞しい四肢を露わにした両性具有者だった。椅子の背に掛けられた軍服の階級章は大将である。ランギ・アテア中佐は、恐れ気もなく言い返した。

「そうなれば、向こうは別のスタジオに話を持ち掛けますよ。遅かれ早かれ、どこかが受ける」

広々とした会議室は、仮想空間である。アキラがランギ・アテアと共に現に身を置く部屋は、その四分の一の広さもない。ほかの出席者は、埋め込み（インプラント）に投影された映像だ。音声を含め位置情報の計算は完璧で、その場にいるかのような実在感がある。たとえ全員が一斉に動き回っても、それは変わらなかった。ただし現実と区別しがたいほど精緻な仮想は等級十だけが享受できる奉仕（サービス）であるため、触れることも嗅ぐことも味わうこともできないのではあるが。

列席者はアキラを含めて全員が等級九であり、アキラを除く全員がパラマウント・スタジオ統合参謀本部の成員だった。社長以下役員および各師団級支部の参謀長たち。通常なら、アキラがいるべき場ではない。

「先駆者になれるのは、一度きりです。出遅れた者はそれ以上に過激なことをやったとしても、追随者（エピゴーネン）の名に甘んじるしかない。我々は先駆者になる機会を自ら逸しました。わたしとしては、情報漏洩はなかったと信じたいですね」

　無表情の下で、アキラは不快を押し殺した。ランギは前回の作戦会議で自らの動議が却下されたことを当て擦ったのであって、本気で情報漏洩を疑っているわけではないだろう。しかしその情報を頼みもしないのに聞かされたアキラにしてみれば、己に疑惑が向けられたも同然だ。きみだけに話した、という言葉は到底信用できるものではなかった。あんな調子で打ち明けて回っていれば、たちまち業界中に知れ渡ったとしても不思議はない。しかもランギは、今の己の発言をアキラがどう受け取ったか、まるで考慮していないに違いなかった。

　今度の戦争も、原因あるいは契機は変異病原体だった。南アフリカおよび周辺国で発見された新種のＨＩＶウイルスである。在来種のうち病原性がごく低いⅡ型から分岐したもので、現在のところ発症の報告は一切ない。しかしこの地におけるエイズ禍の記憶は二世紀近くを経て未だ生々しい上に、感染者の多さが人々の不安を掻き立てた。分岐から間もないにもかかわらず、すでに十万人を超える感染が確認されている。あらゆる年齢、あらゆる等級に及ぶことから、在来種とは異なる感染経路が予想された。各地で患者を隔離しようとする動きと、それに対する反発が起き、南アフリカ東部では戦争にまで発展したのだった。

　戦争の原因も依頼主の主義主張も、スタジオが与(くみ)するところではない。重要だったのは、パラマウントの依頼主が宣戦布告した側であることだ。両陣営合同の作戦立案において、不利な側に在る。敵方が選んだスタジオは、新興のリパブリック・ピクチャーズだった。そのＲＰ(リパブリック・ピクチャーズ)

による提案——一八七九年のズールー戦争、英国陸軍のガトリングガンによる部族民戦士大虐殺は、パラマウントの統合参謀本部を騒然とさせたのだった。

「我々はこの案に乗るべきです」巨軀と荘重な声に相応しい口調で、ランギは語る。「ただし、相手の流儀で戦う必要はない」

「というと、きみの流儀でかね。暴力の真実とやらを見せつけるという」

質問を装った皮肉に、ランギは黒い唇を捲(まく)り上げた笑顔を返した。「そのとおりですが、やり方を少し変えることにしました」

機関銃使用という案が本当に盗用したものだとしても、リパブリック・ピクチャーズの意図は、あくまで暴力を娯楽として提供することだった。パラマウント側に要求される役割(ロール)はズールー族の戦士団だが、史実どおりの一方的な虐殺は避け、戦力を均衡させようというのだ。現代の戦争で使われる過去の武器兵器は、必ずしも正確な複製ではなく、より迫力ある戦闘のために性能を上げるのが普通である。しかしRPは、ガトリングガンに関しては当時の実物と同じく故障し易くし、配備も一挺のみとすることを申し出てきた。一方、投槍を武器とする半裸のズールー族には、記号(キャラクター)だけでなく群小(モブ)にも高度な能力増強(エンハンス)を施せば、痛快なアクションが期待できるというのだ。

新興スタジオといっても、RPの実態は五大(ビッグ・ファイブ)スタジオの一つロウズ社の子会社だった。つまり長年の慣行を破って機関銃使用に踏み切るのは危険な賭けであり、建前(タテマエ)だけでも別名義にしたのだ。タテマエは、常に尊重される。

なお、B級映画専門として知られた二十世紀のリパブリック・ピクチャーズは、ハリウッド五大スタジオのロウズ社とはまったく別個の企業である。そもそも現在の五大スタジオも、ハリウッド黄金期の五大スタジオから勝手に社名を借用しているに過ぎない。二十一世紀初頭、亜人による代理戦争を請け負うスタジオの成立には、ハリウッドからの亡命者たちも関わっていたが、彼らにかつての五大スタジオとの関連を見出すには無理がある。

「剝き出しの暴力がもたらす醜さを、白日の下に曝け出すつもりでした。しかしリパブリック、いやロウズには志（こころざし）がない。そんな輩（やから）の醜さを暴き立てても不毛です。視聴者（オーディエンス）も目を背けるでしょう」

緩やかだった刺青の動きが次第に大きく、激しくなっていくことに気づき、アキラは細い両眼を見開いた。現実のハリウッド支部の一室にあって彼ら二人を撮影しているカメラにリンクし、正面からの視点に切り替える。渦巻を基調とした黒い幾何学紋様は、今や緑の肌の上で刻々と形を変えていた。声と身振りも、ますます力強くなっていく。

「しかし戦争という極限状態が露わにするのは、人間の醜さだけではありません。人間性（ヒューマニティ）のもう一つの側面。我が社はそれを提供するのです」

黒い彩文が波濤あるいは火焔となって逆巻く。緑の巨体が倍に膨れ上がったかのような迫力に、アキラは圧倒された。ふと、周囲に目を向ける。全員が無言でランギを見詰めているが、参謀長らがアキラ同様、気を呑まれているのに対し、海千山千の大将たちはさすがに動じる様子もなかった。むしろ呆れてすらいるようだ。この面々の前ですでに少なくとも一回――前回の会議だ――同じようにぶち上げたに違いない、と思い当たった。

「もう少し具体的に説明してくれないか」

一同を代弁する質問に、ランギ・アテアは落ち着き払って返した。「それは彼にやってもらいましょう」

椅子を軋ませて座った同僚に代わり、アキラは立ち上がった。

＊＊＊

サヴァンナの太陽の下、束ねられた銃身が回転し、夥しい弾丸が吐き出される。掃射の往復に、ズールー戦士たちは刈られる麦のように薙ぎ倒された。

車輪付き台架に据えられたガトリングガンの左右では、緋の軍服の歩兵たちが方陣を組んでいる。小銃の一斉射撃が繰り返されるが、凄惨な殺戮の担い手はクランクを回す士官ただ一人だった。

二百七十名の精鋭のうち、もはや無傷で立つ者はいない。致命傷に至らなかった者は、あるいは同胞の亡骸に取り縋って慟哭し、あるいは怒りか絶望に突き動かされるまま、銃弾の豪雨に再び立ち向かおうとする。

沛然たる死の雨が唐突に止んだ。クランクは回されるが、弾が出てこない。生き残りの黒人戦士たちは、雄叫びを上げて立ち上がった。発砲の号令に歩兵たちが小銃を構え直す。だが槍と盾を手に、毛皮とビーズを纏った戦士たちは、その身に銃弾を受けながらもなお疾走を続ける。激情が苦痛を押し流し、血を粘らせる。槍が振り上げられ、振りかぶられる。その時、ガトリングガンが息を吹き返し、戦士たちをずたずたの肉塊に変える……

＊＊＊

「記号設計者としての観点から、献策させていただきます」

あの日、ランギ・アテアに指名されて立ち上がったアキラは、打ち合わせどおり、そう切り出したのだった。

「高度な能力増強は無用です。キャラクターを含め、全兵卒に施す能力増強は最低限、したがって装飾改造も最低限に留めます。限りなく自然に近い肉体でガトリングガンに立ち向かわせましょう」

どよめきが上がった。「そんなことをすれば全滅だ」

「そう、白人の強欲に対する現地民の誇り高き玉砕です。彼らの逞しい肉体を、それを飾る毛皮とビーズの衣装を、革製の盾を、投槍を、美しく悲壮に、そして無力に設計（デザイン）しましょう。その美と誇りを、工業文明の産物である毎分二百発の銃弾が、一顧だにせず破壊し尽くすのです」ランギ・アテアの雄弁を真似ようとはせず、淡々とした口調を心掛ける。

「つまり、提供するのは悲惨さではなくヒロイズムというわけか」

「そのとおりですが、それだけではありません。バソプレシンとオキシトシン関連の遺伝子を強化した上で、全兵卒の相関を設定し刻み込み（キャラクタライズ）を行います。百体なら百体分、二百体なら二百体分です。家族を、友人を、恋人を、同胞を無惨に殺された彼らは、劇的な反応を見せるでしょう。派生作品（スピンオフ）でも、より劇的な展開が望めるというわけです」

言葉を切り、聴衆（オーディエンス）を見渡す。確認できたのは、温度の低い関心といったところ。肝心なのは、ここからだ――改めて気を引き締めた。

「過激な暴力表現は所詮、単調な刺激でしかありませんが、悲劇は人間の魂を揺さぶります。悲劇のパターンも有限ではありますが、陳腐だからこそ心を打つこともままある。陳腐であるとはすなわち、原型であるからです。新時代の物語は技巧に走りすぎ、感動（エモーション）を蔑（ないがし）ろにしてきました。より根元的な物語に回帰すべき時なのです」声を落とした。「具体的には、形成された絆を一回限りで終わらせないことです。悲劇は――」

「それは過剰暴力だ」

予期された抗議だった。かつての一個体一記号（キャラクター）制では兵士同士の絆が自ずと形成され、それを失うことで精神を崩壊させる個体も少なくなかったのだ。アキラは頭を横に振った。

「何をもって過剰暴力とするか、明確な規定はありません。考えてもみてください。兵士たちの精神安定と引き換えに、どれほど多くの物語の可能性が失われてきたかを」

すべて、ランギ・アテアの受け売りだった。アキラ自身の言葉は一つもない——ランギの仰々しい表現を適宜言い換えてはいるが。機関銃使用というリパブリック・ピクチャーズの要求が明らかになると、ハリウッド支部参謀長は直ちにアキラを再び呼び出した。固執していた前言をあっさり撤回し、暴力の真実もまた娯楽として消費されかねないことを認めた。そして、この作戦を持ち掛けたのである。記号設計者(キャラクター・デザイナー)による解説のほうが説得力がある、と彼をこの場へと引っ張ってきたのもランギだった。

「ランギ・アテア中佐が述べるとおり、今は変革の時なのです」せいぜいプロフェッショナルらしく見えるよう、冷静な態度で続ける。「社会不安が広がり、亜人のさらなる犠牲が求められています。我々は如何(いか)に応じるべきでしょうか。肉体的暴力というかたちでか、精神的暴力というかたちでか」

どこか胡散(うさん)臭い人物という印象に変わりはなかったが、この計画にアキラは興味を惹かれたのだった。

＊＊＊

会戦から一週間後、パラマウント社ハリウッド支部の参謀長と設計者長（チーフ・デザイナー）は、ダウンタウンのハワイアン・レストランで乾杯していた。

「勝利の美酒だねえ」重厚な低音でうきうきとランギは言った。「ロウズはぼろ負けした上に、そこら中から叩かれまくって面目丸潰れ。ざまあ見ろってんだ。今後の勝利も約束されたようなものだよ。統合参謀本部は僕らの作戦を正式に認可したし、後方の創造者（クリエイター）諸君も創作意欲を大いに刺激されたって喜んでくれてる。馘首（くび）を賭けた甲斐があったね」

「圧勝だが完勝ではありませんよ」一口飲んだだけの杯を置き、アキラは指摘した。「敵方は非難を浴びてはいますが、それなりの票を獲得してもいます」

「投票した連中こそが、僕らの真の敵だ。戦いはまだ始まったばかり、さ」

グラスを空けたランギは、ハンバーグと目玉焼きを載せた丼飯を掻き込み始めた。ハワイ料理といっても、二十一世紀に復元――あるいは新たに創造された伝統料理ではなく、旧時代末期のものである。北米の圧倒的な影響の下、移民文化も折衷された、スパム寿司など脂肪と炭水化物が過剰な高カロリー食だ。現在、このような健康上のリスクが高い食品は新市街でしか食べられないし、値段も相応に張る。

ランギは、たっぷりした皮下脂肪を保つ必要もあるのだろうが、どうやらこういう料理が好物のようだ。アキラも、どろりとしたソースを滴らせる肉を口に運んだ。濃厚な味にたちまちドーパミンが血中に溢れ出し、脳の一部が痺れるような感覚に浸される。それは確かに快感だったが、同時によからぬ物を摂取しているという後ろめたさを抱かずにはいられなかった。次に会う場所は俺が選ばせてもらおう、と心に決める。

　次があることを、アキラは確信していた。ランギ・アテアは電話や電子通信、あるいは映話よりも直接対面を好んでいる。巨体の押し出し、粗野なようでいて豊かな抑揚と表現力を持つ声、そして流動する黒い幾何学紋が相手に与える効果を自覚しているに違いなかった。刺青様の彩文（デザイン）の動きは、本人の感情に同調しているらしい。皮膚の血流量などが関わっているのだろう。意匠（デザイン）はポリネシア風だが、ハワイやタヒチといった特定地域の伝統的な図柄ではなく、アレンジされたものだ。

「この先、ＰＴＳＤを発症する兵士が出てくれば、非難の矛先はこちらに向きますよ」

「実は、もっと非難轟々になりそうなアイデアを考えてるんだ」心底楽しげにランギは白い歯を見せた。「人気投票の必要票数を引き上げるのさ。せっかく感動的な最期を遂げたのに、あっさり生き返っちゃ興醒めだからね。投票を促進する効果も期待できるし。批判は僕が全部引き受ける。きみが設計（デザイン）に専念できるようにね」

　この男の言動全般に対する違和感、そして時に反感や不信感は、相変わらず拭いがたい。それでも彼がなかなか独創的であり、かつ遣（や）り手でもあるのは間違いないようだ。亜人兵士たちの悲劇を生み出す絆の設計（デザイン）は、長年行ってきた記号（キャラクター）の設計とはまた違う楽しみを与えてくれる。せいぜい利用させてもらうさ——薄い唇で、アキラは微笑んだ。

「今、この世界に何が起きているのか、正しく見極められるのは僕らの年代だけなんだよ」

思慮深げな面持ちになって、ランギは言った。またその話か、とアキラは思うが口には出さない。

「上の年代は変化についていけず、下の年代は変化に流されるままだ」

公開身上（プロファイル）によれば、彼の誕生日はアキラより数ヵ月だけ早い。出身地は、ここカリフォルニア州だった。だからといって遺伝的にポリネシア系ではないとは限らないが。入隊は七年前。アキラほどではないものの、異例の速さで昇進している。同年代で同階級の同僚、というのは珍しいと言っていいだろう。しかし老化防止と若返りが普及し、社会の変動も抑止されているこの世界で、成人前ならまだしも成人後に世代や年代の違いにこだわるのは無意味だった。変化が訪れようとしている、というランギの言葉は正しいかもしれないが、齢（とし）が同じというだけで勝手に親近感を抱かれてもな。アキラは内心で肩を竦めた。

4

亜人が生み出された最大の目的は、人間の暴力性の封じ込めである。いかなる支配体制も、暴力の管理をその根幹とする。絶対平和（パクス・アブソルータ）はその点においても、人類史上最も成功した体制だった。

未だ燻（くすぶ）る暴力性の捌（は）け口として唯一認可されているのは、亜人への公的な暴力である。個人による私的な暴力は重罪だ。特に亜人の肉体に直接暴行を加えた者は、再教育施設を出られた後も残る生涯、厳重な監視を受け行動を制限されることになる。

人間による直接行為が禁じられているのは、公的暴力でも同様である。過酷な労働や亜人同士の戦闘でその人工の肉体は傷つき死に至るのであり、人間が直接関わる余地はない。これは暴力を封じ込め続けるための、重要な予防措置だった。

ミラーニューロンが正常に作動している限り、人は人を殺せない。人をまさに殺さんとする時、殺される者の恐怖や苦痛が我が身に置き換えられ手を止めるのは、意識的な想像によるものではなく反射行動に近い。旧時代、軍隊の訓練は、まさにこの本能的な反応を抑制することに主眼が置かれていた。敵を繰り返し貶（おとし）め、その人間性を否定するのは、有効な手段の一つである。敵が人間ではないと心から信じる必要はない。信じようとするだけで、殺人への抵抗感は相当薄れるのだ。亜人という存在を得ることで、人は人が人であると正しく認識できるようになった。その認識に必要不可欠なのが、亜人と人間とを見分ける能力だ。亜人の人間扱いが、固く禁じられている所以（ゆえん）である。

距離を置くこと、相手の顔を見ないこともまた抵抗感の軽減に有効であり、その事実に則（のっと）って武器兵器は発展してきた。だが接近戦を完全に排除するのは不可能だった。戦争に限らず、殺人に対する生得的（ナチュラル）な忌避を克服する最も有効な手段は、慣れである。ある行為を反復し続けることにより、やがて人はそれを意識することなく行えるようになる。殺害行為も同じだ。人型の的に向かって繰り返し引き金を引く、ダミー人形を繰り返し銃剣で突く。それだけで、本物の人間に対して同じ行為をするのが、ずっと容易になる。もちろん本物は悲鳴を上げ血を流すが、脳は刺激に慣れてしまえるのだ。

旧時代から新時代への移行期に現れた無数の亜人虐待者のうち、それ以前から攻撃的人格が認められた者はむしろ少ない。彼らが亜人に抱いた嫌悪の大きさを表しているとも言えるが、それ以上に人間でない亜人に対する暴力は抵抗感が少ないことに注目すべきだろう。人の形をした無生物を殺すだけで殺人への忌避を弱めてしまえるなら、人の形をした命を殺す効果は如何ほどか。事実、VTを筆頭とする亜人撲滅派は最終的に人間へのテロに走った。多くの場合、爆発物や遠距離武器、毒物などが用いられたが、絞殺、刺殺などの至近距離殺人も少数ながら行われた。亜人に対するほど残虐なやり方ではなかったとはいえ、彼ら最後の殺人者たちは、すでに人が人を傷つけられなくなっていたはずの時代に、顔の見える相手を直接手に掛けたのである。彼らは亜人と人間の識別ができなくなっていたのではない。人の形をしたものを殺すことに慣れていたのだ。

＊＊＊

船のタラップを降りる弥生の額に四級の認証印(スティグマ)を認め、アキラはほんのわずか眉をひそめた。年が明けて十五歳になったら直ちに五級に昇る、という宣言を、この数ヵ月繰り返し聞かされてきたからである。ひと月前のメールには、どんな装飾改造(デコレーション)か楽しみにしててください、とあった。再会の挨拶の後、そのことに触れたアキラに幼い従妹は、気が変わったんです、と悪びれもせず答えた。

予定が狂ったな。四級は五級よりもさらに、都市で受けられる奉仕(サービス)が限定される。事前に確認すべきだったのであり、子供の気紛れを責めても仕方ない。アキラは憮然とした。初日くらいはと奮発して、ハリウッド地区の高級店でディナーを予約していたのである。四級では入店すらできない。弥生が新市街で利用できる外食サービスは、屋台やカフェテリアの軽食くらいだ。さすがにそれでは気の毒だし、アキラの見栄もある。とりあえず頭の中で予約を取り消し、旧市街のレストランを物色した。

紺碧の空に聳(そび)える椰子、陽射しに輝く白い建物。雪に閉ざされた町から来た少女の目には、どんなにか眩(まばゆ)く映っていることだろう。業界語(ジャーゴン)で甲高く捲(まく)し立てる従妹を、アキラは苦笑して見守った。予想どおりのはしゃぎ振りだが、少なくとも外見の印象は随分変わった。扮装遊戯(コスプレ)をしていないだけでなく、装飾改造も服装もこの年頃の四級にしてはひどく地味になっている。化粧気もなかった。雰囲気変わったね、とアキラが言うと、誉められでもしたかのように喜んだ。

荷物は連れてきた小鬼にアパートメントへと運ばせ、午後いっぱいはロングビーチを案内した。

夕刻、市電に乗って旧市街に向かった。十九世紀末の歴史的建造物を中心に復元された当時の街並を、しばらく散策する。

コックはすべて人間なのが売りのそのカリフォルニア料理店は、幾度か訪れているので主人とは顔馴染みだった。恰幅のよい禿頭の親父——雰囲気作りのため二十年来この風貌だという——は、いつもの開けっ広げな笑顔でアキラを迎えた。だが派手な着流しの後ろで好奇心いっぱいに店内を見回している弥生を目にした途端、その笑みを強張らせた。

ちょっとこちらへ、という言葉と共に、二人は別室へ連れて行かれた。訝しく思いつつも、アキラはおとなしく従った。主人は弥生をテーブルに着かせると、給仕に運ばせたソフトドリンクをあてがった。部屋の一隅にアキラを手招きし、小声で尋ねた。

「失礼ですが、お連れの方はどちら様で？」

「従妹です」

訳が解らないままにアキラは答えた。主人は恐縮至極といった体で背を丸め、顔をくしゃくしゃにした。

「未成年のお客様が御一緒だと御予約の際に仰ってくだされば、最初からこちらへお通ししたのですが」

「どういうことですか」

アキラは語気を強めた。ぼそぼそと回りくどく主人が答えるには、未成年者に高額の贈与を行い、見返りに不適切な関係を要求する者が近頃増えている。当店としては――

鈍色の義眼で主人を凝視したまま、アキラは反射的に地域ニュースに検索を掛けた。フィルターが拾い上げた情報から直ちに事態を理解しても、花のような鳥のような相貌に変化はなかった。しかし、続いて発せられた声は冷え切っていた。

「つまり、わたしは疑われているのですね。いとこ同士だと証明できれば、我々は通常の奉仕を受ける権利を認めていただけますか？　わたしは彼女の両親と担任から、保護者代理を委任されています。なんなら、彼らに確認しましょうか」

「疑うなど、とんでもない」

アキラは長い下肢を踏み出し、相手との距離を一気に詰めた。禿頭に覆い被さるようにして、冷ややかな口調で続ける。「なるほど。わたしとわたしの従妹が不適切な関係とやらにないことを、あなたは信じてくださるが、店の評判を慮ってわたしたちを追い出したい、ということですか」

大人たちの遣り取りに不穏な気配を感じ取った弥生が、身を固くしている。アキラは主人に言い訳する暇を与えず、身を翻した。「帰ろう、弥生ちゃん」従妹の手を取り、足早に部屋を出た。主人があたふたと追い縋ってくるが、本気で引き止めるつもりがないのは明らかだった。客たちの注視の中、ホールを横切り、店を後にした。

「ごめんね、弥生ちゃん。今の……」歩道で足を止め、従妹に向き直った。どう続けるべきか迷い、言葉を濁す。

「ただの噂だと思ってました」困ったような笑顔が答えた。「ほんとにそんなことする人がいるんですね。でもまさか……」

「うん、まさか俺たちがそうだと疑われるなんて、思いもしなかったよね」

苦々しい思いを飲み下す。ひとまず、夕食をどうにかしなくてはならなかった。ふと、スタジオの社員食堂に行こうと思い付いた。見学者にも開放されているのだ。カフェテリア形式だが、料理の種類は豊富で味も悪くない。この提案に、弥生は声を上げて喜んだ。

席は半分がた埋まっていた。時間が遅いため、ほかに見学者はなく、異形の社員ばかりだ。プライヴァシーを尊重する高等級（ハイグレード）の流儀で、同僚たちはアキラに目礼を寄越すだけだった。もっとも、幾人かは埋め込み（インプラント）を介して話し掛けてきたが。

――姪御さん？　可愛いね。

――従妹だよ。今日、着いたばかりだ。

――ごゆっくり。

そんな会話がなされているとは知らない弥生は、目を輝かせ頬を紅潮させている。我ながら名案だったとアキラも満足を覚えた。ここなら、あらぬ疑いを掛けられる心配もない。あのレストランの客は六級以下ばかりでアキラが何者か気づかなかったようだが、弥生と過ごしたこの数時間、行き会った無数の人々の中には彼の顔を知る者もいたはずだ。

弥生の注意が周囲の社員たちから目の前の皿にようやく向いたのを見計らい、アキラはやや声を潜めて、不適切な関係の噂について質問した。

「うーん、一番最初は去年の夏休み前だったかな」首を捻りながら答えた。「都市の高校生が、そういうことをしてるって」

やはり同時多発か。アキラは唸った。どこが発生源というわけでもないようだ。

「それから中学生も、って話になって。最近だと」と弥生は、彼女が通う中学とは別の地元校の名を挙げた。「……の子がそういうことをしたとか、しようとしたとかで補導されたって聞きました」

「どう思う、そんなふうに何か買ってもらったり奢ってもらったりするために、大人の言うことをなんでも聞く子って？」

「馬鹿だと思います」容赦なく切り捨てる。「そんなことするなんて、信じられない。何もしなくても奢ったり買ったりしてくれる大人はいっぱいいるのに。もちろん、そんなに高いものじゃないけど、みんなよりいいもの持ってたって嫌われるだけだしー」

アキラは、まじまじと少女を見詰めた。異形の造作と皮膚の鮮やかな彩色のお蔭で、彼女は従兄の反応に気づいていない。努めて、さりげない口調を作った。

「へー、そうなんだ。あ、もしかして昇級やめたのは、四級のままでもいろいろ買ってもらえるからとか？」

「そうなんです」満面の笑顔で頷く。話が解る、とでも言いたげだ。「等級（グレード）が低いほうが、奢ってもらいやすいんですよ。この旅行は四級以上じゃないとできなかったから、日本に帰ったら降級しようと思って。アキラさんも低等級（ローグレード）のほうが好きでしょ」

二十も年下の従妹を前に、ハリウッドの記号設計者（キャラクター・デザイナー）は今度こそ完全に言葉を失った。

弥生が就寝した後、アキラは仕事部屋に秘書を呼んだ。数年前に購入した雌型（F）で、人間にしては華奢すぎる肢体と、額に埋め込まれた大きな宝石のほかに、目につく装飾改造（デコレーション）はない。椅子に深く腰掛け目を閉じると、肩を揉むよう命じた。

絶対平和において、勘定を持つことも含めた贈与という行為は、儀礼の範疇に留めるべきとされている。なぜならそれは贈られた者に返報の義務を負わせ、贈った者の下位に立たせることになるからだ——というのは、あくまで建前（タテマエ）である。本音（ホンネ）は、等級制による個人エネルギー消費量の管理を破綻させないためだ。

個人がどれだけのエネルギーを消費するかは、奉仕（サービス）を利用する際の認証によって監視されている。等級が高いほど、よりエネルギー消費量が大きい、平たく言えば贅沢な生活を送ることができる。にもかかわらず七級以上の高等級（ハイグレード）に昇る者がごく少数なのは、賢く穏やかな新人類は旧人類よりも遥かに弱い物欲しか持ち合わせていないからだ。

無論、これもタテマエもしくは事実の一面に過ぎない。低等級（ローグレード）ほど自然（ナチュラル）で人間らしい（ヒューマニスト）というタテマエがある以上、高等級は不自然で非人間的だということになる。そして事実、等級が高いほど少数派（マイノリティ）であり、かつ人間離れした外見を義務付けられている。多くの人々、特に若年層は、貪欲で旧人類的と見做される異形のマイノリティとなることを恐れるがゆえに、昇級を思い止まるのだ。

度を越した贈与、すなわち高額すぎるか頻繁すぎる贈与は、体制による個人のエネルギー消費量の把握を困難にする。また人間関係の対称性が破れることも、軽視できなかった。それは人間が人間を支配し虐げる、暗黒の旧時代へと逆行する第一歩である。タテマエとは、決して嘘でも無意味な虚飾でもないのだ。

だから絶対平和の完成以来、無節操な贈与は忌避されてきた。しかし今や、その暗黙の合意は崩れつつある。その崩壊を、アキラは高等級として身をもって実感していた。いつからか人は、より等級の高い者にたかるのを恥としなくなった。贅沢はしたいが、マイノリティにはなりたくない。あるいはそれ以前に、昇級のための手続きや装飾改造（デコレーション）をはじめとする諸々の義務を厭（いと）うようになったのだ。

アキラにとってより腹立たしいのは、低等級の女たちだった。原型師（ゲンケイシ）のルウルウ以来、彼の嗜好は一貫しており、業界周辺では広く知られている。以前はせいぜい冗談の種にされるだけだったのが、近頃は低加工の肉体が高く売れると信じて群がってくる女たちを撥ね付けるのに、少なからぬ労力を割かれる有様だ。一度、不用意に誘いに乗って、当然の権利とばかりに贈与を要求され続けた挙句、我が物顔でアパートメントに入り浸られた――違法すれすれの行為だ――のは、思い出したくもない体験だった。

　しかし少なくとも戦争業界においては、アキラのようにこうした風潮を不快に思う高等級ばかりではなかった。求められる以上に進んで贈与を行う者は少なくない。そうして自らの物質的優位をひけらかすとともに、相手を恩義の軛（くびき）に繋いでいるのだ。贈る側と贈られる側とで、互いをいいように利用しているつもりなのだろう。

　これらはすべて、成人同士の事例だった。成人と未成年の関係においては、事態はさらに異なる様相を帯びる。

　絶対平和を築いた人々は、子供が半人（デミヒューマン）前として亜人（サブヒューマン）のように扱われかねないことを強く危惧した。子供は、保護し導いてやらねばならない存在だ。しかし決して、意のままに支配し操ろうとしてはならない。そこから虐待へは、わずかな距離しかない。だから亜人は必ず、肉体年齢十代半ばまで促成培養しなければならなかった。人間が、たとえ無意識のレベルでも亜人と子供を混同し、亜人に対する欲望を子供に向けたりしないように。

　子供の保護をより徹底するなら、亜人は二十歳まで成長させるべきだった。そうならなかったのは、デザイン上の問題である。亜人の外見や性格（キャラクター）の意匠（デザイン）／設計は、二十世紀末日本のポップカルチャーを基調としている。若さを、未熟さを、ことのほか称揚した文化だ。十代半ばという下限は、ぎりぎりの妥協だった。子供でもその年齢であれば、仮に大人から不適切な行為を要求されても、それと気づいて拒絶し、然るべき機関に報告できるであろうというタテマエだ。

成人の若返り処置が肉体年齢二十歳までとされているのも、やはり未成年保護の観点からだった。保護の対象として、子供は大人と明確に区別されなければならない。

対等である成人同士の関係が、贈与によって非対称となるのはグロテスクだが滑稽でもある。しかし大人と子供は、元から対等ではない。強者である大人が弱者である子供を如何なる手段によってであれ意のままにするのは、ひたすら醜悪だった。それが社会の通念であったはずだ。

しかし親元を離れた思春期の子供たちと、独身もしくは子育てを終えて久しい大人たちとが入り混じって暮らす町や都市旧市街では、そのような価値観はもはや過去のものとなっているらしい。アキラが今日初めてそれを知り、少なからぬ衝撃を受けたのは、未成年と交流する機会がほとんどない新市街の住人だからだった。

だが彼が業界外のことに今少し関心を持っていれば、寝耳に水とはならなかったはずだ。弥生の両親も担任も、当然アキラもこの件について承知しているものと決め込んで彼女を託したのだろう。しかし彼らも、弥生が周囲の大人から日常的に贈与を受けているとは知るまい。あるいは両親に代わって監督権を持つ担任自身が、無節操な贈与を行う一人である可能性もあった。両親——アキラの叔父夫婦に伝えるべきだが、気が進まなかった。齢の離れた従兄を話の解る大人と見做すのは弥生の勝手だが、その彼の裏切りで大人全般に不信感を抱くようになってはさすがに不味い。

面倒な決定は先送りにし、アキラの思考は他所事へと漂い出ていった。弥生やその同級生につまらない小物を買い与え、安い食事を奢った大人たちは、目に見える見返りを求めたのではないだろう。彼らは自らが彼女たちより優位に在り、物質的にも恵まれていることを、具体的な行為で示したかったのだ——まさに今日のアキラと同じように。

「申し訳ありません、強すぎましたか」

つい出た舌打ちに、秘書が囁きで尋ねる。アキラは小煩げに片手を振った。繊細にして力強い手で揉み解されている最中にもかかわらず、両肩にずっしりと圧し掛かる重みを感じる。ニュースサイトには検索するまでもなく、変異病原体がもたらす異変の報告が溢れている。猛毒プランクトンの大増殖は今やすべての海に広がり、ヨーロッパでは土中微生物の変異によって植物が枯れ、アマゾンでは植物の異常繁殖と有毒化により、狩猟採集民は町へ避難せざるを得なくなった。感染による人間の死亡例はまだないものの、従来の治療法が効かない症例は増加の一途を辿っている。これら異常事態への対応は、地域住民にストレスとなって圧し掛かっていた。そのせいで、人と人との関係がおかしくなっているのだろうか。

だからと言って、俺に何ができるわけでもない——閉じた目をさらに片手で覆い、記号設計者はため息をついた。

5

ランギ・アテアが、気炎を上げている。

「殺戮機械（マキナ・トルキデンス）という機種を御存知ですか。きっと、これまで耳にしたこともない方がほとんどでしょう。マニア専用の闘奴で、わたしも映像でしか目撃したことがありません。神経系のみを強化した、文字どおり殺戮のための機械（マキナ）です」

　公開討論の生中継だった。アキラは浅く張った温（ぬる）めの湯に極彩色の身を浸して目を閉じ、破（わ）れ鐘（がね）のような現代ラテン語を聞くともなしに聞いていた。著名な識者やタレントらに囲まれたランギは、いつものように軍服の下衣のみを着用している。緩慢に、だが絶えず動き続ける黒い彩文を、アキラは魅入られたように凝視していた。浴室は和風の設（しつら）えで浴槽も檜（ひのき）だが、ゆったりと身体を伸ばせる設計（デザイン）だ。洗い場には、白い湯具を纏（まと）った秘書が跪（ひざまず）いて控えている。

　一枚の画像が提示された。十五、六歳と思しき少年少女が数人、並んで立っている。服装はさまざまだが、か細く小柄な身体つきを強調しているという点で一致していた。装飾改造（デコレーション）も、その印象を補強するものだ。それでも彼らが人間でないことは、無印の額を見ずとも判った。小さな顔はいずれも整って美しいが、一切の人間らしさが漂白された――あるいは初めから存在しないかのようだった。

「彼らの能力は、神経系の随意コントロールを最大の特徴とします。つまり、最大筋力を自在に引き出せるのです。こんな貧弱な筋肉でも、素手で肉を引き裂き骨を断ち割ることが可能になる。

ただし随意と言っても、彼らが意識や自我といったものを、普通の戦闘種と同じ程度でさえ持っているかは不明です。小脳の特異的な発達に比して、前頭葉は未発達。いわば能力の代償です。原始的な感情である情動すら生じないので、恐怖を感じない。苦痛も感じません。戦闘種全般のように苦痛が軽減されているのではなく、知覚できないのです。戦闘が長引けば疲労しますが、それも感じることができない。どれほど負傷しようと、脳や心肺など重要器官を破壊されない限り闘い続けます。手足の一本や二本失ってもです。両足を失っても両手と歯で闘い続ける個体を見たことがあります。ちなみに随意か不随意かは知りませんが、彼らは出血が多くなると血管を収縮させて血液をその場所へ送らないようにし、失血死を防ぐことができるのだそうです。

　このような怪物（クレアトゥラ）同士に、ナイフ一本か素手で殺し合いをさせる。そんな酸鼻を極める見世物でさえ、九級会員にも許される程度でしかありません。十級限定となると、殺し合いですらない。ある個体に別の個体を拷問、処刑させるのです。しかも戦闘種だがほとんど能力増強されていない、つまりそれだけ装飾改造（デコール）も少ない、あたかも低等級の人間のような外見の個体を使用するのだそうです」

　他の出演者と司会は嫌悪またはそれを装った表情だが、誰もランギを制止しようとはしない。いつものことながら、彼の独演会だ。

「このような嗜好を非難するつもりはありません。健全な人々の目が完全に届かない場所で隠れて楽しむ分にはなんの問題もない、というのがわたしの考えです。しかし残虐映像の流出は続いています。同人作品を装って販売されているうちは、まだよかった。先週など個人端末も持たない小学生が、学校の端末でダウンロードしようとしたとか。これはまさしく汚染です。さらに一部のスタジオは、こうした風潮に迎合している」

「戦闘種を精神崩壊に追い込むのだって、充分すぎるほど残酷ではありませんか」

ようやくなされた反論は、すでに幾度となく繰り返されたものだ。ランギの答えも、いつもと変わらなかった。

「結果として精神に変調を来(きた)す個体もいる、というだけのことです。我々の目的は、あくまで良質の物語を提供すること。観衆(アウディエンス)の豊かな感性を育みます。暴力(ウィオレンティア)の見世物(キルクス)は観衆の暴力性を助長する」

「それは旧時代に散々議論されたが、決着がついていない問題だ」

「しかし現に、亜人への個人的暴力は増加していますよ。御存知ないのですか……」

これ以上、目新しいことは出てきそうもない。そう判断して、アキラは接続を切った。湯船から出た彼に、秘書が垢すりを手にいざり寄る。

ランギ・アテアは、約束どおり批判の矢面に立ってくれている。ありがたいが、彼が議論を楽しんでいるのは確かだった。議論とすら言えないかもしれない。同じ話を繰り返しているだけなのだ。よく飽きないものである。マニア向け闘技の紹介だけはヴァリエーションが豊富で、殺戮機械とやらはアキラも初めて聞く話だった。今回は全年齢視聴可の番組だったため詳細な説明には至らなかったが、場によっては事細かな描写を繰り広げることもある。ただの伝聞もあるが、多くは本人が実際に目にしたもののようだ。会員制闘技には動画鑑賞だけを提供する奉仕（サービス）もあり、彼はその会員なのだった。

先ほどランギ自身も述べたように、違法ではないが著しく不道徳な奉仕は密かに楽しむことが大原則である。存在そのものが隠匿されており、人は噂を辿って何ヵ月も、ひょっとしたら何年もの探求の末、ようやく享受する権利を得るという。会員規約などアキラが知るところではないが、その体験を非会員に語るのは違反行為に当たらないのか。

アキラがそう問うても、ランギははぐらかすばかりだった。戦争で残虐性を売りにする連中はみんな会員だよ。こっそりネタをパクって実戦や派生作品（スピンオフ）に使ってるんだ。僕なんか堂々としたものさ。

たとえ規約違反でなくても、ランギの吹聴によって無分別な輩の興味が煽られはしまいか。そう指摘したこともあるが、一向に話が噛み合わず、じきにアキラのほうが投げ出してしまったのだった。

リパブリック・ピクチャーズが派手な破壊を見世物（スペクタクル）として提供しようとし、パラマウントがこれを兵士たちの悲劇で迎え撃ったのは半年前のことである。この決戦の後、残る三スタジオはロウズに倣って子会社を設立した。パラマウントを除く四社すべてが、親会社は悲劇を、子会社は暴力を担当するシステムを採用したのである。リパブリックが狙った破壊のスペクタクルは、間もなく兵士の肉体を如何（いか）に惨たらしく破壊するか、という方向へと捻じ曲げられていった。悲劇（トラジェディ）と暴力（バイオレンス）というこの二大潮流は、闘技にもそのまま反映されている。

　あらゆる点から見て、悲劇は暴力より有利だった。亜人を機関銃やダムダム弾で肉片に変えたり刀剣で切り刻み合わせたりするよりも、偽りの絆を与え奪うほうが倫理に悖（もと）るなどと本気で主張する者はいない。精神崩壊した個体が廃棄されるのは、あくまで付随現象である。

　兵士の肉体がどのように破壊されるかは、使用される武器兵器で概（おおむ）ね決まってしまう。それに比べて悲劇のシナリオは不確定要素を遥かに多く含んでいた。同胞、親友、恋人、親子、師弟——記号設計者や脚本家が捻り出した絆は情動によって刻み込み（キャラクタライズ）され、限りなく真実に近似する。二度三度と共に戦えば、正真正銘のものとなる。そしていずれ、誰かが死ぬ。

　制御を掛けられた戦闘種の脳は、感情という高等なものを生み出し得ない。喜怒哀楽は、肉体と直結したより原始的な反応となって現れる。仲間の死は彼らにとって、半身を捥（も）ぎ取られたに等しいのだ。あるいは慟哭で喉を裂き、あるいは眼球や顔の皮膚の毛細血管を破裂させて血を涙のように流す。鼓動が止まり、絶命する個体すらいる。そこまで至らずとも完全に戦意喪失し、無抵抗で殺される例もあった。だが彼らは戦闘種であり、多くは自殺的な突撃に転じる。白兵戦であれば増強された能力を遥かに超えて悪鬼の如く闘うこともままあるが、絶大な火力を前にしては虚しく無惨な死を迎えるばかりだ。

　戦闘不能となった個体は、従来どおり得票次第で再生される。パラマウントはランギ・アテアの発案を容れて必要票数を増やしたことで、当初は轟々たる非難を浴びた。だがランギが予見したとおり、劇的な最期を遂げた個体のお手軽な復活は視聴者の興を甚（いた）く殺（そ）いだ。やがて他スタジオもパラマウントに追随したのだった。

ランギや各スタジオの広報担当者がどう言おうと、再生された兵士が精神を崩壊させる確率は低くなかった。肉体は完治しているのに徐々に衰弱し、廃棄せざるを得なくなる。問題なく再出陣できた個体が、戦意をまったく示さず即座に殺されることもある。

兵士たちの生（なま）の激情。それは言葉による表現が可能な感情よりも混じりけがなく純粋で、迸（ほとばし）る血のように鮮烈だった。いわば、感情の原型だった。ランギ・アテアの高説に曰く、人間の認知機能は対象の特徴を抽出する方向に進化してきた。その結果、より誇張された特徴をより好むようになったが、これは鼠や鳥にも見られる傾向である。特徴の抽出と誇張は芸術の最重要素と言ってよく、それを最も端的に表したものが、すなわち記号（キャラクター）であろう。同じ理由で、複雑に揺れ動く人間の感情よりも亜人の鋭く硬質な情動のほうが、観衆（オーディエンス）の魂を激しく震わせるのである。

群小（モブ）も含め兵士同士の相関が維持されるようになったことで、派生作品（スピンオフ）でもより多彩で深みある物語の可能性が開けていた。物語は、ヒトの認知機能のもう一つの特徴である。人間は現象を意味や目的があるものと解釈する。それは物語化にほかならない。散漫な事象に物語を見出すことができた時、報酬系が活性化しヒトは快感を覚える。他者により提供された物語を享受する時もまた、同様に報酬系は活性化するのだ。

　こうした数々の有利な条件にもかかわらず、悲劇は暴力を圧倒するに至っていない。残酷ショウに耽溺する未成年から四十代までを主体とした層を、ランギ・アテアは薬中(ヤクチュー)呼ばわりして憚(はばか)らなかった。実際に薬物中毒者を見たことのある者など誰もいないのだが。ともかく彼が言うには、正常な認知機能もミラーニューロンも損なわれ、単純な刺激に反応するだけの、まとめて療養施設に放り込んだほうがいい憐れな人々なのだった。

　主(あるじ)の全身を洗い上げた特注秘書(カスタム・スクライブ)は、最後に再び彼の前に跪いた。白い湯具はすっかり濡れそぼって肌に貼り付いている。上目遣いで窺うのに、アキラは軽く頷いてみせた。妖精のように美しい人工の婢(はしため)は膝を進め、すでに兆し始めているものにそっと唇を寄せた。

＊＊＊

　パラマウントを筆頭にフォックス、RKO、ワーナーの各ハリウッド支部から、参謀長と設計者長が顔を揃える会合だった。スタジオによっては、アニメ脚本家も同行している。兵士同士の複雑な相関を設定するのに後方の脚本家が協力するようになり、近頃では作戦立案の段階から関わることが多くなったのだ。
　八、九級の異形が居並ぶ中、さらなる異彩を放つ人物がいた。黒い金属の全身義体。衣服の類は着けていない。完璧な卵型の頭部には鼻も口も耳もなく、双眸だけが戯画的に光っている。額に象嵌された複雑極まる認証印は、確認するまでもなかった。等級十、極め付けの廃人だ。

高等級が九割以上を占める戦争業界だが、アキラが知る限り等級十はただの一人もいなかった。彼らはおしなべて集団行動を嫌っており、職に就くことはまずないからだ。同人作家として名を馳せる者は多いが、滅多に人前に出てこないため、アキラでさえ直接会ったことのある者は数えるほどしかいない。

その稀少な十級を引っ張り出してきて、ランギは見るからに得意げだった。紹介された名前は、著名な同人ゲーム作家のものだった。身上を参照しても、性別、年齢、出身地は非公開である。どうも、と口も開かずに発せられた声は合成音だった。一同が乾杯もそっちのけで見守る中、ランギの右隣に座ったサイボーグは一見継ぎ目のない下顎を下げ、開いた腔にワインを流し入れて再び閉じた。ランギの左隣で、その巨体に視界を遮られているアキラは、つい身を乗り出した。

前菜も同様にして納められる。

「味覚はあるよ」誰かが質問するより先に答えたのは、ランギだった。「生身のよりも敏感らしいね。消化効率もずっとよくて、少量の老廃物は衛生的な方法で移出されるそうだ」

等級十はランギの声など聞こえていないかのように、文字どおり機械的にナイフとフォークを動かしている。そこで戦争屋たちはこれを変わったオブジェと見做すことにし、食事に取り掛かった。ほどなくランギが、グラスをナイフで軽く叩いた。

「諸君、自然界の異変に呼応して、世情はますます不安定だ」とパラマウントの師団参謀長は切り出した。「ボタンを押せば得られるが如き単純な刺激のみを求める輩も、ますます増えていくことだろう。だけどみんなも承知してるとおり、暴力（バイオレンス）には未来がない。刺激はすぐに耐性を生み、より過激な表現が求められる。すでに規制との衝突は日常茶飯事だ。規制緩和を求める動きは業界の中だけで、観衆（オーディエンス）はそんな手間は最初から素っ飛ばして違法視聴に走る。規制が厳しくなるだけだということも理解できないのさ。
よしんば緩和が実現したとしても、過激さには限界がある一方、耐性の形成に限界はない。そしてもちろん我々は、そんな事態に至るのを許すわけにはいかない」

全員が一度は聞かされている内容に違いないが、ランギに省略する気はないのは明らかだった。この会合は、ロウズを除く四大スタジオが暴力表現規制に向けて協同することを取り決めるためのものだった。一支部の幹部らによる協定とはいえ、ハリウッドはどのスタジオでも別格である。同時にこれは同人界をも取り込んで、暴力派筆頭であるロウズ・スタジオの締め出しを図る協定でもあった。円滑に進む審議に、ランギは喜色満面だ。この男は未だにロウズにアイデアを盗まれたと信じているのではないか、とアキラは思った。もしそうなら、これは個人的な報復以外の何ものでもない。

メインが出てくるまでに、話し合いはすべて終わっていた。一本の体毛もない賄い（まかない）が出てきて、分厚い牛肉を鉄板で焼く。本物のカンザス牛だ。タキシード姿の主人が、品種や飼育法について解説を始めた。

食肉が工場生産に切り替わって以来、牧畜はそれを選択したムラでのみ営まれている。市場に出回る天然肉はわずかな余剰分だけであり、賞味したければ生産者の許へ体験学習に赴くか大金を投じるしかなかった。どちらの場合も、最低でも数週間前からの予約が必要である。しかし生憎、アキラは菜食主義でこそないものの肉食に執着はなく、培養肉で充分だった。香ばしい匂いに周囲が陶然とする中、せめて和牛だったらな、などと考えている。経費で落ちるので、文句を言えた義理ではなかったが。

「ヨーロッパでは天然肉が高騰してるって」

「南米もだってさ。ヴェネズエラやブラジルで、牧草地帯にジャングルが押し寄せてきてるんだ」

「一体どうなってるんだろうな」

そんな会話が耳に届いた。変異した土壌微生物は、ヨーロッパでは草木を立ち腐らせ、アマゾンでは逆に異常成育させている。遠く離れた二つの異常現象に、関連は見出されていなかった。

「ありがたいことに、北米は例の猛毒プランクトン以外は未確認情報ばっかりだな。セコイアが枯れ始めたとか、イエローストーンの古細菌による人の奇病とか」

「古細菌はいくらなんでもガセだろ」

「いや、きっと遺伝子管理局の仕業さ」

座はどっと沸いた。いささか大きすぎる笑い声だと、アキラには感じられた。きっと皆も彼自身が最近ずっとそうであるように、言い知れぬ不安に苛(さいな)まれているのだ。それは密談と最高級の珍味がもたらす興奮によっても、拭い去ることは不可能だった。

変異し続ける自然への対応はことごとく立ち遅れ、不安が世界を飲み込もうとしている。そのため人々は、よりいっそう亜人の犠牲を必要とするようになった。しかしそれは問題に直面する気力を養うのではなく、逃避する役にしか立っていないのではあるまいか。事実、人々は災害の現場への関心をますます失いつつある。それでいて新種の病原体についてのデマは容易に信じ、そのたびに右往左往する。

公的暴力の過激化と連動して、私的暴力も確実に増加していた。各地で更生施設が満杯になり、特に悪質な事件以外は程度に応じて奉仕(サービス)の停止や信用貨(クレジット)支給の減額といった処罰に換えざるを得なくなっている。犯罪のセンセーショナルな報道は従来、模倣犯を生まぬよう抑制されてきた。現在では抑制するまでもない。殺害に至るケースでさえ、もはやありふれて、関心を惹かぬものとなったからだ。

それでも人々の攻撃性は、未だ亜人のみに向けられていた。子供同士の諍(いさか)いが増えたという報告は世界中で上がっているが、旧時代のようないじめや暴力沙汰には発展していないようだ。大人たちは、少なくとも表面上は平穏な関係を保っている。ただし、あくまでも表面上は、だ。

一歩、ネットの世界に足を踏み入れると、そこは旧時代さながらの悪意渦巻く世界である。もう十年も前、同僚に関する噂に振り回されて以来、アキラが利用するインターネットサービスは、公共の情報と内輪の交流だけだった。弥生のことがあってからは動向だけでも概観するようにしているのだが、十年前とまるで異なる様相には愕然とさせられるばかりだ。

絶対平和におけるインターネットは、かつてそうであったような無法地帯ではない。ネットワークの頂点には世界の頭脳である十二基の知性機械（インテリジェンス）が君臨し、すべての端末は同時に知性機械の端末でもあった。さらにすべての個人は番号登録されており、他の奉仕（サービス）と同様、端末も認証なしでは利用できなかった。ネット上での活動には仮人格（ペルツナ）を用いることができるが、その取得にも認証が必要だ。ルールを守っている限りプライヴァシーは保証されるが、当局はいつでも個人の発言から閲覧履歴に至るまで追跡することができる。ネット上での発言権と仮人格使用権が与えられるのは等級二からであり、別人に成り済ませたと勘違いした子供による反社会的な書き込みは、これまでも常に世界のどこかで起きていた。その場合、直ちに未成年課の把握するところとなり、親か教師に連絡がいく。そうして大人になるまでにルールを学ぶのだ——そのはずだった。

何も学んでいないかのように日々中傷合戦を繰り広げるのは、未成年者だけではなかった。そして私的暴力と同様、その数の多さは警察の対応能力を超えている。挙げられるのは、目立ちすぎた奴と運の悪い奴だけだ。

少数とはいえ逮捕者が出るたびに、個人番号制は人権侵害だとの大合唱が起きる。彼らの欲する権利が匿名で他人を誹謗中傷する権利であるのは一目瞭然だが、もう一つの特徴は、絶対平和を暗黒の管理社会であるかのように語る言説だった。そのとおりであれば、批判などできるはずもないのだが。

悪の支配者と名指しされるのは、当然ながら国家ではなく遺伝子管理局だ。およそ政策は国家および地方自治体によって立案され、十二基の知性機械（インテリジェンス）による検討、調整を経て最終的な決定が為される。陰謀論者たちによれば、知性機械を陰で操るのが遺伝子管理局、あるいは知性機械そのものが遺伝子管理局の正体なのだった。

陰謀論者たちのヒーローは、あのＶＴだった。人間の尊厳を守るため、最後まで闘い続けたとして賞賛する。亜人に私的暴力を振るう犯罪者の多くも、彼を崇拝していた。〝串刺し刑〟を試みる者すらいる――成功例は皆無のようだが。さすがに殺人をも賛美または正当化する者はいないが、ここでも持ち出されるのは陰謀論だ。いわく、ＶＴをはじめとする亜人撲滅派の闘士たちは、殺人など犯していない。遺伝子管理局によるでっち上げであり、いわば勝者によって書かれた歴史である。

こうした主張を否定する人々は決して少なくなかったが、彼らもまた理性的と呼ぶには程遠かった。議論は成立せず、互いの全存在を拒絶する罵り合いだけが際限なく繰り返される。ネットの世界に限れば、もはや人類は穏やかでもなければ賢くもないかのようだった。悪意に満ちているだけではなく、冗談も通じなくなっている。

等級による生殖管理が、適者増産、不適者禁絶の優生学であることは周知の事実だ。ドミトリ

・ベリャーエフの狐の交配実験を根拠としている、という説は事実ではないとされるものの、同じくよく知られている。それを、禁断の秘密を暴いたかのように書き立てる。等級制そのものが人権侵害だという訴えもあったが、高等級（ハイグレード）対低等級（ローグレード）がそれぞれ被害者を自称する泥仕合と化していた。等級零こそが人間の在るべき姿とされているではないかと高等級が叫べば、低等級は相手の物質的豊かさを攻撃する。低い（ロー）と呼ばれること自体が差別だと低等級が吼えれば、それは言い換えに過ぎず、等級（グレード）というのは本来、数字が小さいほうが上なのだと高等級が叩き返す。

本音（ホンネ）と建前（タテマエ）が機能しなくなりつつあるのだった。いい大人が揶揄や反語でなくイデオロギーを掲げるなど、少し前までならあり得なかったことだ。清算されたはずの過去の対立が蒸し返される。共通語である現代ラテン語も槍玉に上げられ、カトリック至上主義だのヨーロッパ至上主義だのといった言葉が飛び交う。二百年前、死語であるラテン語が選択されたのは、英語の覇権を覆すためであると同時に、単なる冗談でもあった。ダーウィニズムとカトリシズムの結び付きから、亜人拒絶派は遺伝子管理局をカトリックの手先だと信じていたのである。どのみち、その時新たに作られた現代ラテン語は、古代ラテン語はもちろん教会ラテン語とも大きく異なる言葉だ。

悪意の発露は実社会には及んでいない、ガス抜きになっている、という意見もあるが、少なくとも戦争については当て嵌（は）まらなかった。どこかで集団同士の対立が起きるたび、歴史上の国家や民族、宗教や政治の対立が掘り出され、それは仮人格（ペルソナ）同士の罵詈雑言の応酬に留まらず、戦場での役割（ロール）の選択に如実に反映された。実戦と投票によって決着したはずが、敗者ばかりか勝者までが不満を募らせ、日を置かずして再度宣戦布告がなされることも、すでに一度や二度ではない。複数のスタジオが、依頼主から損害賠償を求められ係争中だった。

　この事態には、兵士たちの悲劇も一役買っているのではないか――ここのところ、アキラはそう危惧していた。戦場の激情に感情移入した視聴者たちは、敵に対して本物の憎悪を抱くのではあるまいか。悲劇（トラジェディ）にしろ暴力（バイオレンス）にしろ、見世物としての亜人の犠牲が視聴者の現実逃避を助長しているのではないかという疑念と併せて、ランギ・アテアにそう漏らしたことがあった。返ってきたのは、理解できていないとしか思えない反応だけだった。

「生き残る確率の高いデザインがある、って知ってる？」

　突然、耳元で轟いた重低音に、アキラはグラスを取り落としかけた。座っていても高い位置にある緑と黒の顔を見上げる。問いの意味が解らないまま、首を横に振った。脂塗（まみ）れの黒い唇と白い歯が笑った。

「聞いた話だけどね、仲間に守られやすく、敵に攻撃されにくい兵士のデザインがあるんだそうだよ。金髪碧眼白皙の若い雌型（F）。なんでか解る？」

　少し考えて、アキラは答えた。「コンセプシオンですか？　母の夢（マザー・ドリーム）で彼女を見る兵士が……

……？」

「残念、後半は間違い」太い人差し指を振る。「夢にシオンたんの映像が出てこない個体でも、金髪美少女タイプに弱いんだ」

どうせ出所も不確かな噂だ。母の夢は、戦闘種などとりわけ過酷な労役用の亜人に与えられた唯一の安らぎであり、精神崩壊の防止策である。温もりや柔らかさのイメージのみのはずが、一部の個体は人工子宮内膜の細胞提供者、通称〝懐胎〟に似た女性の姿を見る、という話自体が伝説のようなものだった。アキラ自身、そんな夢を見る個体に会ったことは一度もなかった。もっとも、わざわざ確かめたこともないのではあるが。

「愛情の遺伝子を強化したことで母への思慕が増した、といったところでしょうか」

儀礼的に示した関心にランギが何か応じかけた時、合成音声が響いた。

「無原罪懐胎は、もっと関心を払われて然るべきだ」

室内は静まり返った。一同は口を噤み、動きを止めてサイボーグを注視した。しかし同人作家は先を続けようとはせず、閉ざしていた口腔を開いてワインを注いだ。

「それは、新型エイズの一因が彼女の遺伝子にあるからですか？」

誰かが尋ねたが、返ってきたのはまたしても沈黙だった。戦争屋たちは戸惑った顔を見合わせた。そう言えば、とワーナーの脚本家がいささか頓狂に声を上げた。

「パラマウントに阮参謀総長ていただろ」アキラの無反応とランギの怪訝な顔を見て、言葉を足す。「脚本家のレイチェル呉って言ったほうが判るか」

僕は会ったことないからなあ。ランギの胴間声を聞きながら、なぜここで彼女の名が出てくるのだろうとアキラは訝った。

6

人工子宮の本体は、金属製のカプセルだ。用途に合わせてさまざまなサイズがある。生体素材である内膜は、一回の使用ごとに本体内壁の表面で増殖させる。幹細胞の状態で培養されている親株から、一部を取って分化させるのである。

オリジナルの細胞を提供した女性については、ゲノム情報と一枚の肖像画像のほかは何一つ知られていない。ムリーリョの〝無原罪懐胎（インマクラーダ・コンセプシオン）〟を模した肖像写真から、コンセプシオンの名が最も一般的な通称である。文化圏ごとに、シェヘラザードやマトリョーシカなどの別名も持つ。金髪碧眼の美しい少女であるその画像は、アイコンとしてさまざまに加工されてきた。しかし二十世紀末に生きたであろう彼女自身は、誰からも関心を払われることがない。

彼女が提供者として選ばれた理由は、この上なく明白だった。免疫系の特異的防御機構の不全と非特異的防御の発達。これにより人工子宮の素材も胎（はら）に懐（いだ）く児（こ）――人間もそれ以外も、決して拒絶されることがない。一方で病原体が児に巣食っていたとしても、臍（へそ）の緒を通じてその増殖を抑え込み、安全な環境を守り通す。

サイボーグ化、すなわち異物の埋め込み（インプラント）や器官交換は、深刻な拒絶反応を引き起こす危険がある。それは亜人の事例から明らかだった。そのため人間の場合、あらかじめそれら異物に対して免疫寛容を作り出す処置が必要とされていた。それはコンセプシオンの遺伝子を基に作り出した因子を、胸腺に導入することによって行われる。ゲノム組み込みではなく細胞質導入であるため、因子自体は数ヵ月以内に消失するが、免疫寛容の効果は永続する。デザイン変更で別の素材の異物を身体に入れることがあれば、因子導入を再度行う。サイボーグ化が遺伝子改造よりも高リスクとされ、等級（グレード）八以上にしか許可されない理由の一つは、寛容形成により免疫系が攪乱される可能性が皆無ではないことだった。とはいえ、そのような事例は二百年間ただの一度も報告されていなかった。

胸腺細胞に導入された免疫寛容因子が、消失せず核内に取り込まれてしまう例があるのは、以前から知られていた。それはごく稀な現象であり、免疫機構が阻害されることもなかったため問題視されたことはなかった。だが南アフリカで出現した新型ＨＩＶ、感染力は高いがまったく無害だと思われていた変異体が、一つの細胞核の中でコンセプシオンの免疫寛容因子と出会うことにより、極めて重度の免疫不全が生み出されたのである。


「やあ、レイチェル……レイチェルと呼んでいいのかな」

「もちろんだよ。久し振りだね、アキラ」

ほぼ十年ぶりの再会だった。ガラスの壁を挟んで、アキラはかつての同僚と対面した。

「大袈裟だろ。ボクが感染するのを防ぐためさ」

マイク越しに聞こえてくる声は、言葉遣いこそ記憶にあるものと変わらないが、ひどく掠れて弱々しかった。ベッドの上部がわずかに起こされ、痩せ衰えた顔は椅子に腰掛けたアキラよりわずかに低い位置にあった。三級の認証印(スティグマ)が、皺で歪んでいる。

「ボクから感染するのも防いでるんだ」

「相変わらず、皮肉が冴えてる」

アキラの言葉に、病人は苦しげな笑い声を上げた。新型ＨＩＶはインフルエンザ並みの感染力を有する。しかし新型エイズの発症が確認されているのは、アフリカ大陸で千人未満、他地域では総計数百人に過ぎなかった。免疫寛容因子がゲノム内に取り込まれる確率の低さゆえだが、一度でも免疫寛容処置を受けた人々に占める割合は未だ把握されていない。アキラの検査結果は、因子取り込みもＨＩＶ感染も白だった。

「稀少な症例だから研究も兼ねて完全看護体制だけど、この先、患者が増えてったらどうなるのかな」

語尾に小さなブザー音が重なった。続いて男の声がインターフォンを通して、失礼、と言った。レイチェルから見て正面の壁は、スクリーンになっている。映し出される画像は、時々切り替わるがすべて花の写真だった。

「アキラ君からだよ」男の言葉とともに、画面いっぱいにアキラが受付に預けた切り花が現れた。花瓶に生けてあるようだ。花弁や葉が微かな風に揺らぎ、写真ではなく映像だと判る。声の主は、受付でアキラを出迎えた人物だろう。メールに返信してきたのも彼だった。

「婚約者だよ……ボクの」掠れた声が、呟いた。

「うん、聞いてる」

「笑っちゃう陳腐さだよね。こんな脚本(ホン)書く奴がいたら、舐めてんのかって足蹴(あしげ)にしてる」

「……これは現実だから」

「彼は感染してないんだ。免疫寛容処置は二度受けてるけど、因子取り込みもなかった……幸いにして」

言葉を途切れさせ、顔を歪めた。賛意の言葉を口に上らせかけていたアキラは、痛みが襲って来たのかとうろたえた。だが彼女は、さらに歪めて笑みを作った。

「そう、幸いなんだ……心からそう思える時もあるけど、なぜボクだけと思わずにいられない時もある。いつどこで、どうやって感染したのか判らないんだ……何年も付き合ってて、去年からは同棲してたのに。どうして、わたしだけ……」

途中からは中国語に変わり、アキラはかろうじて言葉を追った。何も言えず目を伏せる。

「そんな顔するなよ」業界語に戻り、元脚本家は笑った。「……って言いたいとこだけど、その御面相じゃ、表情がわかんないな」

アキラも笑った。頭の中で時計を確認する。面会時間は五分だけだ。

「一週間滞在の予定なんだ。面会日には必ず来るよ」

「無理しないほうがいい。話すことなんか、すぐになくなるよ」

「とにかく顔を見せに来るよ」

「その顔を？」

明るい微笑ほど、かえって痛々しい。感情が顔に出ないことを感謝しながら、病室を辞した。

中国内陸部の大都市にある総合病院だった。レイチェルはここから数十キロ離れた小さな町で、伝統舞踊の講師をしていたのだ。門前でバスを待つ間、メールを打った。短い文面でないにもかかわらず、ほとんど折り返しのように電話が掛かってきたのに驚かされた。

「……やあ、ルウルウ」一言そう言った後、言葉が続かなくなった。

大丈夫？　懐かしい声が囁いた。ベンチに腰を下ろしたアキラは、両手に顔を埋めた。バスが来て停車し、乗客を降ろして走り去った。

「ああ、大丈夫だ」ようやく口の中で呟いた。「悪かったね、早い時間に。ちょっと……心配になって」

「わたしは大丈夫。因子取り込みはないし、殉職するつもりはないから」

かつてはアキラと同じ等級九だったこともあるドバイの原型師は、今は等級四まで降り、スペインで微生物研究に従事していた。ヨーロッパの土中微生物とアフリカのＨＩＶ。まさに最前線に身を置いているのだ。

「それを聞いて安心したよ。うん、確かめたかっただけだから。ありがとう、わざわざ電話してくれて」

　通話を切ろうとしたが、思いがけず引き留められた。よほど憐れを誘う声音をしているのか——

——自嘲しつつ、回線越しの優しさに縋（すが）らずにはいられなかった。しばらく、取り留めもない会話を続ける。

「俺も遺伝子設計（ジーン・デザイン）の知識を活かして、世の中に貢献したほうがいいのかな」ふと浮かんだ考えを口にした。

「今は貢献してないの？」とルウルウは笑った。「みんなが必要としてるのは、記号設計者（キャラクター・デザイナー）のあなたよ」

　答えることができず、アキラは沈黙した。

＊＊＊

　義兄から電話があったのは、七月に入ってからだった。二月に姪が誕生しているが、まだ一度も直接顔を見ていない。夏の帰省は遠慮するつもりだったが、偶々日本での仕事が入った。大阪支部だが、数日足を伸ばすことは可能である。迷惑なら最寄りの町に宿泊するが、と姉にメールを入れたのが六月初めのことだ。返事を催促するつもりではなかったが、三週間後に同じ内容を義兄に送ったのだった。

「相変わらずの活躍ですね。今度は鳥羽伏見の戦いですか」皆は元気か、というアキラの問いには答えず、妙に口早に義兄は述べた。「しかし最近は、長距離移動の許可が下りにくくなっているのでは？」

変異微生物の拡大防止策だ。「そのくらいは、どうとでもできますよ。可愛い姪に会うためならね」

義兄は黙り込んだ。日本は真昼だが、どこから掛けているのか背後は静まり返っている。自宅の食卓で、冷めていく夕食を眺めながら、義兄（にい）さん、とアキラは呼び掛けた。深いため息が聞こえた。食い縛った歯の間から漏らした息だった。ややあって発せられた声は、苦悩に満ちていた。

「去年の新型インフルエンザ、子供に脳障害を起こす可能性があるというのは知っていますか」

ええ、とアキラは答えた。先月のニュースだ。日本の親族は誰も感染していないから、気にも留めていなかった。

「では、ワクチンでも障害が出るというデマは知っていますか」

アキラの返答を待たず、義兄は溜めていたものを吐き出すように一気に語った——彼の妻は、そのデマを信じ込んでしまった。ワクチン接種をした太一だけでなく、生まれて間もないその妹まで、いずれ障害を発症するのだと。彼女自身がワクチン接種を受けたのは体外受精の前であり、娘にはなんの影響も及んでいないにもかかわらずだ。そして子供たちを置いて家を出た。足取りは簡単に摑めたが、東京のホテルまで迎えに行った夫、両親、親戚、友人たちの説得に、彼女は一切耳を貸さなかった。どんなに道理を尽くして説いても、どうせおかしくなるんだから育てたって仕方ない、と繰り返すばかりだった。そのまま東京の病院に入院させたのが、半月前のことである――

「なぜもっと早く――」

知らせてくれなかったのか。愕然と口走りかけた言葉を、アキラは飲み込んだ。義兄も無言だった。二人とも、答えは解っているからだ。たとえ知らされていても、アキラにできることは何もない。

＊＊＊

結局、日本行きは取りやめた。どのみち彼はゲスト設計者（デザイナー）として二体を手掛けただけだったから、ハリウッドにいながらでも不都合はなかったのである。

白人に部族を殲滅された跳ねる鹿（ジャンピング・ディア）は、もはや故郷は永遠に失われたものと思い定める。北米先住民のルーツは日本人である、という当時提唱されていた説を信じ、幕末の日本に密入国。紆余曲折の末に新撰組と肩を並べ、鳥羽伏見で戦斧（トマホーク）を振るう――今回は一応、実在の人物をモデルとしているとはいえ、強引で荒唐無稽な設定はいつもどおりである。

数ヵ月前、〝跳ねる鹿〟は目の前で恋人を殺されていた。彼女は投票により復活したが、その後、偶々共演の機会がなかったので〝跳ねる鹿〟は彼女が命を取り留めたことを知らない。設定上、先住民の少女は死んだままにされ、その本体である雛型（F）は生き写しの日本人に記号変更（キャラチェンジ）された。男装の新撰組隊士である。

戦いの日、平原の戦士は再び彼女の死を目の当たりにすることとなった。混戦の中、銃弾がだんだら羽織の少女の胸を貫く。〝跳ねる鹿〟の口が、叫ぶかのように大きく開かれる。だが声は出てこない。駆け寄り、崩折れ、骸（むくろ）を掻き抱く。黒曜の双眸を見開き、天を仰ぎ、声もなく涙もなく哭泣（こっきゅう）する。その背後に、官軍兵士が忍び寄る。銃剣が深々と突き刺され、切っ先が胸から飛び出す。一声も発さないまま、戦士は絶命した。

翌日、アキラは師団長から名無し（ジョン・ドウ）の廃棄決定を告げられた。

「理由をお尋ねしても、よろしいですか」

マニアによる人気投票は締め切られるまで三時間以上あったが、〝跳ねる鹿〟はすでに必要票数を獲得しているはずだった。

「リアリティの追求だよ」というのが、師団長の答えだった。「残された者がいくら嘆き悲しもうと、死者は生き返らないのが現実だ。今後は再生条件を満たした兵士から、ランダムに選んで廃棄することとした。それにより、視聴者に緊張感を与える。〝名無し〟は第一号というわけだ」

〝名無し〟に限ってはランダムではないだろう。そうアキラは思ったが、口に出したのは別のことだった。「わたしの反対で決定が覆るのでしたら、反対させていただきますが。愛着のある個体ですので」

「きみが〝名無し〟から生み出した数々の記号(キャラクター)は、間違いなくきみの代表作であり我が社の顔だ。しかしそのほとんどは跳ねる鹿(ジャンピング・ディア)、黒玉の犬(ジェット・ドッグ)、ヨーゼフ・フォン・ダンネッカーなど初期の設計(デザイン)ばかり。守旧のファンによって支えられていることは否めない。これでは新しい原型(ゲンケイ)の成長が妨げられる上に、新しいファン層の開拓も妨げられる。統合参謀本部はイメージの刷新を図ることにしたのだよ」

そういうことでしたら、と彼は答えた。「異論はございません」

広い敷地を横切って工房に戻る途中、師団参謀長がメールを寄越してきた。今夜十時に映話をする、とある。なるほど。アキラは小さく笑った。廃棄はランギの差し金、とまでは言わないにしても、少なくとも関与はあるのだ。

〝名無し〟の死に向き合わざるを得なくなったのは、夜になってからだった。映話が掛かってくるまでに、中途半端に時間が空いてしまったのだ。読書を始めたが集中できず、諦めてスクリーンを閉じた。椅子の背に凭(もた)れ、高い天井を見上げる。

たかが兵士一体だ。本体すなわち原型(ゲンケイ)が廃棄されても、アキラの記号(キャラクター)たち、そのデザインは作品として残る。イメージの刷新とやらが失敗に終わっても、スタジオと運命を共にする気はないし、そのための手立てはいくらでもあった。

なのに、この不安はなんだろう。しばらく胸中を探ったのち、不安だけでなく不吉さも覚えているのだと気づいた。現在のアキラの名声は〝名無し〟を足掛かりとして築かれたものだ。記号設計者としての十余年を、共に歩んできたと言って過言ではない。その〝名無し〟が廃棄されてしまえば、彼自身の戦歴（キャリア）にも翳（かげ）りが出るのではあるまいか、と。

　迷信じみて不合理な感情だ。おそらくこれは、疾（やま）しさの裏返しなのだろう。廃棄に反対しなかったことで、良心が咎（とが）めているのだ。

　どのみち、あれはもう壊れていた。廃棄を免れたとしても、使い物になるまい――心臓を差し貫かれた瞬間に至るまで呆然と見開かれていた瞳が、脳裏に蘇る。その瞳に湛えられた、あるいは湛えられたかに見える情感が、数多（あまた）の観衆（オーディエンス）を魅了してきたのだ。だが最期の数十秒間、そこに在ったのは完全な空虚だった。数々の人気記号（キャラクター）の原型（ゲンケイ）として、数々の生と死を体験してきた。生はいずれも虚構（フィクション）だったが、死はいずれも現実（リアル）だった。そのたびに肉体は蘇らされ、記憶は消されて新たな虚構の人格（キャラクター）と記憶が上書きされる。それでも死と苦痛の記憶は完全には消えず、傷跡となって残る。いや、〝名無し〟の個性（キャラクター）では、守れなかった仲間たちの死が、自らの死よりも深い傷となって刻み込まれてきたかもしれない。そうして精神は確実に劣化していき、ついに崩壊したのだ。

　ならば、廃棄はむしろ慈悲だ。そう考えてみても、不安は消えてくれなかった。亜人に苦しみを肩代わりさせることで、人類は幸福になった。その幸福は世界の変容によって揺らぎ、そのため亜人にはますます多くの苦しみが負わされることになった。名無し（ジョン・ドウ）は、いわばその重荷に耐え切れず壊れたのだ。これ以上亜人に苦しみを負わせることができなくなれば、絶対平和は、人類はどうなってしまうのだろうか。

　馬鹿馬鹿しい。たかが兵士一体の廃棄に飛躍しすぎだ。アキラは頭を振った。不合理な思考や感情は、創造者（クリエイター）として望ましい。しかしそれに足を取られてはならない。己が仕事の道義性について思い悩むのは、とうにやめたはずだった。今やアキラが設計（デザイン）するのは、記号（キャラクター）のみに留まらない。戦闘種同士の絆を設計し、それにより間接的にだが彼らの情動、ひいては観衆の感情をも設計しているのだ。

　彼はそれを誰よりも巧くやれるし、巧くやれることが快感だった。精神を破壊し肉体をも自滅に導くほど激しい亜人たちの情動を、観衆はミラーニューロンに写し取って感情を揺さぶられ、涙を流す。ただし、そのように受け身で排泄（カタルシス）させられるままでいるのに飽き足らず、どの個体が、いつ、どのように壊れるかを予想し、ゲームのように楽しむ者が最近増えつつあるようだった。設計者（デザイナー）としては屈辱だが、彼らの態度はアキラ自身のそれに近いと言えた。

　泣き叫び狂乱する兵士たちに感情移入しないわけではないが、その己の感情も含めて、ごく冷静に観察し分析することができた。容貌をより日本人らしいものに変えたのは十代後半のことだが、おそらくそれ以来、感情の起伏は徐々に平坦になっていったのだろう。表情筋の動きが乏しくなったので、脳の情動領域へのフィードバックも減衰したのだ。等級九に昇ってからは、動悸や紅潮、発汗、さらにはホルモンや神経伝達物質の分泌まである程度コントロールできるようになった。そうして、いっそう心は凪(な)いでいった。動揺することはあっても取り乱すまでには至らず、仕事や生活に支障を来(きた)しはしない。無表情な貌(かお)は仮面のようで、それがますます心を平穏に閉じ込める。そして、ただ感情になりきらない漠とした不安だけが、心の底に降り積もっていくのだ。

脳と脊髄を全身義体に包んだ、あの等級十のことを思い出す。いくら精巧とはいえ自然(ナチユラル)ではない人工器官とのフィードバックが生み出す感情や思考は、生身のそれとは異なるのだろうか。彼、もしくは彼女は、この名状しがたい不安から自由でいられるのだろうか。

ランギ・アテアに限っては、如何(いか)なる不安からも自由であるに違いない。そう考えて、アキラは小さく笑った。つい先日も、彼の秘密を打ち明けられたばかりだ。感情と呼応しているかに見える黒い彩文の動きは、実はかなり自由にコントロールできるのだという。アキラの推測どおり、あれは皮膚の血流量の変化や筋肉の緊張などが作用している。自分自身を撮影したライブ動画で紋様の変化を確認しながら、バイオフィードバックの要領で随意に動かす訓練をしたのだそうだ。

その様子を想像すると如何にも間抜けな印象が否めないし、そもそも隠しておくべき手の内ではないのか。ランギにしてみれば親愛の情の表れなのだろうが、実のところ偶々そういう気分になった時に、偶々傍らにいたのがアキラだったというだけのことだ。

映話は十分遅れで掛かってきた。緑の巨人は壁面スクリーン越しに、名無し(ジョン・ドウ)の廃棄に対するアキラの心情を勝手に汲んで、弁解やら慰めやらを黒い彩文を蠢(うごめ)かせながら綿々と述べ立てた。アキラは遮ることなく聞き流していた。

ランギ・アテアには定見がない。おそらく、その時その瞬間には己の言葉を心から信じてはいるのだ。それはつまり、本音と建前の使い分けができていないということでもある。今後、彼のような人間は増えていくかもしれない。ふと、アキラはそう思った。自分の言動がどのような結果をもたらすか考えず、どのような結果がもたらされても意に介さない。アキラは考え、気に掛けはするものの、予測しがたく揺れ動くこの世界では、ランギのように生きるのがより賢明というものだ。

黒い唇と白い歯の間から滔々と吐き出される言葉の羅列の中で、一つの名前がアキラの注意を引いた。

それは、彼らの少年時代に一世を風靡した記号設計者だった。天才の名を恣にし、また埋もれていた旧時代の多数の作品や様式を発掘し作風に取り込んだためルネッサンスマンとも呼ばれた。その偉人を同じ日本人であるアキラは超えられる、と参謀長は阿諛したのだ。

「光栄ですね」とアキラは答えた。「彼は子供の頃からの憧れで、今も目標にしています」

「へー、それは……」黒い幾何学紋が躍り上がった。「じゃあ自慢できるな。僕は本人に会ったことがあるんだ」

羨ましい、と大して関心もなくアキラは応じた。ランギは大きな笑顔を頷かせた。

「ファンに囲まれてる彼を見掛けたとか、そんなんじゃないんだ。向き合って、話をしたんだよ。

引退の二、三年前かな。ほら、十五歳の討論会ってあるだろ――」

　唖然として、アキラは巨漢を凝視した。「あの二級の……」

　え、とランギはたじろいだ。「見たの？　……そうだよな、あの先生（センセイ）のファンだもんな。それじゃあ、僕のみっともないところも見られちゃったわけだ」

　顔全体で刺青が激しく流動しているのは、緑の彩色の下で赤面しているからだろう。硬直した禁欲主義を唱える白人少年の面影をそこに見出そうと、アキラは虚しく努力した。

「子供だったからねえ、僕も」青みがかった白い縮れ毛を掻き回し、ランギは照れ笑いを浮かべた。オレンジ色の瞳は、珍しくあらぬ方に向けられている。「まあ今の僕は、人は成長するという見本みたいなものだろ」

　そそくさと映話が切られた後も、アキラは呆然とスクリーンを見詰めていた。ランギ・アテアの名が、ポリネシアの天空神であると同時に天空そのものを指し、また白人の異称でもあることが、ぼんやりと思い出された。石器時代に近い暮らしをしていた太平洋の島々に、天から落ちてきたかの如く突然侵入し、恐るべき破壊と変化をもたらした異形の者たち――そこまで意図した命名だとも思えないのではあるが。

　あれから成長した、と本人は言う。確かに随分変わったと言えば変わったが、ある意味ではまったく変わっていない。公衆の面前であんな醜態を晒すことはもうあるまいと思うものの、彼に対する不信と不安がいっそう募ったのをアキラは感じた。

あの男は、定見はないが執念深い。自分に恥をかかせたとして、討論相手の同人小説家と司会の記号設計者を逆恨みしてはいまいか。恨みは戦争業界とその周辺、ひいては絶対平和そのものにまで拡大され、幼稚な少年は破壊と変化の嵐をもたらす復讐者と化したのではあるまいか。

考えすぎだ。アキラは苦笑し、頭を振った。たとえ本当に恨みを抱き続けているとしても、良くも悪くもそこまでの計画性などありそうもない。この不安は、ランギ・アテア独りに起因するものではないのだ。世界が、少しずつ崩れていく不安。一過性のものなのか、もはや取り返しのつかないものなのか。崩壊を食い止めるため、あるいは巻き込まれてしまった人たちを救うため、立ち止まって手を尽くすべきなのか。それとも自分も巻き込まれないためには、ひたすら前へと歩き続けるべきなのか。歩き続けるその先に、何が待ち受けているかも判らぬまま。

もう一度頭を振り、アキラは立ち上がった。己に向け、声に出して呟いた──「それでも、俺はこれからも巧くやってくさ」

… 'STORY' Never Ends!

ノックに応えたのは、甲高い犬の鳴き声だった。ランギ・アテア中佐はドアを開け、狭い隙間にその巨体を押し込んだ。テックス-メックス式のけばけばしい調度に迎えられる。

ランギは後ろ手にドアを閉め、目深に被っていたフードを脱いだ。緑と黒で彩られた皮膚は、灰色のスウェットスーツで覆い隠されている。エルパソ新市街の安ホテル。補強処置によって、外観と内装は二十一世紀初頭当時そのままだ。保存が難しいカーテンやリネン、什器の類はほとんどが正確な複製品である。ほんの二、三歩で、部屋の半ばを占めるシングルベッドの前に立った。

「昨夜十時に処置しました。サンプルはすでに現地に到着しています」小さなケースを差し出した。

オブセルバドールは前回と同じくベッドの上で胡坐（あぐら）をかき、ランギを見上げていた。ほっそりとしたい白い手でケースを受け取る。膝の上で丸くなっていた白黒の毛皮の塊が身を伸ばして匂いを嗅ごうとするのを、もう一方の手で宥(なだ)めながら蓋を開いた。注射器と空のアンプルを確認すると、ぱちんと音を立てて閉じた。

「ん、御苦労」無造作にケースを放り出し、膝の上の獣を抱き上げる。

ランギは一歩踏み出し、低めた声で言った。「一つ変更が」

くんくんと鼻を鳴らす毛皮越しに、オブセルバドールは片眉を上げてランギを見た。パラマウント社の師団参謀長は、黒い唇と白い歯で微笑んだ。

「サンプルを別の個体に替えました。上には無断です」

「はあ?」眉がさらに撥ね上がった。「何それ」

白黒の幼獣はベッドカバーの上に下ろされた。不満げに唸り、膝に這い戻る。まあ聞いてください、とランギは真摯な表情で続けた。

「入れ替えたのは、廃棄予定だった十二齢の記号(キャラ)、ＪＤＮＷ９４１８ＭＳＭ４６とです」

「ＪＤ……」不機嫌に細められていた青い双眸が、大きく見開かれた。「あの名無し(ジョン・ドウ)か。廃棄？そんなに落ち目だったの」

師団参謀長は悲しげに頭を振った。「まだまだ健在でした。スタジオの路線変更で切り捨てられたんです。長年の貢献にもかかわらず、ひどい話ですよ。こいつの人気だけで保(も)ってる記号(キャラクター)・設計者(デザイナー)でさえ、喜んで賛成する始末ですからね。せめて人類の未来に貢献させてやりたいと願うのは、僕の身勝手でしょうか」

この時この瞬間、彼は己の言葉を心から信じていた。統合参謀本部でJDの廃棄を主張した時と同様に。

「身勝手だね」返答は、にべもなかった。「記録とか、どうしたんだ」

「サンプルに予定されていた一齢の群小(モブ)と入れ替えました。〝名無し〟として廃棄されたのはそのモブ、〝名無し〟にはそいつのデータを上書きして、見た目や能力も近づけてあります」

「それ、あんた一人でできたわけじゃないよね」

「協力者は下士官二名――プログラマーと設計者助手(アシスタント・デザイナー)です。もちろん実験のことは何も知りません。二人とも〝名無し〟の熱烈なファンでしてね、廃棄は忍びないという僕の考えに賛同してくれたのです。大丈夫、万が一にも漏らしたりしないよう手は打ってあります」

深々と、オブセルバドールはため息をついた。「一日二日でできることじゃない。てことは一昨日会った時には、とっくに入れ替えは済んでたわけだ……もしかして俺、舐められてる？」

「とんでもない」とランギは大きな両手を振った。「お気を悪くされたなら、申し訳ない。しかし……」

唐突にオブセルバドールは座ったまま向きを変え、背後のカーテンを開けた。ランギは、ぎくりとして口を噤(つぐ)んだ。咄嗟に物陰に身を隠したくなる衝動を押し殺す。

窓の外には夜景が広がる。六階だが、新市街でも高層建築が少ないので、見晴らしは悪くなかった。光の沃野の真ん中を、暗黒の帯が曲がりくねりながら横切っている。国境の河、リオ・グランデだ。向こう岸はメキシコである。一八四八年、一つの町だったエルパソは米墨戦争によって分断された。明日、二〇二二年九月二十二日、市街地から三十キロほど下流の荒野で、戦闘の一つが再現される。

新たな戦争の発端は、メキシコ北部および境を接する四つの州――テキサス、ニューメキシコ、アリゾナ、カリフォルニア一帯で広まったインフルエンザだった。最初に確認された感染者はテキサスの住民だが、分離されたウイルス株は二十一世紀初頭にメキシコで発生した豚インフルエンザと同系統であることが判明した。また最初の感染者はメキシコ系であり、発症はメキシコから親戚が訪ねてきた後だった。それだけの理由からテキサス州政府はメキシコが発生源であると断じ、他の三州と共同で国境封鎖を断行した。市民の間ではメキシコ系のみならずヒスパニック系全般に対する排斥運動が高まったが、各州政府の対応はこれを鎮静化させるどころか、むしろ助長するものだった。

一連の騒ぎに対する諸外国の反応は薄かった。どこも自国のことで手いっぱいだったのである。国内からの非難の声は高かったが、南西部四州をいっそう頑なにさせるばかりだった。我々は最前線で戦っているのだと主張し、テキサスを盟主にルイジアナ、ミシシッピ、アラバマ、フロリダをも抱き込んで〝南部諸州同盟〟を結成した。疫病対策よりも反メキシコ活動にかまけること数ヵ月、ついにメキシコ政府を宣戦布告へと追い込んだのである。

宣戦布告された側の特権として、南部諸州同盟はアラモの戦いを選んだ。一八三六年、当時メキシコ領だったテキサス州サンアントニオで、デイヴィ・クロケット率いる二百人の入植者が小さな教会――通称アラモ砦に立て籠り、五千のメキシコ兵を相手に全滅した悲劇である。旧時代には愛国の象徴として語り継がれていた。しかし賢く穏やかになった新人類は、多勢に無勢の玉砕は事実だが、その背景にはメキシコ政府の好意を裏切る武装蜂起があったことを理解していた――はずだった。近年、再び一面的な解釈が横行し、サンアントニオは反墨活動の拠点となっていたのである。

南部諸州同盟は同情票を当て込み、史実どおりに圧倒的な兵力差をもって悲劇を再現する気でいた。当然ながらメキシコ政府は悪役に甘んじる気はなく、兵力均衡を理由に強硬に反対した。膠着状態がひと月ほども続いた頃、同盟は突然譲歩に転じた。兵力は互角、リオ・グランデ流域で米墨戦争を戦おうという提案に、メキシコ政府も否やはなかった。

パラマウント・スタジオが、依頼主を説得したのだった。譲歩すれば敵に貸しを作れる、というのは建前の説得材料である。密かに開発した新兵器のテストに協力してくれれば、多数のオプションを無料で提供する、と持ち掛けたのだ。玉砕予定の小部隊では新兵器の実験に相応しくないからだが、それだけではなかった。自己犠牲の悲劇は、国内では大いに受けるだろう。だが世界は、ますます混迷を深めつつある。民族主義や国粋主義の台頭により、人々は己と直接間接に繋がりのある戦争には熱狂する一方、そうでない戦争には一切関心を示そうとしない。いったん回復した投票率も、全体としては再び下がり始めていた。悲劇（トラジェディ）と暴力（バイオレンス）の需要は依然高いが、観衆（オーディエンス）は戦争よりも手軽に消費できる闘技へと流れているのだった。

一九九〇年代初め、世界的な軍縮に伴い、それまでの軍事大国では余剰となった軍備が民間に転用され、いわゆる民営軍事企業が数多く誕生した。これらは各国軍の民営化を担っただけでなく、如何（いか）なる陣営にも金銭次第で軍事力を提供することで悪名を馳せた。やがて戦争は亜人による見世物（ショウ）へと変わり、その過程でエンターテインメント産業が参入、戦争制作の複合企業であるスタジオの成立へと至ったのである。今後、戦争は再び武力で勝敗を決するものになると予見したパラマウント首脳部は、他に先駆けて軍事請負業へと立ち返るべく動き出したのだった。市民の娯楽（サーカス）という役割は、引き続き戦争報道や派生作品（スピンオフ）制作などの分野で負っていくが、主流となるのは闘技だ。

とはいえ今のところ誰も、戦争に関する諸々の規制を大っぴらに破るつもりはなかった。目を付けたのは、個々の兵士の能力増強である。遺伝子改造による強化にも制限が設けられているが、それに抵触しない新技術、というのが今回試験される兵器の触れ込みだった。

その兵器の出処について、ランギ・アテアは何も知らない。師団長に命じられ、それを受け取りにLAの安宿に赴（おもむ）いたのが二日前のことだ。外部アクセスも録画録音も妨害された部屋で彼を待っていたのは、あらゆる予想を大きく裏切る人物——十二、三歳の少女だった。

オブセルバドール——観察者（オブザーバー）／監視者と彼女は名乗った。服装は今夜と同じく、旧時代末期日本の女学生風だった。白い半袖のブラウスに赤いリボンタイ、チェックのミニスカートに紺のオーバーニーソックス。現在、このような制服を採用している中等教育機関は世界中至る所にあるが、本物ではなく扮装遊戯（コスプレ）であるようにランギには思えた。既存作品の登場人物（キャラクター）ではなく、女子中学生という概念のコスプレだ。御丁寧に、長い金髪はツインテールに結われている。

そして実際、彼女は中学生ではあり得なかった。美しく愛らしい顔立ちや見事な金髪碧眼は、出生前の遺伝子選択と修正が当然となった現代においては稀少性のあるものではない。しかしこの年齢で装飾改造（デコレーション）なしの自然（ナチュラル）な肉体と無印の額は、どうにも不自然に過ぎた。如何なる地域、如何なる文化圏であろうと、子供は十二歳で町の中学に進学し、親元を離れる。年齢にかかわらず等級（グレード）二以上でなければ町には住めないため、それまで一級以下だった子供は昇級が必須だ。

制度上は、中学入学直前まで等級零でいることは可能である。しかし、そんな子供はまずいないだろう。とうに一級か二級になっている同級生たちとの交流に支障を来（きた）すし、両親や祖父母も子供に過度の禁欲を強いているとの誹（そし）りを免れない。何よりそんな少女が中学生のコスプレをして、夜遅くに新市街の安ホテルに一人でいるはずがなかった。

今、彼女はランギに半ば背を向け、国境の街の夜景を眺めている。きわどいところで下着を隠している短いプリーツスカートの上で、ふさふさした白黒の毛皮が大きく伸びをすると仰向けに転がった――犬に似ているが、犬ではない。

「その子」とランギは顎をしゃくって示した。「この前は気づかなかったけど、ドミトリ・ベリャーエフの狐ですね。子供にはあまり相応しくないペットだと思いますが」

　ベリャーエフの実験は、西シベリアの研究所で今も継続中だ。人懐っこいという形質だけで選択交配されてきたそれらは、代を重ねるごとに愛玩犬めいていく。ペットとして流通しているのは、選に漏れて生殖能力を停止された個体だが、充分に人馴れして愛くるしかった。ただ、あくまで交配実験の副産物なので数に限りがあり、自ずと高額かつ入手困難となっていた。

　オブセルバドールは振り返った。可愛らしい顔に、にんまり、としか形容できない笑みが浮かぶ。「俺はね、とっても甘やかされた子供なの」

　今回も彼女は業界語（ジャーゴン）を使っている。この混成語は日本語と同じく、一人称と二人称の種類が豊富だ。言葉遣いの性差が明確なのも同様である。容易に個性（キャラクタライズ）化が図れることが、戦争業界とその周辺の共通語であり続けてきた、おそらく最大の理由だった。

　黒い彩文が動かないよう注意しながら、ランギも笑ってみせた。「あなたのように謎めいた人が、ベリャーエフの狐をペットにしているのは象徴的ですね。賢く穏やかな形質だけを選択交配する壮大な実験は、一時的な中断で済むのか、それとも完全な失敗で終わるのか……いずれにせよ、証明できるのは人間性（ヒューマニティ）の脆さだけ、ということになりそうだ」

　少女は俯（うつむ）いて子狐を撫でている。かまわず、ランギは続けた。

「象徴的というなら、あなたの容姿もそうだ。伝説によれば、かつて遺伝子管理局のエージェントたちは、遺伝子改造によって金髪碧眼の十二、三歳の美少女に姿を変えていたとか。まさか、その一人だとか言わないでしょうね」

「へー、遺伝子管理局って実在するんだ」ランギに向き直り、小馬鹿にした口調で言った。「ていうか、それじゃ俺は二百歳以上もサバを読んでるのかよ。失礼だな」

「見た目どおりの年齢じゃないのは間違いないでしょ」

　人間の寿命は百二十歳前後であり、百三十歳を超えた例は記録されていない。老化防止にも若返りにも延命効果はなく、寿命を延長する研究は禁止されている。もっとも、現にこうして違法に兵器が研究開発されているのだが。あるいは代謝を極端に下げる休眠状態によって、二百年以上生き永らえることを可能にしたか。無論、ランギは己が対峙する人物が不老長生（メトセラ）などではなく、単に若返り処置を受けた三十歳なり百歳なりの成人だと見当を付けていた。そうだとしても、彼女が違法な存在であることに変わりはないのだ。認可されている若返りは、肉体年齢二十歳まで。体形や顔立ちのデザインでより若く見せても、十七、八歳がせいぜいだろう。

　あらゆる奉仕（サービス）の利用は、額の皮下に印字された個人番号の認証が必要である。このシステムに挑む犯罪者志願が急増しているが、どだい十二基の知性機械（インテリジェンス）から成る集合知性に人間が太刀打ちできるわけがない。オブセルバドールが属する組織は不可能を可能にしたのか、あるいは――

「見た目どおりの齢（とし）じゃなかったら、俺は犯罪者になっちゃうだろ」そう言って彼女は、薔薇色の唇を尖らせた。女性形〝オブセルバドーラ〟ではなく男性形〝オブセルバドール〟という名乗りからすると、性別も見た目どおりではない可能性がある。

「何を今さら」ランギは苦笑した。「あるいは、あなた方は最初から超法規的存在なのではありませんか？　たとえば遺伝子管理局のような」

「わかんないなあ」

ツインテールの一振りとともに、言葉が投げ付けられた。ランギは瞬きして黒い唇を閉じた。

「勝手な変更もそうだけど、そんなことをぺらぺら喋って、あんたになんの得があるの。すごい奴だと、俺を感心させようとしてるとか？　で、俺が超法規的存在だかの上層部に報告してやって、以後あんたは覚えがめでたくなるとか、そういうのを期待してるわけ？」

「いえ、そんなことは――」

「もし俺がほんとに超法規的存在だかのエージェントだったら、あんたのような人間は」花が咲くように微笑した。「消すよ。目障りだから」

返答に窮したランギをよそに、オブセルバドールは子狐とじゃれ合い始めた。肩や頭によじ登らせ、ツインテールの先でくすぐる。そうしながら、あの兵器は、と独り言のように呟いた。

「あの兵器は、ヒト細胞にのみ感染する疑似ウイルスだ。蛋白質外殻とRNA断片から成るが、それ自体の遺伝情報は一切持たない。ウイルスが宿主のDNAを使って自らのコピーを作るのに対し、あれは自ら並び替えて宿主細胞のコピーを作る……」

すでに前回、アンプルに収められた試料を受け取った際に聞かされた解説だった。疑似ウイルス兵器が作るコピー細胞は、ゲノムも細胞小器官も元の宿主細胞と完全に同一である。コピーを生産してはオリジナル細胞と置き換えることが繰り返され、やがて置換の進んだ組織や器官は、オリジナルよりも遥かに高度な能力を発揮する。それは疑似ウイルスが引き出した、オリジナル本来の潜在能力なのだ——子狐と戯れながらオブセルバドールが語るのを、ランギは傾聴を装いながら聞き流していた。

「一つ、教えてやるよ」ひとくさり解説を終えた後、オブセルバドールは子狐を胸に抱いて座り直した。顎を上げ、肩をそびやかす。「疑似ウイルスは、コンセプシオンの核外遺伝子を基に開発されたんだ」

「コンセプシオン？」思いがけなく出てきた名前にランギは戸惑い、鸚鵡（おうむ）返しした。「あのコンセプシオンですか、人工子宮の？」

青い瞳を伏せ、少女の姿をした人物は微笑んだ。「彼女の意志が目覚めてしまったら、俺たちにできることは何もない——そう言い伝えられている」

なるほど、とランギは理解せぬまま頷いた。

かれには、名が無かった。かれの宿主となった個体は、かつて多くの名を持っていたが、それらは仮のものに過ぎず、しかも各々の名に纏（まつ）わる記憶は細切れの状態で脳の奥深くに封じられていた。だが今や宿主のすべてを我が物としたかれは、すべてを思い出したのだった。著しく断片的かつ互いに矛盾した記憶は、何種類ものジグソーパズルから欠片（ピース）を数個ずつ抜き出して混ぜ合わせたかのようで、到底一つの全体像を描き出すことはできなかった。それでも、かれが疑問や不満を抱くことはなかった。あるがままを受け入れていた。

　一番最後に上書きされた情報によって、宿主はそれだけは固有のものであった番号と戦歴、ゲノム情報すら失っていた。もはや仮とはいえ数多(あまた)の名を持つ歴戦の個性(キャラクター)ではなく、文字どおり名もなき群小(モブ)として登録されたのである。専属記号設計者(キャラクター・デザイナー)が記号変更(キャラチェンジ)のたびに慎重に保ってきた面影も剝ぎ取られ、整っているが無個性な顔の中で唯一特徴的と言えるのは深く落ち窪んだ両眼くらいだった。張り出した額が影を落とし、間近で覗き込まない限り瞳の色も判らない。仲間と共に志願した農場の若者、という身上(プロファイル)はキャラクター兵士のそれに増して薄っぺらでおざなりだったが、かれは一切を受け入れていた。

　受け入れられないものはただ、痛み。守れなかった者たちの記憶がもたらす痛みだった。

　昨夜、かれはモブ兵士たちと共にカプセルベッドで眠りに就かされ、エルパソから戦場へと輸送された。設定された時刻に目覚めた時、何か暖かく柔らかいものに包まれる夢を見ていたことが思い出された。その感覚が母と呼ばれるものであるのは、宿主の記憶から知っていた。積み上げられたカプセルベッドの最上段から這い出し、梯子を伝って床に降り立った。

　トレーラーを出ると、そこはテキサスの荒野だった。何もない半沙漠に何十台ものトレーラーが整然と並び、数百体の裸のモブがその間をうろついていた。パラマウントの軍服を着用しているのは、非戦闘員の輜重(しちょう)兵と下士官たちだ。配付された衣装と装備を着け、朝食を摂り、排泄も済ませる。攻撃開始地点は約二キロ先。すでに重火器や馬が運び込まれているその場所に向けて出陣するまで、まだ一時間以上あった。準備が整った兵士から各自、身体を解（ほぐ）すために軽い運動を開始する。記号（キャラクター）たちは専用のトレーラーで支度中だ。

　これらの行動はプログラムされたものであり、人間すなわち士官や下士官の指示を必要としない。助監督ら現場の下士官たちはてんでに雑談したり、携帯端末を覗いたりして時間を潰していた。戦場の反対側でも、昨日のうちに渡河したメキシコ軍が同じ光景を展開しているに違いなかった。

　モブたちは、友人に設定された者同士で固まって行動していた。三割ほどが雌型（F）であるため、恋人同士という設定も少なくない。作りものの絆ではあるが、一ヵ月程度の訓練期間を共にすることによって、わずかとはいえ実体も伴っていた。言葉は必要最低限交わされるだけで会話らしい会話もないが、戦闘種にとって存在意義である戦いを仲間と共有できる喜びに、自然と笑みが零れ、笑い声すら時折上がる。それは、かれとて例外ではなかった。農場を出た時のまま——という設定——のくたびれたカウボーイ姿で、同じような格好の若いモブたちと組み手に興じていた。

　下士官が二人、手ぶらで現れた。助監督に一言二言掛けてから、群（モブ）をざっと見回した。一体を指差しては囁き合い、また別の一体を指差す。品定めをしているようだ。さらに何体かに短い質問をした後、雌二体、雄一体の計三体を選び出し、ついてくるよう命じた。雌のうち一体は、かれの仲間だった。

　仲間を連れていかれた群小(モブ)も、そうでないモブも、何事もなかったように準備運動を続けた。今の一幕について、彼らは何かを感じることも考えることもなかった。かれだけが違った。落ち窪んだ両眼を細め、三体のモブを引き連れた下士官たちの後ろ姿を見送った。それから、彼らの後を追って歩き出した。

　かれは群(モブ)の中を足早に突っ切っていったが、助監督をはじめ人間たちは誰も気づかなかった。群小(モブ)の数が多く、密集している上に、兵士が勝手に持ち場を離れるなどあり得なかったからである。

　モブを運んできたトレーラー群から離れて、人間用のトレーラーが停められていた。何台かは屋根に大きなアンテナを載せている。雑用の一般種数体が忙しげに走り回っているだけで、辺りに人間の姿はなかった。かれは迷いのない足取りで、下士官専用車の一つへと向かった。ドアは施錠されておらず、細く開いた途端、内に封じ込められていた悲鳴が迸(ほとばし)った。素早く身体を滑り込ませると、かれは淡々と宣告した。

「亜人への直接暴力は禁じられています」

　左右の壁の簡易ベッドはいずれも収納されたままで、三体のモブは床に這わされていた。後ろ手に手錠、突き出された尻はすでにズボンと下着を引き下ろされている。嗜虐者たちは、四の五の言わずにいきなり殴り倒したのだろう。三体とも頭部から出血していた。

なんだこいつ、と声が上がった。伍長から少佐まで五人。男もいれば女もいる。かれは再び平坦に述べた。

「性的奉仕用(サービス)でない個体にそのような奉仕を強いることも、直接暴力に当たります」

訝る(いぶか)声は口汚い罵倒に変わった。ぶっ殺すぞ、という脅しにもかれは無反応だったが、出て行けという言葉については少し検討し、従うことにした。人と亜人にくるりと背を向け、ドアノブに手を掛けた。

「待て待て」

一人の少尉が素早くかれに駆け寄り、ドアを押さえた。鍵を掛け、尋ねる。「ひょっとして、通報する気か」

はい、と正直にかれは答えた。嘘をつくなど思いもよらなかった。僚友たちがいきり立つのを、少尉は片手を振って制した。

「年齢と、一番最近の得票数を述べろ」

かれが答えると、人間たちはざわめいた。「一齢？　それにしちゃ、えらく老けてる」

「設計(デザイン)した助手(アシスタント)がへぼなんだろ」と少尉はあっさり片付けた。その手にはいつの間にか手錠が握られている。「とにかくこいつは、ぶっ殺してかまわない雑魚だ」

亜人は、人間の反社会的行為に加担してはならない。したがって、性的奉仕機能を備えない機種にその行為を強制することは不可能である。足を開けという命令には、殺されようとも従わない。しかしまた、亜人は人間に決して危害を加えることができなかった。押し倒され圧(の)し掛かられても、押し退けることすらできないのだ。単に法で禁じられているのみならず、刻み込み(キャラクタライズ)により身体が竦んで動けなくなる。肉体的暴力に対して亜人が許されているのは、防御の姿勢を取ること、言葉で制止すること、隙を見て逃げ出すことくらいだった。

両手を頭上に高く掲げた体勢で拘束され、シャツの切れ端で猿轡(さるぐつわ)を噛まされたかれは、いずれの行為も不可能だった。順番待ちの者に殴られながら、三体のモブ――仲間がいたぶられるのを見ているしかなかった。戦場への進軍が開始しても、戦闘が開始しても、暴行は続いた。スタッフたちは入れ替わり立ち替わり、持ち場を離れてトレーラーにやってきた。現場の最高責任者である監督――今回の戦闘は比較的大規模なので大隊長――さえも訪れ、時間をかけて三体すべて犯していった。

直接暴力を受けた亜人は、たとえ軽い平手打ち程度でも通報の義務がある。加害者がこれを妨げるには、外部との接触を完全に断つよりほかはないが、定期検診があるため一ヵ月が限度だ。組織ぐるみの隠蔽を防ぐため、スタジオ所有の亜人を検診するのは役所から派遣される技師である。とあるスタジオのとある社員が創意を発揮し、戦闘開始直前に群小(モブ)を連れ出す方法を考案した。戦いが終わるまでに殺せば、戦死として処理できる。この方法がパラマウント社ハリウッド支部に伝播したのは、数ヵ月前のことだった。

そうした事情を、かれは何も知らなかった。今度こそ仲間を守るのだ、という思いがあっただけだ。仲間を連れ去った下士官たちの様子から事実へと一足飛びに到達できたのは、論理的な思考ではなく直感だった。宿主の制御された脳には絶対不可能な芸当だったが、かれは枷から解き放たれつつあった。だが、まだ充分ではなかった。くぐもった叫びを断続的に上げながら、ただ見詰めることしかできなかった。縛(いまし)められた両腕が、激しく痙攣する。手錠の鎖を引きちぎる力を持ちながら、禁戒の刻み込み(キャラクタライズ)はそれほどまでに深かった。

「もうじき戦闘終了だそうです」

その報告に、スタッフたちはもはや息があるかも定かではない三体から不承不承離れたが、幾人かはまだ腰を振り続けていた。一人はこの場で最も階級が高い少佐だった。うんざり顔の尉官が、かれに視線を向けた。

「こいつから、やっとくか」

歩み寄り、かれのベルトから装備のナイフを引き抜いた。慣れた動きで髪を掴み、仰け反らせた喉を掻き切った。

大量の血が噴水となって天井に叩き付けられ、一瞬後に雨となって人間と亜人に降り注いだ。噴き上がり降り注ぐ血は止もうとしなかった。人間たちはあるいは驚愕して悲鳴を上げ、あるいは呆然と凍り付いた。殺害者はナイフを取り落として後退り、血で足を滑らせた。

血の雨の中で、かれはゆっくりと頭を起こした。すでに喉からの出血は止まっていたが、皮膚という皮膚が音を立てて裂け、新たな血を噴き出していた。肉や骨の軋みとともに、全身が膨れ上がっていく。カウボーイの衣装が破れ、その下から黒く硬く変じた新たな皮膚が現れた。

手錠が砕け、弾け飛んだ。自由になった両腕が下ろされたが、その時には低い天井に頭が届かんばかりになっていた。滴り落ちる己が血のしずくを浴びて立つのは、闇の如く黒き異形(モンストルム)。棘状の突起や装甲様の重なりを備えた外皮は板金鎧を思わせるが、鉤爪を生やした四肢は人間ではあり得ない長さであり、巨大な甲殻類のようでもある。頭部には眼も鼻も耳もなく、ただ開いた腭(あぎと)に鋭い牙が並ぶ。禍々(まがまが)しい姿に人間たちは魅入られ凝視し、亜人たちは打ち捨てられ襤褸(ぼろ)のように倒れ伏す。頸部と腰部の吸排気管から、かれは大量の空気を吸い込んだ。そして、全身で咆哮を放った。


この日、絶対平和(パクス・アブソルータ)において初めて、戦争による人間の死者が出た。違法兵器が何者によって開発されたかも、それを南部諸州同盟が如何にして入手したかも明らかにされていない。自陣内で暴走したその兵器は、同じ戦場にいた自軍と敵軍の双方を、亜人から人間に至るまで数時間で全滅させた。

後に生体甲冑(アルマトゥラ)、あるいはアルマドゥラ、アーマチャーの名で呼ばれることになるこの擬似ウイルス型兵器はヒト細胞を造り変え、人間であろうと亜人であろうと使用者——着用者に絶大な戦闘能力を与える。その装甲は対戦車級の兵器でなければ損傷を与えることすらできず、しかも極めて高い再生能力をも併せ持つ。だがその代償として着用者は次第に精神も肉体も擬似ウイルスに侵され、最後には文字どおり一個の怪物（モンストルム）と化す。自己保存本能によってのみ突き動かされ、攻撃に対して自動的に反撃し続けるのだ。

とはいえ通常はその段階に至るまで猶予があるため、やがて生体甲冑（アルマトゥラ）は少なからぬ需要を獲得することとなった。最初のサンプルとなった兵士がなぜ最初の戦闘で暴走したのか、開発者たちは暴走や侵蝕といった事態を想定していたか否か。これらもまた不明のままである。南へと移動を続けながら大量の亜人と人間を殺戮し、幾つもの都市を破壊したこのサンプルは、暴走開始から二十七日後に西シエラ・マドレ山中で消息を絶った。

絶対平和を終わらせたのは、次々と変異し続けるウイルスがもたらした災厄である。決定的だったのは、人工子宮の内膜組織が汚染され使用不能となったことだ。亜人を失った人間は再び互いに傷つけ合うようになり、体制は崩壊した。

だが亜人の生産が停止する何年も前から、体制の動揺は始まっていた。違法兵器はその一例である。すでに世界各地でウイルス禍が発生していたとはいえ、その被害は後年の惨禍に比べれば遥かに軽微なものでしかなかった。にもかかわらず人々は浮き足立ち、法と暗黙の了解によって保たれてきた社会の安寧は揺らぎ始めたのだ。

多年にわたる周到な準備によって、人間は亜人という身代わりを造り出し、苦しみから解放された。しかしそのシステムは、存外に脆いものでしかなかったのか。それとも人間が苦しみから解放されたのは見せ掛けだけで、亜人の犠牲は人間の負債として密かに蓄積され続けていたのだろうか。ウイルス禍は、返済の期限を早めただけだったのかもしれない。

一つ、確かなことがある。あの日、テキサスの荒野で名も無き亜人兵士が上げた咆哮、それは黙示録的終末（アポカリプシス）――人類が築き上げてきた平和と繁栄も、犠牲となった亜人たちの苦しみも、すべてを飲み込み破壊する大災厄、その幕開けを告げる高らかな鬨（とき）の声だった。

自らの示すべき場所を心得た世界文学、〈科学批判学〉ＳＦの傑作集

平和を維持するうえで、戦争という手段にも果たすべき役割がある。

——二〇〇九年、オスロでのノーベル平和賞授賞式におけるオバマ・アメリカ大統領の演説より

評論家
岡和田晃

現代ＳＦと世界文学を架橋する作家・仁木稔（一九七三～）の手になる五年ぶりの新刊『ミーチャ・べリャーエフの子狐たち』が、このたび、満を持して世に問われる。仁木稔は〈HISTORIA〉と名付けられた未来史シリーズを連綿と書き続けており、本書もそのなかに位置づけられるが、これまで発表された同シリーズはいずれも長篇だった（後述）。それに比べて本書は五つの中短篇から構成されており、語られるエピソードは、いずれも未来史の根幹をなす重要なものだ。また、同時代的な問題を多角的に扱っているため、入りやすく、これまで仁木稔に触れたことのない読者にとっても、その作風と世界観を知るために最適の一冊となっている。とりわけ、没後五年を迎えた伊藤計劃（一九七

四〜二〇〇九）の『虐殺器官』（二〇〇七、ハヤカワSFシリーズ　Jコレクション。後にハヤカワ文庫JA）や『ハーモニー』（二〇〇八、ハヤカワSFシリーズ　Jコレクション。後にハヤカワ文庫JA）、短篇集『The Indifference Engine』（二〇一二、ハヤカワ文庫JA）所収の作品群が示した〝危険なヴィジョン〟（ハーラン・エリスン）に共鳴し、世界認識を刷新する手段としてSFや文学を求める新しい読者にとって、本書はひとかたならぬ衝撃と感銘をもたらすに違いない。

ウクライナ・ロシア間に走る緊張、台湾の大規模な動乱、国内で吹き荒れる排外デモの嵐……。かつて「終わりなき日常」と嘯（うそぶ）かれた幻想は、もはや完全に過去のものとなった。新冷戦の始まりと謳われる二〇一〇年代においては、テロや紛争は日常と完全に不可分で、市場原理の暴走は留まるところを知らず、情報環境こそ高度化したものの、社会格差はいっそうの拡がりを見せている。公法学者カール・シュミットの言葉を借りて、こうした紛争状況を「世界内戦」の恒常化と捉えるならば――そのスタイルこそ異なれど――仁木稔は同世代の伊藤計劃とヴィジョンを共有しつつ、〝集団的な知〟としての科学技術に内在する権力構造の性質を、独特の未来史体系の構築を通して暴き出す〈科学批判学〉としてのSFを打ち立てた真に新しい作家だ。

加えて、伊藤計劃の思弁（スペキュレーション）を自覚的に「継承」した宮内悠介（一九七九〜）の『ヨハネスブルグの天使たち』（二〇一三、ハヤカワSFシリーズ　Jコレクション）とも、本書は共鳴を見せている。『ヨハネスブルグ〜』は、アパルトヘイト以後の南アフリカ共和国、「アラブの春」とも通底したアフガンやイエメン等における現代の政治情勢に代表される「世界内戦」の恒常化を、『エンパイア・スター』（一九六六、邦訳はサンリオSF文庫）のサミュエル・R・ディレイニーを思わせる凝集的な叙述とポストヒューマニズムの観点から捉え直した傑作で、第百四十九回直木賞候補、第三十四回日本SF大賞特別賞に輝いた。同時代的な共振を見せる『ミーチャ〜』と『ヨハネスブルグ〜』は、対にして語られるべき作品集だろう。それでは世界観解説を交えつつ、具体的に本書収録作を概観していきたい。

「ミーチャ・ベリャーエフの子狐たち」

初出は〈S-Fマガジン〉二〇一二年六月号。作中では「偉大な祖国」と呼ばれるアメリカが舞台、時代は近過去、つまり私たちの歴史においては九・一一同時多発テロ事件前夜に相当する時期として設定されている。「世界の警察」としてのアメリカは――ネグリ＆ハートの思想書『〈帝国〉グローバル化の世界秩序とマルチチュードの可能性』（原書二〇〇〇）が示したように――その圧倒的な権勢をもって、グローバル・ガバナンスの鍵を握ったメイン・プレイヤーとしての地位を確立していた。

仁木稔の作品は、SFのサブジャンルでは広義のサイバーパンクに分類できる。情報環境の性質を内側から再考していく姿勢はサイバーパンクの大きな特徴であるが、本作ではインターネットと「偉大な祖国」で猖獗（しょうけつ）を極める反知性主義的な陰謀論が結びつき、「法の抜け穴」を利用して人工子宮より生み出されたクローン人間としての隣人、つまり「妖精」を、ひたすら蹂躙する有様がクローズアップされる。陰惨な拷問描写の数々は、読む者の生理的な嫌悪感を掻き立てずにはおかないが、それは作者による露悪趣味の発露なのではまったくない。現代社会の矛盾を剔（えぐ）り、「見ること」の暴力性を読者に気づかせるために仕組まれた巧妙な（レ）トリックなのだ。

さらに言えば、主要登場人物ケイシーの行動原理と生き方は、陰謀論と排外主義に取り憑かれた現代日本のネット右翼のなれの果てと見ることもできる。そのようなネトウヨ的な差別主義者（レイシスト）を語り手に据えた作品に、ユートピアSFの古典を大胆に本歌取りして第三十二回日本SF大賞候補作となった『ゴースト・オブ・ユートピア』（二〇一二、ハヤカワSFシリーズ Jコレクション）の著者・樺山三英（一九七七〜）の問題作「セヴンティ」（二〇一三、〈季刊メタポゾン〉第十号）がある。箍（たが）の外れた事大主義（ポピュリズム）の跳梁と、それを陰に陽に育む、歴史修正主義的な陰謀論の数々。それこそが、ツイン・タワーを解体させた、真の原因なのだろう。現代のフィクションが往々にして見て見ぬふりをする、想像力の〝脱政治化〟の問題へ真正面から切り込む「ミーチャ〜」には、SFを通して人間性の淵源を問い直す、確固たる批評性が宿っている。

「はじまりと終わりの世界樹」

初出は〈S‐Fマガジン〉二〇一二年八月号。仁木稔はコンセプトによって文体を自在に使い分ける書き手だが、まず、本作を特徴づけているのは、今年でデビュー十周年を迎える作家の膂力が遺憾なく発揮された〝語り〟の超絶技巧にほかならない。ペルーの密林で目眩く光の饗宴に身を浸しつつ、ジョゼフ・コンラッド的な「闇の奥（ハート・オブ・ダークネス）」へと踏み出してゆく束の間、読者はつい、自分が今いる場所がどこかを忘れてしまうことだろう。閉鎖空間のなか、一九八五年から二〇一二年まで、四半世紀の時間が圧縮された形で怒濤のごとく回想される。キューバの作家アレッホ・カルペンティエールの『バロック協奏曲』（一九七四、邦訳はサンリオSF文庫）を彷彿させる、色彩感覚に満ちた音楽的なスタイルだ。その文体に溶かし込まれているのは、歴史に刻み込まれた鮮烈なまでの痛みである。本作でアメリカは「合衆国（エスタドス・ウニドス）」と呼ばれ、その覇権の拡大は、パナマ侵攻と湾岸戦争の語り直しという形で表現される。異種混交的（ハイブリッド）な外観をした語り手の「ぼく」と、金髪碧眼の美少女としてゲルマン的美質を体現した「姉」は、本作で語られる幾重にも絡み合った陰謀論の、いわば虚焦点となっている。とすると、本作で再話されるアブグレイブ収容所における凄絶極まる捕虜虐待の光景は、いったい何を企図したものなのか。

ジョン・G・ラッセルは、二〇〇三年のアブグレイブ事件以降、アメリカ社会において、拷問と虐待がエンターテインメントとして消費されるようになったと述べている。性的拷問に特化した映画ジャンルすら生まれ、そこでは拷問者を怪物のように描くことで、視聴者に「自分と拷問者との本質的な違いが存在している」という安心感を付与しているとも論じている（「ウォー・ゲーム：大衆文化と情報社会における戦争の正常化と美化」、二〇〇九）。このことから考えると、本作での「姉」と、クライマックスで語られる「無原罪懐胎（インマクラーダ・コンセプシオン）」が結びつく意味も、自ずから窺い知れようというものだ。

本作は〈HISTORIA〉シリーズの出発点を記し、世界観の根幹にある謎を解き明かす記念碑的な傑作で、読者投票による二〇一二年度の「SFマガジン読者賞」を受賞。プロの書評家にも高く評価され、大森望／日下三蔵編『極光星群　年間日本SF傑作選』（二〇一三、創元SF文庫）収録の有力候補ともなった（中篇という分量その他の事情で掲載は見送られた）。なお、初出時の本作は、九・一一同時多発テロ事件の再現を主軸とする宮内悠介「ロワーサイドの亡霊たち」（『ヨハネスブルグ～』所収）と並べて雑誌に掲載され、読者に両者の問題意識やモチーフの共通性を印象づけた。

「The Show Must Go On!」
「The Show Must Go On, and...」
「... 'STORY' Never Ends!」

本書に収められた作品群は、一部の人物・設定を共有しているが、基本的には独立して読める。しかし後半のこれら三篇は、ストーリーが直接的に繋がっているので、連続して読むことをお勧めしておきたい。「The Show Must Go On!」（二一九〇年から約一年半後のエピソード）の初出は〈S-Fマガジン〉二〇一三年六月号。残る二篇（二二〇一年夏から翌年秋、およびその直後のエピソード）は書き下ろしとなっている。これらの連作を語るうえでまず強調したいのは、この三篇がアーシュラ・K・ル・グィンの短篇「オメラスから歩み去る人々」（一九七三、ハヤカワ文庫SF『風の十二方位』所収）を強く意識しているということだ。理想社会(ユートピア)は実のところ、力を持たない者の犠牲によって成り立っているというジレンマを「オメラス～」は静かに告発している。そして、かような考え方は、本書の後半三作で前景化される〈HISTORIA〉未来史の基本設定「絶対平和(アブソリュート・ピース)」の原理を構成するものともなっているのだ。

「ミーチャ～」や「はじまりと～」を前史としつつ、そこから時代が進んだ、「The Show Must Go On!」連作においては、「全人類規模の徹底した管理社会」化が成し遂げられた結果、人々はその性向と身体改造の度合いに応じた等級(グレード)と呼ばれる評価基準によって、細かく生活そのものが区分されている。それが「絶対平和」の秩序体系なのだが、この社会は一種の信用経済めいた互酬性で成り立ってる。

おり、秩序維持の代償は「ミーチャ〜」では「妖精」と呼ばれた「亜人（サブヒューマン）」なる二級市民の犠牲に基くものとなっている。「ミーチャ〜」で示唆された、他者の痛みをポルノとして消費し続けながら、そのことに居直って恥じることのない心性。それは作中人物の言葉を借りれば、「（……）人間に自尊心を与えるために、亜人は惨めな状態で居続ける必要がある。それも、奴隷労働だけじゃ間接的すぎて不充分なの。目に見える暴力がなくちゃ」という考え方によって、見事に正当化されている。

　この「目に見える暴力」は殺し合いとして、歪んだ血債主義とポリティカル・コレクトネスに結びつきながら、社会全体にまで広がりを見せている。亜人の殺し合いをドラマティックに演出するための技術（アート）こそが芸術（アート）の源となった、理想社会の誕生である。十九世紀以前の〝紳士的な〟戦争――すなわち核戦争のような殲滅戦として公法秩序を決定的に崩壊させることのない戦争――の歴史を歪んだエンターテインメントとして刹那的に消費するグロテスクな未来像の提示と、そこに日本的なものが果たした役割のシニカルな解釈は、たとえSFに興味がない者でも一見の価値があるだろう。

　しかも、「亜人」の代理戦争は、大規模多人数同時参加型オンラインロールプレイングゲーム（MMO-RPG）をモデルとしており、インターネットを介した直接民主主義にも通じる政治参加（アンガージュマン）の手段ともなっている。加えてそれらは、「絶対平和」の思想的な基盤として採用された日本的な本音（ホンネ）と建前（タテマエ）なるジョージ・オーウェル風の二重思考（ダブルシンク）と構造的に癒着している。生物学的な技術進展は、ゲームのキャラクター・メイキングを行なうかのように、遺伝子操作や生体改造を可能にしたが、それはヴァーチャル空間に影響するのみならず、現実世界をもダイレクトに操作するものとなっている。近年、ゲーミフィケーション（産業や教育、社会参加等にゲームの方法論を応用すること）の可能性が話題を呼んでいるが、一方、双方向的(インタラクティヴ)であるがゆえ――政府の政策を正当化させて支持を取り付けたり、あるいは戦争に対する抵抗感を減少させて兵士の募集に役立てたりといった具合に――ゲームの方法論は実のところプロパガンダにも積極的に用いられている。そのためネット・リテラシーならぬゲーム・リテラシーの確立が喫緊の課題となっているわけだが、こうした状況下、本作が提示する思弁(スペキュレーション)の意義は、いっそうインパクトを増していくことだろう。

さて、本書の掉尾を飾る後半二作のタイトルを繋げると"The Show Must Go On, and 'STORY' Never Ends!"となることにお気づきだろうか。なかなか洒落た演出と思われるかもしれないが、仁木稔はナイーヴな物語礼賛を旨とする作家ではまったくない。つまり、このフレーズには、痛切なアイロニーが潜んでいる。その外観がいかに変容しようとも人間精神の内実は「物語(ストーリー)」を望み、それがある限り他者への「暴力(ザ・ショウ)」は続いていく。現に、これら二作では、「絶対平和(パクス・アブソルータ)」が内側から瓦解する発端の模様が、予見性を帯びつつ明示されているが、その結末は、仁木稔の原稿用紙一〇〇〇枚を超える規格外のデビュー作『グアルディア』（二〇〇四、ハヤカワSFシリーズ　Jコレクション、後に上下巻としてハヤカワ文庫JA）へ直接、続いていくのだ。「無原罪懐胎」の問題は、長篇第二作『ラ・イストリア』（二〇〇七、ハヤカワ文庫JA）で深められ、「世界内戦」下の戦争状況と記号化された人間(キャラクター)としての英雄像(カラクテル)は、グローバル・ガバナンスの内在的な矛盾を鋭く突いた世界幻想文学大賞レベルの超大作『ミカイールの階梯』（二〇〇九、ハヤカワSFシリーズ　Jコレクション、上下巻）で究められる。〈HISTORIA〉シリーズを構成するこれらの長篇は、SFの伝統を「継承」しながら、伊藤計劃が直観していた世界の痛みと共振し、アクチュアルな世界文学として表現するテクスト的な野心に満ちている。けれども、意地悪な者は、仁木稔が打ち立てる〈科学批判学〉としてのSFは、利那的な共感と癒やし、読み捨てと消費を軸とする〝クール・ジャパン〟のエンターテインメントと、完全に逆行しているとも告げるだろう。なにせ、それらの弱点と欺瞞を露呈させているのだから。では、そこに希望はあるのか。私は評論家としての勝負をかけて——あるいは一人の「アキラ」としてでもかまわないが——間違いなく希望はある、と書き付けておきたい。誰よりも先行者ル・グィンが、すでに、そうしているのだ。

彼らがおもむく土地は、私たちの大半にとって、幸福の都よりもなお想像にかたい土地だ。私にはそれを描写することさえできない。それが存在しないことさえありうる。しかし、彼らはみずからの行先を心得ているらしいのだ。彼ら——オメラスから歩み去る人びとは。

——アーシュラ・K・ル・グィン「オメラスから歩み去る人々」(浅倉久志訳)

初出一覧

「ミーチャ・ベリャーエフの子狐たち」	ＳＦマガジン2012年6月号
「はじまりと終わりの世界樹」	ＳＦマガジン2012年8月号
「The Show Must Go On !」	ＳＦマガジン2013年6月号
「The Show Must Go On, and...」	書き下ろし
「... ‘STORY’ Never Ends !」	書き下ろし

HAYAKAWA SF SERIES J-COLLECTION
ハヤカワSFシリーズ Jコレクション

ミーチャ・ベリャーエフの子狐たち
こぎつね

2014年4月20日　初版印刷
2014年4月25日　初版発行

著　者　仁木　稔 にき みのる
発行者　早川　浩
発行所　株式会社　早川書房
郵便番号　101-0046
東京都千代田区神田多町2-2
電話　03-3252-3111（大代表）
振替　00160-3-47799
http://www.hayakawa-online.co.jp
印刷所　中央精版印刷株式会社
製本所　中央精版印刷株式会社
定価はカバーに表示してあります

Printed and bound in Japan
ISBN978-4-15-209454-4 C0093
乱丁・落丁本は小社制作部宛お送り下さい。
送料小社負担にてお取りかえいたします。